為了與你相遇

A Dog's Purpose

布魯斯・卡麥隆 著
林雨蒨 譯

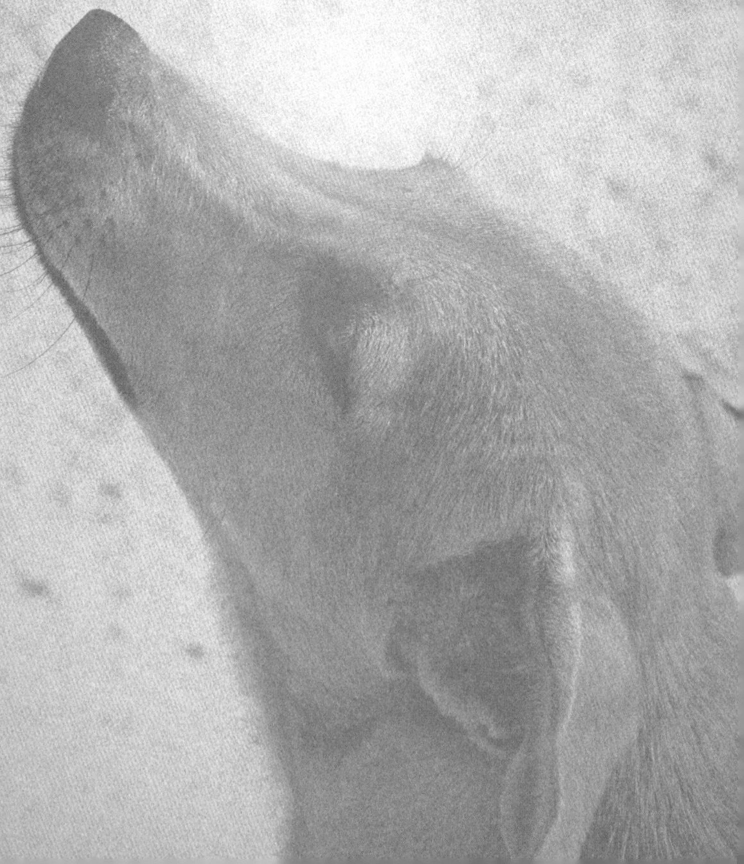

〈推薦序〉

流離四世，只求一句讚美

中華民國保護動物協會理事長　林陽期

接到《爲了與你相遇》書稿，文中情節讓我停不下來，連夜讀完。其中數度鼻酸哽咽、不能自己……情緒至今仍久久不能平復。

內容以小狗狗爲第一人稱，描述他的四次輪迴轉生，他曾是由極度不信任人類的媽媽，在黝黑樹根下挖掘出凹洞生下的流浪狗、曾是擁有八歲男孩眞愛的黃金獵犬、曾是拯救無數遇難者捕捉罪犯的德國牧羊犬……每次轉生，他都渴望人類的關注，都無怨無悔的順從、學習主人的意思。

他第三次轉生爲牧羊犬，很認眞地接受訓練，擔任搜救、守護的任務，上山下海。在一次震災中，救援隊已經打算撤離，他卻嗅覺到化學品堆下存活的女孩，不顧一切衝入女孩身邊，大聲吠叫，終於救人一命。不過，自己卻也因此失去了靈敏嗅覺，而不得不退休。但他退而不休，轉而陪伴老人、娛樂兒童，更奮不顧身救起落水小孩而大大出名，成爲狗狗英雄。一如前幾次轉生

最終的結局一樣，生命到最後總是接受人類的安排，搖著尾巴躺在潔白冰冷的鋼桌上，靜靜地感受脖子的小小戳刺感，自己宛如被海水沖刷而去……

曾是「托比」時的歲月，從涵洞生活學到籬笆外的荒野沒有什麼值得懼怕；曾是「貝利」時，從男孩伊森那裡學到愛和陪伴，也感覺到單是每天陪著他去冒險，就眞正實現身為狗一生的意義。當牧羊犬「艾麗」的時候，他學習找人和帶路，最後才能將那個小男孩從地下水道中救出來。如果不是當過伊森的狗，他在工作上的表現不會這樣優秀。

他已盡了責任，成了狗狗英雄，爲什麼又有第四次轉生，再次重生爲一隻幼犬？他困惑著，是否上天另有安排？當他發現熟悉的氣味、熟悉的場景時，他終於知道，他的任務還沒有走到盡頭……

他對於人類抱有無盡、無邊的愛，以及無限的信賴，卻無法訴說。仔細看狗狗們的眼神，隱藏著多少千言萬語！

不論經過幾世，他永遠記得人們對自己的好。不求回饋，只需要人們輕輕的撫摸，只需要一聲讚美：「乖狗狗！」

〈推薦序〉

狗狗的旅途，因為你而完整

優質伴侶犬俱樂部創辦人　魯智森

許多讓家長頭痛的頑皮狗會來到我這裡，大部分的原因都是因爲天性沒有被滿足。

我所推廣的行爲矯正教育，不是讓狗被處罰，也不是用人的立場去獎勵。我們依照狗的實際狀況，以滿足其本能天性爲基礎，並藉由管理讓狗兒調整自己的行爲意願。消除了讓飼主頭痛的行爲，使人和狗的關係溫馨且和諧，相愛無礙地在這水泥叢林裡。

疼愛狗寶貝最好的方式是什麼？上課我一定會問飼主這個問題。

從二〇〇六年開始，每位飼主的回答五花八門。而答案其實是如此的簡單：尊重他是一隻狗的事實！意思是我們要從狗狗們的天性去滿足他們，而不是從人的角度、自以爲是地去考慮狗的需求。

那，狗狗的天性是什麼？狗狗的天性又有哪些需求呢？

爲了能更加順利地推廣人犬教育，我夢想過有一天我會寫出一本小說，透過細膩地觀察，正

確描述狗狗如何走進人類的世界，以及從狗的角度看其與人的互動。

沒想到，這樣的夢想已經有人實現了。

本書用生動淺顯、故事敘述的方式，讓愛狗的我們能輕易地吸收，更能了解狗狗需要的是什麼。作爲人犬教育的推廣者，光是看到第一章，已經迫不及待地想推薦給每一位上過課的飼主。

沒有養狗的人或許不懂，爲何我們這麼愛狗？

因爲我們人生旅途中的某一站，註定就是爲了與這些狗狗相遇。

而天眞無邪的他們，搖著尾巴哈著熱氣，終其一生，只爲「與你相遇」。

〈推薦序〉
在感動中學習人狗互動

台灣狗醫師協會創始人　陳秀宜

在我致力於推廣人與動物之間的和諧關係裡，曾閱讀過無數的書籍，大多數是從人類觀點來敘述狗兒看世界的感覺。但《爲了與你相遇》這本書不同，它淋漓盡致的以狗兒的觀點，在故事內描述出一篇篇搏人熱淚的章節。閱讀中，讀者們可以透過本書感人的橋段來想像自己是一隻狗，在有限的生命中，把主人放在自己的第一位置，盡心盡力地取悅及支持兩者的親密關係，直到自己的生命結束。

讀者們可以從本書溫馨親切的文句敘述中，學習到我所致力推廣的動物行爲學；從狗兒誕生之後，以動物本性的思考邏輯及模式，加上對於周遭環境因素清楚、貼切的描述，讓讀者們可以把本書當成一本實際的工具寶典，來學習了解動物行爲，促成人與動物之間的關係眞正和諧的烏托邦夢想。

我大力推薦這本書給所有的人，記得要準備好面紙拭淚喔！

各界感動好評

這本小說以不可思議的角度重新詮釋狗狗與人類的關係。輪迴「延長」了狗狗的世界，也「延長」了狗狗的情感，他們也可能陪伴我們一生，以不同的身分守候著我們。看完這本書已經深夜，感動的情緒澎湃，夢裡一定會繼續上演小說的情節。

——貴婦奈奈

我要鄭重的對所有喜歡狗的人說：這本書，一定要看，一定要看；眞的，一定要看……

——鄭華娟

感人至極、充滿智慧的小說，令人又哭又笑。小心，本書會讓你卸下心防。

——艾莉絲・華克，普立茲獎得主，《紫色姊妹花》作者

我知道每個養狗的人讀到這本了不起的書時，一定也會和我一樣淚流滿面。

——愛瑞絲・萊納・達特，紐約時報暢銷書《情比姐妹深》作者

話。

我對這本書愛不釋手，看完時，甚至感覺自己前不久才過世的狗，透過這本書在和我說

——黛安・柴菲里斯，動物星球頻道節目《寵物情緣》（*Petfinder*）主持人

我在看這本書時，是以「我討厭任何打斷我看這本書的事，爲什麼我不得不工作？我的小孩都快六歲了，難道他不能自己開車去上學嗎？」的態度在狼呑虎嚥。在描述狗的文學作品中，這是一部典範之作。

——鄧肯・史特勞斯，《會說話的動物》（*Talking Animals*）節目主持人

我相信，作者以前一定當過狗。不然，他怎麼能從四腳動物的觀點，如此深刻且詳細地描述生命、愛與忠誠？

——維多莉亞・莫蘭，《享有魅麗人生》（*Living a Charmed Life*）作者

我爲了在照顧我瀕死的狗時所做的決定哀傷且痛苦多年，但在看到貝利描述狗對人類所經歷的事情有多麼深刻的感受之後，我知道我的狗不只愛我到她生命的最後一刻，現在也仍愛著我，一如我也還愛著她。這本書療癒了我的傷痛。

——凱薩琳・米可恩，《天才女孩生活守則》（*The Girl Genius Guide to Life*）作者

獻給凱薩琳

謝謝你承擔一切，照料所有的需求。

1

有一天我突然發現，在我身旁蠕動的，那些暖呼呼、吱吱亂叫的小東西，原來是我的兄弟姊妹。我大失所望。

我開始隱隱約約看到一些東西，雖然只能區分光線下模糊的形體，但我知道那有著長而美好的舌頭、形體碩大且美麗的生物是我的母親。我發現，當皮膚感受到空氣的寒冷時，就代表母親去了別的地方。但當溫暖又回來的時候，就應該要喝奶了。要找個地方吸奶，往往必須先經過一番推擠。我現在知道，被我推開的都是兄弟姊妹們的鼻子，他們老想把我擠到沒奶可喝，討厭死了。我實在看不出有手足是要幹嘛？所以，當母親舔我的胃、刺激我尾巴下方好讓液體流出時，我仰起頭，對她眨巴眨巴著眼睛，靜靜地哀求她：**爲了我，把其他的小狗統統趕走吧！**我希望母親是我一隻狗獨有。

漸漸地，其他小狗的身影越來越清晰，我也勉強接受窩裡有他們的存在。我用聞的就知道，我有一個妹妹和兩個兄弟。小妹有一點點不像男生們那麼愛和我玩摔角；兩個男生中有一個不知

怎地動作總是比我快，所以我在心裡默默稱他「阿飛」；另一個被我偷偷取名為「飯桶」，因為每次母親一離開，他就會啜泣，吸奶時也莫名地急切，好像怎麼吸都不夠。飯桶比我們都愛睡覺，所以我和其他手足常常跳到他的身上，咬他的臉。

我們的窩在黝黑樹根下挖出來的凹洞裡，在白天的燠熱中始終保持陰涼。我第一次踉蹌地走到日光下時，小妹和阿飛與我作伴，不過阿飛很自然地從我們之中鑽出來，硬要走在前面。

我們四個之中，只有阿飛的臉上有一個白點，當他快活地往前跑時，那塊白毛在陽光下閃閃發亮。「我是與眾不同的！」阿飛耀眼的星形斑點似乎在對世界這麼宣稱，但他身上其餘的部分倒是與我沒有不同，一樣是不起眼的褐色與黑色交雜。飯桶的顏色比我們淡了許多，小妹則遺傳到母親短而粗硬的鼻子和扁平的前額，不過我們看上去其實都差不了多少，只是阿飛走來走去時，老是特別神氣活現。

我們的樹在溪岸上，當阿飛頭下腳上地從岸邊跌下去時，我好樂喔！不過小妹和我從同一個地方下去時，也沒有比較優雅。滑不溜丟的岩石和涓涓細水散發出一股美好的氣味。我們跟著小溪濕漉漉的痕跡，進入潮濕涼爽的洞穴——一個兩側都是金屬牆的涵洞。我立刻憑著本能知道，這是躲避危險的好地方，但母親卻不把我們的發現當一回事，反而因為我們的腿還不夠有力、無法爬回溪岸，很粗暴地把我們拉回洞穴。

我們學到了教訓，知道從岸邊下去後，沒辦法自己返回窩裡。不過母親一離開，我們馬上又去了一次。這次連飯桶都加入我們，只是他才進入涵洞，隨即在涼涼的泥巴上伸展四肢，說睡就

睡。

探索似乎正是我們該做的事，畢竟，我們需要找到更多的食物。母親對我們越來越不耐煩，我們還沒吸完奶，她就急著站起來，我也只能把這件事怪罪到其他小狗身上：如果飯桶不是那麼飢渴，如果阿飛不是那麼專橫，如果小妹不是那麼愛亂動，我知道母親一定會耐心待著，直到我們填飽肚子。每次她站在我們上方，我直起身子碰觸她的時候，不是都能誘使她發出一聲嘆息，然後躺下來嗎？

母親常會花比較多一點時間舔飯桶，這樣的不公讓我咬牙切齒。

漸漸地，阿飛和小妹已經長得比我還大。我的身體和他們尺寸相同，但腿比較短，比較粗胖。當然，飯桶是我們這一窩的小不點兒。阿飛和小妹總是丟下我自己去玩，宛如飯桶和我出於某種自然的順序就該在一起，令我大感困擾。

阿飛和小妹對彼此的興趣大過於對其他家人，所以我故意不陪他們，自己跑出去，直搗涵洞，以示懲罰。有一天，我正在嗅聞某個死掉且腐爛得很美味的東西時，一個小動物——青蛙——突然跳到我正前方的空中。

我很開心地跳向前，試圖用前掌猛撲過去，但青蛙再度跳了起來。他很害怕，不過我只想玩玩，應該不會吃了他。

阿飛和小妹察覺到我的興奮，重踩著步伐走進涵洞。他們在細小的水流中打滑，停下時把我撞倒了。青蛙縱身一躍，阿飛立刻把我的頭當成跳板撲向他。我對阿飛吠叫幾聲，他卻理都不理

我。

小妹和阿飛不遺餘力地想要抓住青蛙，可是青蛙跳進水池裡，安靜地踢踢腿，很快便游走了。小妹把鼻子放進水池裡噴氣，再對著阿飛和我打噴嚏，把水濺得我們一身，然後阿飛爬到她的背上，那隻青蛙——我的青蛙——就被遺忘了。

我悲哀地轉身離去。看來，我們家的狗是一群傻子。

那天之後，我不時會想到那隻青蛙，而且常常是在我快要睡著之際。我揣想，牠嚐起來的滋味不知如何？

母親越來越常在我們靠近她的時候發出低吼。那一天，飢渴的我們跌跌撞撞地走向她，她卻對我們齜牙警告時，我對我的手足毀了一切感到徹底絕望。然後，阿飛肚子貼地、匍匐著走向母親，她俯身用口鼻對著他。阿飛舔了母親的嘴，母親於是給他食物作爲獎勵，我們立刻衝過去分享。阿飛推開我們，但我們現在都學會這一招了，所以我嗅聞和舔舔母親的前掌，她也給了我一頓飯。

現在，我們對溪床已經熟悉得不能再熟悉，還會沿著上下游走來走去，直到整個區域布滿我們的氣味。阿飛和我大多數的時間都很認眞地在玩，我開始了解，對他來說，遊戲到了最後，我仰躺在地，他用嘴咬我的臉和喉嚨，是非常重要的事。小妹從來不向他挑戰，不過我仍然不確定自己喜歡這個似乎被大家認定的排序。飯桶當然不在乎他的地位，所以我只要心情低落，就會去咬他的耳朵。

一天下午，我旁觀小妹和阿飛猛拽著一塊他們找到的布，看著看著正昏昏欲睡的時候，兩隻耳朵卻豎了起來。某種大而嘈雜的動物正在靠近。我趕緊站起來，但還來不及衝下溪床看是什麼東西，母親已經出現。她的身軀僵直，無言地發出警告。我很驚訝地看到她叼起飯桶，用我們幾週前已經捨棄的方式帶他走。她引導我們進入黑暗的涵洞，蹲伏著身子，耳朵平貼頭顱。她傳達出的訊息很清楚，所以我們全都留意著，安靜地退離通道口。

當那個東西進入視線範圍，沿著溪床昂首闊步時，我感覺母親的恐懼像是漣漪般在她的背上流竄。那是個很大的生物，用兩條腿站立，朝著我們蹣跚地走過來時，嘴裡還飄出刺鼻的煙霧。我專注地瞪視著對方，完全被蠱惑住了。爲了某個我無法理解的原因，我深受這個生物的吸引和驅動，甚至緊張地準備跳出去打招呼。我瞥了母親一眼，決定還是不要這樣做比較好。這是我們應該害怕的生物，不惜代價也要避開。

當然，那是人類。是我第一次看到的人類。

那人始終沒有往我們的方向看過來。他登上溪岸，從我們的視線範圍消失。過了一會兒，母親溜出去到陽光下，抬頭看看危險是否已經過去。她放鬆警戒，回到涵洞裡，給我們每隻小狗一個安心的吻。

我跑出去想要親眼瞧瞧，卻發現那人的存在只剩下空氣中徘徊不去的菸味，不禁大失所望。

接下來的幾週，母親一次又一次強化我們在那個涵洞中學到的訊息：**我們要不惜一切代價地避開人類，對他們心懷畏懼。**

下一次母親再去覓食時，她准許我們跟著一起走。遠離小窩的安全圈後，她的舉止變得相當怯懦又容易受驚嚇，我們則模仿她的行動：避開空曠的地方，在樹叢旁躲躲閃閃地走。如果看到人類，母親會僵住不動，雙肩緊繃，準備逃跑。每次碰到這種情形，阿飛那塊白毛就好像吠叫聲一樣突兀，不過我們始終沒有被人發現。

母親教我們如何撕開人類房屋後面那些薄薄的袋子。她俐落地剝除不能吃的紙，露出肉塊、麵包皮和一點一點的乳酪，我們盡力咀嚼。那些東西的味道很奇異，氣味非常美好，可是母親的焦慮感染了大家，我們狼吞虎嚥，沒時間細細品嚐。飯桶幾乎是一吃就吐，我起先覺得好笑，但接著我也感覺到體內一陣強烈的痙攣。

第二次，那些食物就比較好吸收了。

我一直意識到有其他狗的存在，不過除了自家的狗以外，我還沒有與他們打過交道。有時候我們出去覓食，他們會在籬笆後對著我們吠叫，很有可能是嫉妒我們可以自由來去，畢竟他們是被關起來的。母親當然不讓我們靠近陌生的狗，從來不會。阿飛這種時候通常會有一點惱火，對於別的狗膽敢在他對著他們的樹抬起一腿時鬼吼鬼叫，多少感覺被冒犯了。

偶爾，我甚至會在車裡看到狗！第一次看到時，我猛盯著他掛在車窗外的頭和耷拉的舌頭，驚奇不已。他看到我時開心地吠叫了幾聲，但我太驚訝了，什麼也沒做，只是仰起鼻子，不敢置信地嗅聞著。

汽車和卡車也是母親會倉皇走避的東西，可是裡面既然偶爾會有狗，我不明白它們怎麼會是

危險的。一輛大而喧囂的卡車常常過來，把人類留在外面給我們的食物袋蒐羅一空。之後的一到兩天，我們會沒有東西可吃。我不喜歡那輛卡車，也不喜歡從卡車上跳下來把所有食物帶走的貪婪男人。他們和他們的卡車聞起來已經夠美味的了！

現在我們必須出去覓食，玩的時間就少了。飯桶舔母親的嘴唇，希望能得到一頓飯時，母親會對他齜牙低吼，於是大家心裡也都有數。我們不時外出，躲開人們的視線，拚命尋找食物。我開始覺得疲倦且虛弱，連阿飛站起來把頭放到我的背上、用胸膛推我的時候，我都不會反抗。很好，就讓他當老大吧。對我而言，反正我的短腿比較適合母親示範的逃跑方式——壓低身子溜跑。如果阿飛覺得他用高度打壓我是在宣示什麼，他是在自欺欺狗。母親才是掌管一切的頭兒。

現在，樹下的空間要容下我們全家變得很勉強，母親離開的時間也越來越長。某種預感告訴我，不久後的某一天她將不會再回來，我們必須捍衛自己。阿飛老是把我推開，想要占據我那一份食物。到時母親將不會在這裡照顧我。

我開始納悶，離開小窩不曉得會是什麼情景？

一切都改變的那一天，從飯桶搖搖晃晃地走進涵洞趴下，而不是去覓食開始。他的呼吸變得沉重，舌頭從嘴裡伸出。母親離開前用鼻子輕推飯桶，我也走過去嗅聞他，但他始終緊閉著眼。涵洞再過去是一條馬路，我們曾經在那裡發現一隻死掉的大鳥，全體撲上去埋首就是一陣撕扯，不過最後卻被阿飛叼著跑走。儘管有被人看到的危險，我們仍然在這條路上走來走去，尋找更多的鳥。當母親忽然警覺地抬起頭時，我們就是在找鳥。那一瞬間，我們都聽到了：一輛卡車

正往這裡駛來。

那不是隨便一輛卡車。過去幾天，它在這條路上已經來回移動了好幾次，每次都發出相同的聲音，威嚇地徐徐移動，像是特別來捕捉我們的。

母親拔腿衝回涵洞，我們緊跟在後，但爲了我永遠也想不透的理由，我停下來看著那輛怪獸般的機器，幾秒過後才跟著母親進入安全的通道內。

那幾秒造成了極大的差異——我被人看到了。卡車低沉隆隆地震動著，在我們上方的位置停下來。引擎發出鏗鏘一聲後變得無聲無息，接著就傳來靴子踩在石礫上的聲音。

母親輕輕嗚咽著。

當人類的臉分別出現在涵洞的兩端，母親低下身子，渾身緊繃。他們對我們展露牙齒，不過不像是充滿了敵意。他們的臉是棕色的，上面有黑色的頭髮、眉毛和深色的瞳孔。

「嗨！男孩。」他們之中的一個輕聲說道。我不知道那是什麼意思，但那個呼喚有如風一般地自然，宛如我這輩子都在聽人類說話。

兩個男人各持一根竿子，可是我現在才看到。棍子的前端還有繞成一圈的繩子，看來頗具威脅性。我感覺母親的驚慌高漲到滿溢而出。她的爪子在地上亂扒，接著便低下頭，瞄準其中一個男人兩腿間的空隙衝了出去。竿子往下探，一下子就抓到了母親。母親被拉到日光之下，扭著身子猝然一動。

小妹和我畏縮著身子往後退，阿飛發出低沉的怒吼，頸背的毛立了起來。然後，我們三個同

時意識到，儘管身後那條路仍然有人擋住，通道入口卻已淨空。我們飛奔向前。

「他們過去了！」身後的男人大叫。

一跑出去到溪床，我們就發現自己並不眞的知道要怎麼辦。小妹和我站在阿飛的後面。既然他想當老大，那麼好吧，交給他來處理。

母親不見蹤影。兩個男人持著竿子，各自盤踞在對立的溪岸上。阿飛閃過其中一個人揮舞的竿子，卻被另一個人的鉤住。小妹趁亂逃跑，一邊踩濺著水花，一邊蹦蹦跳跳地跑走。只有我站定不動，往上凝視著馬路。

一個滿頭白色長髮的女人出現在我們上方，臉上的皺紋看來很仁慈。「來，小狗狗，沒關係。你不會有事的。來，小狗狗。」她說。

我沒有跑，也沒有動，任由繩圈滑過我的臉，在脖子上緊縮。棍子引導我上到溪岸，男人揪著我的頸背抓住我。

「他很好，他很好。」女人低聲說道。「放了他。」

「會跑掉喔。」男人警告。

「放了他。」

我聽不懂這段對話，只知道女人雖然比其他兩個男人老，體格也較小，不知怎地卻是發號施令的人。男人發出不情願的抱怨，鬆開我脖子上的繩子。女人對我伸出兩隻有如皮革般粗糙但帶有一縷花香味的手掌。我嗅了嗅，低下頭來。她身上清楚散發出對我的關心和擔心。

當她的手指撫過我的毛髮時，我渾身顫抖，尾巴自發地在空中揮舞著。她把我抱到半空中，嚇了我一大跳。我費力地往上爬，親吻她的臉，聽到她笑就覺得很開心。

然而，一個男人抱著飯桶癱軟不動的身軀出現，氣氛頓時轉爲陰沉。那人把飯桶給女人看，她發出了嘖嘖聲，聲調哀戚。男人接著走到卡車上的金屬籠子前，把飯桶放在關在籠裡的母親和阿飛的鼻子前。死亡的氣味猶如我對飯桶的回憶，飄散在乾燥且灰塵瀰漫的空氣中。

我們全都仔細嗅聞著我死去的兄弟，我明白那兩個男人要我們知道飯桶發生什麼事了。

他們安靜地站在馬路上，哀傷從他們的身上流洩而出，但他們不知道飯桶病得多重，他從出生就有病，對這個世界並無眷戀。

我也被關進籠子裡，母親嗅聞著我毛髮上殘留的女人氣味，一副非常不能認可的樣子。卡車猛地一跳，再度發動，我們沿著馬路前進，美好的氣味流進籠子又流出去，立刻轉移了我的注意力。**我在坐卡車耶！**我高興地吠叫起來，阿飛和母親的頭陡地一動，對我突然迸發的情感大感詫異，但我克制不了自己。這是我這輩子碰過最興奮的事，連差點抓住那隻青蛙都無法相比。

阿飛似乎哀傷不已。我過了半晌才明白，就像我們失去飯桶一樣，他最愛的同伴小妹不見了。

我省思著，這個世界比我原先所猜想的要複雜許多。不是只有母親和我們手足躲避人類、覓食，和在涵洞內玩耍這麼簡單。遠遠更大的事件有能力改變一切，人類則是事件背後的推手。

不過，有件事我倒是想錯了。儘管當時還不知道，阿飛和我以後卻會與小妹重逢。

2

不論這趟卡車之旅是往到哪裡去，我覺得，到目的地後一定會見到其他的狗。關住我們的籠子充滿了其他狗的屎尿味，甚至還有他們的血混合著毛髮和唾液的氣味。母親縮著身子，爪子卻伸得長長的，避免因爲車子的彈跳和猛然的一動而滑來倒去。阿飛和我低垂著鼻子踱步，嗅聞一隻又一隻狗的氣味。阿飛不斷在籠子的角落做記號，但每次他想用三條腿站立，卡車的震動就會害得他趴下去，有一次甚至跌到母親身上，馬上被母親咬了一下。我憎惡地看他一眼。他難道看不出來母親悶悶不樂嗎？

終於，我對嗅聞其他不在場的狗所留下的氣味失去興趣，把鼻子抵在鐵條上，吸入滿鼻腔的風。這讓我想起第一次把臉埋在垃圾桶裡的經驗。汁多味美的垃圾桶是我們的主要食物來源，裡面有數千種我無法指明的氣味，每一種都強而有力地衝擊著我的鼻子，讓我不斷打噴嚏。

阿飛到籠子的另一邊趴下，不與我趴在同一邊，因爲這不是他選的。每次我打噴嚏，他就沒好氣地看我一眼，像是在警告我：下次要打噴嚏前最好先徵詢他的許可。每次他冷冷的視線遇上

我的眼睛，我都會瞥向母親，雖然她因為這次的經驗而明顯變得膽怯，對我而言卻仍是掌管一切的狗。

卡車停下來後，女人走過來對我們說話，雙掌壓在籠子邊上讓我們舔。母親待在原地不動，但阿飛和我一樣受到吸引，站到我的旁邊，搖著尾巴。

「你們眞可愛。餓了吧，寶貝們？你們餓了嗎？」

卡車停在一棟長而平直的住宅前面，稀疏如荒漠的草在卡車的輪胎間挺直身軀。「嘿！巴比！」一個男人大叫。

突如其來的回應嚇得我目瞪口呆。屋後傳來異口同聲的大聲吠叫，叫聲多到我無法計數到底有幾隻狗。阿飛用後腳直立，兩隻前掌放在籠子的側邊，宛如這樣不知怎地就能看得更清楚。

喧鬧還未停止，又有一個男人從屋子的側邊走出來。他也是棕色的，看來歷盡滄桑，走路時有一點跛。其他兩個男人站著對他露出牙齒的方式，有一種等著看好戲的感覺。果然，他看到我們便停下腳步，肩膀往下一沉。

「噢，不，太太。不要再帶狗回來了。我們已經有太多隻了。」他散發出一種逆來順受和懊悔的感覺，但我不覺得他在生氣。

女人轉身走向他。「我們抓到兩隻小狗，還有他們的媽媽。他們可能才三個月大。一隻跑了，還有一隻死掉。」

「噢，不。」

「母狗是野狗，可憐的東西，她嚇壞了。」

「你知道他們上次是怎麼跟你說的。我們養太多狗了，他們又不會發執照給我們。」

「我才不在乎。」

「但是，太太，我們沒有空間了。」

「好啦，巴比，你知道這不是事實。況且，我們能怎麼辦呢？讓他們活得像是野生動物嗎？他們是狗耶，巴比，小小的狗狗，你明白嗎？」女人轉身回到籠子前，我對她搖搖尾巴，讓她知道我雖然聽不懂他們在說什麼，卻一直全神貫注地聆聽。

「對啊，巴比，多三隻又有什麼差別？」一個露出牙齒的男人問。

「再過不久就沒錢可以付你們薪水了，錢會統統拿去買狗食。」叫作巴比的男人回答。其他兩個男人聳聳肩，露齒微笑。

「卡洛斯，我要你拿一些新鮮的漢堡肉回那條小溪，看能不能找到那隻逃走的。」女人說。

男人點點頭，對巴比的表情哈哈大笑。我了解那個女人是這個人類家庭中掌管一切的人，於是又舔了她的手一下，希望她最喜歡的狗是我。

「噢，你眞是隻乖狗狗，一隻乖狗狗。」她告訴我。我跳上跳下，用力搖著尾巴，還打到阿飛的臉，他不耐煩地眨了眨眼。

名叫卡洛斯的男人聞起來有股辛辣的肉味，還有一股我說不上來是什麼的奇異油味。他拿一支竿子伸進籠子，鉤住母親，帶她到屋子側面一個大籬笆附近，我和阿飛自願地尾隨在後。這裡

的吠叫聲震耳欲聾。我微微顫抖著，感到很恐懼。**我們到底要進入什麼地方？**

巴比的氣味有一種柑橘類水果的特質——柳橙，然後還聞得到塵土、皮革和狗。他微微打開了門，用身體擋路。「後退！現在後退，後退！走啊！」他敦促著，吠叫聲稍微減弱了些。當巴比把門整個拉開，卡洛斯把母親往前一推的時候，吠叫聲完全靜止。

眼前的事物太令我震驚，甚至感覺不到巴比推我進入圍欄裡的那一腳。

狗。

到處都是狗。有幾隻大得跟母親一樣，甚至更大，有些較小，但全都自由地在一個很大的圍欄裡成群亂轉。圍欄是個巨大的院子，周圍豎立著高高的木頭籬笆。我歡快地奔向看來友善且年紀不比我大的一小群狗，快到達時卻停下腳步，假裝受到地上某樣東西的吸引。在我面前的三隻狗都是淺色的，而且都是母狗，所以我先誘惑地在一個土堆上灑尿，然後才加入她們，彬彬有禮地嗅聞她們的屁股。

事情的轉變真是讓我喜出望外，我好想叫個幾聲，但母親和阿飛卻不像我這麼自在。事實上，母親把鼻子貼地，不斷沿著籬笆的周圍搜尋出口。阿飛靠近一群公狗，僵硬地和他們站在一起，尾巴顫抖著。那幾隻公狗輪流抬起一腿，在一根籬笆柱子上灑尿。

其中一隻公狗走過來站在阿飛的正前方，另一隻繞到阿飛的後面，很有攻擊性地聞了聞他，我可憐的兄弟就縮起身子了。他的臀部往下垂，轉身面對後頭的公狗時，尾巴還彎了起來，滑到兩腿之間。幾秒後，當他帶著某種絕望的意味仰躺在地，嬉鬧地扭來動去時，我絲毫不覺得驚

訝。我猜他不再是老大了。

發生這些事情時，另一隻耳朵長垂在頭顱兩旁的高大公狗站在院子中央一動也不動，看著母親絕望地繞著周圍跑。第六感告訴我，在院子裡所有的狗中，這隻是要小心面對的狗。果不其然，當他擺脫僵直的站姿，朝著籬笆邊輕手輕腳地走過去時，圍繞在阿飛附近的狗立刻停止胡鬧，警覺地抬起頭來。

距離籬笆邊約十二碼，這隻獨來獨往的公狗突然全速疾奔，朝母親撲過去。母親停下腳步，縮起身軀。那隻公狗用肩膀頂住母親攔截，尾巴直得像箭一樣。母親蹲靠在籬笆邊，任由他上上下下嗅聞她的全身。

我有股想要跑過去幫助母親的衝動，我確定阿飛也一樣，但不知怎地我知道這麼做是不對的。這隻大塊頭的公獒犬是地位最高的狗，他有一張棕色的臉和一雙深色黏稠的眼。母親的臣服不過是種自然的排序。

頭兒在仔細檢驗過母親後，對著籬笆灑了一絲絲尿，母親盡責地檢驗著，他於是碎步跑離，不再理會母親。母親像顆洩氣的皮球，趁其他狗不注意的時候，溜到一疊鐵路枕木的後面躲了起來。

公狗群刻不容緩地也過來檢視我，我蹲低身子，舔了他們每一張臉，讓他們清楚知道，我對他們一點也不構成問題，會惹麻煩的是我那個兄弟。我只想和那三個女孩玩，探索這個院子。院子裡有很多球和橡膠骨頭，還有各種美好的氣味和吸引我注意的事物。清澈的水滴不斷滴入一個

水槽裡，只要有需要，我們隨時可以過去喝水。那個叫作卡洛斯的男人一天會進院子一次，打掃被我們弄髒的環境。每隔一段時間，出於純粹的快樂，我們會一起大聲嗥叫。

另外就是那些食物。巴比、卡洛斯、太太和另一個男人一天會進入狗群中兩次，依據年齡把我們區分開來。他們會把一袋袋豐富的食物倒入大碗中，我們整張臉都埋進碗裡，能吃多少就吃多少！巴比站在一旁，每次看到有哪隻狗吃得不夠（通常是女孩中最嬌小的那一隻），便會推開我們，把她抱起來，另外給她一手掌的食物。

母親和其他成犬一起用餐，偶爾我會聽到他們那邊發出的低沉怒吼，舉目四望卻只看到搖晃的尾巴。不論他們在吃什麼，聞起來都好棒，但幼犬若是想晃過去看看情況，人類會出手阻攔。

那個女人——也就是太太——會彎下身子讓我們親她的臉，同時用手撫摸我們的毛髮，還會一直笑、一直笑。她告訴我，我的名字是「托比」。她每次看到我就說這個名字：托比、托比、托比。

我確定她現在最喜歡的狗是我。怎麼可能不是呢？我最好的朋友是一隻淺黃褐色的母狗，名叫「可可」。她第一天就向我打招呼。可可的腿和腳是白色的，鼻子是粉紅色的，毛粗而硬。她很嬌小，所以我雖然腿短，卻跟得上她。

我和可可整天都在角力，其他的女孩通常也會加入，有時還有阿飛，他總是想玩最後他會變成頭兒的遊戲。不過，他必須抑制攻擊性的玩耍，因爲他若是太吵，就會有公狗被派出來，走向他，給他一頓排頭。每當發生這種事情時，我總是假裝我這輩子從來沒見過他。

我愛我的世界，也就是這個院子。我愛在水槽旁的泥巴上奔跑，腳掌濺起泥土，弄得一身的毛髮斑斑點點。我愛我們全體一起嗥叫，雖然我幾乎不了解這麼做是爲了什麼。我愛追逐可可，也愛睡在一堆狗之間，嗅聞其他狗的糞便。有很多天我都是走著走著便倒下來，玩到極度興奮快樂、精疲力竭。

年紀較大的狗也會玩，我甚至看過頭兒嘴裡叼著一塊破爛的毯子，在院子裡縱橫來去，其他的狗在後面追逐，假裝遠遠落後，追不上他。只有母親從來不玩。她在鐵路枕木後面挖了一個洞，大多數的時間都趴在那裡。當我過去瞧瞧她在幹嘛的時候，她會對我低沉怒吼，好像不認得我是誰。

有一天晚上在吃過晚餐之後，群狗在院子裡伸展四肢，昏昏欲睡，我看到母親悄悄地從藏身處走出來，躡手躡腳地靠向門口。當時，我正在咬一根橡膠骨頭，對付嘴裡一直想咬東西的疼痛。我停止咀嚼，好奇地注視坐在門前的母親。*有誰要來嗎？*我歪著頭，想著我們若有訪客，其他狗現在早已開始吠叫。

卡洛斯、巴比還有其他的男人，晚上常會坐在一張小桌子前交談，同時打開一只散發出強烈化學氣味的玻璃瓶，互相傳來遞去。但今晚他們沒有這麼做。院子裡只有狗在。

母親抬起前腿，抵在木門的板條上，咬住金屬門把。我茫然不解。*爲什麼？*我納悶著，爲何四周有這些完美的橡膠骨頭時，她會去咬那種東西呢？她的頭左扭右扭，顯然無法好好地咬住門把。我望向阿飛。他睡得正沉。

接著，門發出喀噠一聲，打開了。我大吃一驚。母親竟然開了門！她放下前掌，回到地上，再用肩膀把門推到一旁，小心地嗅聞著籬笆外的空氣。

然後，她轉過來看著我，雙眼閃爍著光亮，傳達出一清二楚的訊息：她要離開了。我站起來加入她，趴在附近的可可懶洋洋地抬起頭，對我眨了眨眼，嘆口氣，又在沙地上伸展四肢。

我若是離開，勢必不會再見到可可。我在對母親的忠心和對群狗的忠誠之間搖擺不定。母親總是餵我吃東西，教我事情，照顧我，群狗中則還有我那個廢物兄弟阿飛。

母親沒有等我做決定。她安靜地溜出去，進入即將降臨的夜色之中。要想跟上她，我得加緊腳步了。

我蹦跳著跑到敞開的門口，追著她進入籬笆外無法預測的世界。

阿飛完全沒看到我們離開。

3

我沒有走很遠。我原本就無法像母親跑得那麼快，更何況屋子前有樹叢，我覺得自己不得不去做一下記號。母親沒有等我，甚至連回頭看一眼都沒有。我看到她的最後一眼，她正在做她最擅長的事：潛入陰影中，不被注意、不被看見。

不久前，我生命中最想要的，莫過於依偎在母親身邊。那時，她的舌頭和溫暖的身軀對我的意義勝於一切。但現在眼看著她消失，我了解到她撇下我，只是做了所有身為母親的狗必定要做的事。跟上去的衝動是母子關係中最後的反射性姿態，但我們的關係早在抵達院子的那一天就永遠地改變了。

腿仍高舉在空中的時候，太太走出來到門廊上，看到我便停下腳步。

「哎呀，托比，你是怎麼跑出來的？」

想跑的話，我必須現在就跑，但我當然沒有這麼做。相反地，我搖著尾巴，跳到太太的腿上，想舔她的臉。一種美好的油雞味讓她身上的花香味更生動了。她往後撫平我的耳朵，重踩著

腳步，匆匆轉去仍然敞開的門口。我跟著她，對她的撫觸上了癮。群狗在院子裡沒有生氣地睡著。她輕輕地推我一下，跟著我走進院子。

門一關上，其他的狗便站起身衝向我們，太太拍拍他們，撫慰地和他們說話，我則因爲太太的注意力被轉移，小小地生著悶氣。

這看來不只是一點點的不公平。我爲了和太太在一起，可是連母親都放棄了，太太現在卻表現得好像我不比其他的狗特殊！

太太離開時，門發出堅實的金屬聲音關上，但我再也不認爲那是一道過不去的障礙。

幾天後，母親回來的時候，我正在和可可角力。我以爲是母親。那時，我正爲了持續不斷的角力比賽中一個新的發展分神。我繞到可可身後，爬上她的背，用前肢抓她。這是個很棒的遊戲，我不懂可可的反應爲何那麼粗暴。她扭動著身體，對我咆哮！這個遊戲感覺好棒，她怎麼會這麼不樂於接受呢？

巴比打開門時，我抬起頭，看到母親遲疑地站在那裡。我興高采烈地跑過院子，其他狗也跟著跑過來，但我卻在靠近時緩下步伐。

這隻母狗和母親很像，一眼上有一塊黑毛，也有粗短的口鼻和短毛，但她不是母親。她在我們走近時蹲下來，臣服地灑了尿。我和其他狗一起繞著她打轉，只有阿飛直接走上前去嗅聞她的屁股。

巴比像把我們丟上卡車那次一樣，被人打敗似地凹陷著雙肩，不過他站在那隻狗的附近，用

身體保護著她。

「你不會有事的，女孩。」他說。

那是小妹。我幾乎把她忘得一乾二淨。現在仔細看著她，我意識到籬笆內外的生活有多麼不同。她很瘦，肋骨明顯可見，身體側面還有一道滲水的白疤。嘴巴有腐爛食物的味道，蹲下來時，膀胱散發出的氣味也很噁心。

阿飛欣喜若狂，但小妹被這群狗嚇得瑟瑟縮縮，完全無法接受他玩耍的邀約。她在頭兒面前卑躬屈膝，任由所有的狗嗅聞她，動都沒有動一下以建立任何一點界線。當他們終於輕蔑地對她不屑一顧之後，她鬼鬼祟祟地走去檢視空空的食物槽，宛如偷竊般喝了點水。

這就是試圖活在人類之外的世界時，狗會有的際遇。他們是落水狗，既失敗又飢腸轆轆。如果我和阿飛待在涵洞裡沒有出來，我們就會是小妹這個樣子。

阿飛一直黏在小妹身邊。我突然想到，小妹向來是他最喜歡的同伴，對他來說甚至比母親還重要。我看著他親吻小妹，對小妹低頭，絲毫不覺得嫉妒。反正我有可可。

令我嫉妒的是，可可也得到其他公狗的注意。他們似乎認為他們有權晃過來和她玩，當我不在場似的。不過，我想他們還眞的有這個權利。我知道我在群狗中的地位，也很高興因此得來的秩序和安全感，可是我想獨占可可。當他們粗魯地用肩膀把我推開時，我一點也不覺得高興。

公狗似乎全都想玩我發明的遊戲，他們圍繞在可可的身後，意圖跳到她的身上，但我發現她也不想和他們玩這個遊戲，不禁冷冷地感到心滿意足。

小妹抵達後的隔天早上，巴比進院子裡來帶走阿飛、小妹、可可和另外一隻被命名爲唐恩的年輕公獵犬，他的身上有斑點，十分活潑好動。巴比把這幾隻狗和我一起放到卡車後面的籠子。籠裡很擠，又吵，但我好愛高速的氣流，也愛對著阿飛打噴嚏時他臉上的表情。不過，有件事卻令我大吃一驚：群狗中一隻長毛母狗，與卡洛斯和巴比一同坐在駕駛座。爲什麼她會成爲前座狗狗？我納悶著。還有，當她的氣味從敞開的窗子飄散出來時，爲什麼我會一陣顫抖，感受到一股急促的狂野？

我們停在一株多瘤的老樹旁，樹下有著燠熱停車場上唯一可見的陰影。巴比和那隻坐在駕駛座的母狗進入建築物裡，卡洛斯繞到後面籠子的門前。除了小妹以外，我們全都衝上前去。

「來吧，可可，可可。」卡洛斯說。我聞到他的手指上有花生和莓果，還有某種我不知道是什麼但甜甜的東西。

當可可被帶入建築物內時，我們全都嫉妒地吠叫起來，但接著我們吠叫只是因爲我們想叫。一隻大黑鳥停在樹上，往下凝視著我們，當我們是白痴，所以我們對著他又叫了好一會兒。

然後，巴比從建築物現身，走回卡車。「托比！」他喚道。

我驕傲地往前一站，接受一圈皮革繞在我的脖子上，再往下跳到人行道上。地面好熱，熱到我的腳掌都痛了。進入建築物時，我甚至沒有回頭看籠子裡那些窩囊廢。建築物內涼爽得驚人，還有狗和其他動物的濃郁氣息。

巴比帶我沿著走道走，然後把我抱起來，放在一張光可鑑人的桌子上。一個女人進來，把柔

軟溫柔的手指放在我的耳朵裡，又探索著我的喉嚨，我重重地捶打著尾巴。她的手聞起來有很濃的化學味，衣服上卻有可可和其他動物的氣息。

「這隻叫什麼？」她問。

「托比。」巴比說。聽到自己的名字，我的尾巴搖得更厲害了。

「你說今天有幾隻？」她一邊和巴比說話，一邊掀開我的牙齦，讚賞我的牙齒。

「三隻公狗，三隻母狗。」

「巴比。」女人說。我因爲聽得懂這個名字，又搖起尾巴。

「我知道，我知道。」

「她會惹上麻煩的。」女人說。她上上下下地撫摸我的全身，我納悶自己是否可以發出愉悅的呻吟。

「附近沒有鄰居，不會有人抱怨的。」

「可是法律規定不行。她不能不停地收養狗，已經太多隻了。這樣不衛生。」

「她說不然狗會死掉。附近居民又不多，沒辦法找人收養。」

「這是違法的。」

「請你不要報警，醫師。」

「你們讓我很爲難，巴比。我必須關心他們的福祉。」

「他們要是病了，我們會帶他們過來找你。」

「會有人去投訴的，巴比。」
「拜託你高抬貴手。」
「噢，不是我。我不會不跟你們說一聲就採取任何行動，我會給你們找出解決之道的機會。好吧？巴比？」
我舔了舔她的手。
「乖男孩。我們現在要替你動手術，幫你打點一下。」
巴比低聲輕笑。
很快地，我到了另一間房間，那裡的光線好亮，不過十分涼爽，充滿了那位和藹可親小姐身上那種強烈化學藥劑的味道。巴比緊緊地抓著我，我趴下來不動，不知怎地意識到這是他的希望。被這樣抓著感覺很好，我重重地捶打尾巴。脖子後短暫感覺到尖刻的痛楚，但我沒有抱怨，反而活潑地搖擺著尾巴，顯示我一點也不在意。
接下來，我發現自己回到院子裡了！我睜開眼，試圖站起來，後腿卻沒什麼力氣。我很渴，但精疲力竭到無法走去喝水。最後只能低下頭繼續睡覺。
醒來時，我立刻意識到脖子上有東西，一個白色圓錐體之類的東西，看來好蠢，我真怕自己會遭到群狗的唾棄。我的後腿之間又疼又癢，但沒辦法用牙齒咬上一咬，都是這個愚蠢的項圈害的。我跌跌撞撞地走去水龍頭那裡喝了點水，胃裡的感覺很噁心，腹部更是非常、非常地痠痛。從院子裡的氣味聞得出來，大夥兒已經吃過晚餐了，不過我還眞是一點也不在乎。我找到一塊涼

爽的地面，呻吟著趴下。一樣趴在那裡的阿飛看了我一眼，他也戴著這種可笑的項圈。

巴比對我們做了什麼啊？

和我們一同到建築物裡見那位和藹可親小姐的三隻母狗不見蹤影。隔天，我一跛一跛地在院子裡走動，嗅聞可可的行跡，卻找不到她已經回來我們之中的證據。

除了愚蠢項圈的羞辱之外，公狗們還過來檢視我的痠痛部位，令我尊嚴掃地。頭兒用不是很溫和的一推，讓我仰躺在地，我悲慘地露出肚子，任他用毫不遮掩的輕蔑嗅聞我，接著其他的公狗也過來依樣畫葫蘆。

但他們倒是放了幾天後跳著跑進院子裡的母狗們一馬。看到可可我好高興，她也戴著同樣奇怪的項圈，阿飛則盡全力安撫整個過程備受傷害的小妹。

終於，卡洛斯替我們拿下項圈，而從那時起，我發現自己不知怎地對於爬上可可背上的遊戲失去興趣。相反地，我現在有了新的遊戲。我會帶著一根橡膠骨頭趾高氣昂地走向可可，在她的面前咬它，再把它甩到空中，讓它掉下來。她會假裝沒有興趣，看向別處，不過當我用鼻子把骨頭輕推向她，她的視線總是會移回來。最後，她會失去控制，猛撲過來，但我太了解她了，所以會在她的雙顎咬上骨頭之前，飛快地把骨頭弄走，再往後一跳，開心地搖著尾巴。有時她會追我，我們便繞著大圈子跑，而這才是遊戲中我最喜歡的部分。其他時候，她會假裝無聊地打個呵欠，於是我又會靠近，用橡膠骨頭逗引她，直到她忍不住再度出手。我好愛這個遊戲，連睡覺都會夢到它。

偶爾，我們也會有眞正的骨頭，只是處理的方式不太一樣。卡洛斯會帶著一只油油的袋子進入院子，從裡面拿出燒黑的佳餚，一邊呼喚著我們的名字。卡洛斯不了解，他應該每次都先給頭兒，我對這一點不會有異議的。我不是每次都分得到骨頭，但輪到我時，卡洛斯會說：「托比，托比。」然後經過別的狗的鼻子前遞骨頭給我。事情只要和人類有關，規則便截然不同。

有一次，阿飛拿到骨頭而我沒有，我目睹到一件很不尋常的事。阿飛在院子的對面蹲下，狂亂地咬著他的獎勵，骨頭散發出的氣味令我們爲之陶醉。我溜過去欣羨地看著，也因爲如此，當頭兒走過來時，我就站在那裡。

阿飛緊張起來，稍微分開他的腿，一副準備站起來的樣子。頭兒走上前，阿飛停止咬骨頭，然後發出一聲低低的怒吼。從來沒有哪隻狗對頭兒吼叫過。但我察覺阿飛是對的，這是他的骨頭，是卡洛斯給他的，連頭兒都不能拿。

可是，骨頭是那麼地美味，頭兒似乎不能克制自己。他的鼻子往前一探，阿飛就發動攻擊了。喀嚓一聲，阿飛銳利地咬上頭兒的臉，雙唇往後拉，雙眼瞇成一條線。頭兒瞪阿飛的樣子，像是被這場公然的反叛嚇呆了。然後，他像帝王般把頭抬得高高的，轉身在籬笆上抬起一腿灑尿，不再理會阿飛。

我知道頭兒如果想要的話，大可以搶走阿飛的獎勵。頭兒有那種力量，以前也不是沒有施展過。約莫在我們搭卡車去涼爽建築物內見那位和藹可親小姐的時期，我就親眼看過這樣的事情上演。當時，公狗們圍繞在一隻母狗周圍，嗅聞著她，不知爲了什麼瘋狂的目的紛紛抬起他們的

腿。我必須很遺憾地說，我也是其中一隻。她身上就是有某種令我不得不動作的東西，我甚至無法描述那是什麼。

每次有哪隻公狗湊上前去嗅聞母狗的屁股，她就往地上一坐，雙耳謙遜地往後擺，不過也有幾次發出怒吼。而每當她這麼做，公狗們便會往後退，宛如她剛被選爲新的頭兒。

我們全都如此靠近地聚集在一起，不碰撞到彼此是不可能的，因此頭兒和狗群中最大的公狗——一隻被巴比稱爲羅提的黑褐色大公狗——爆發了爭吵。

頭兒以熟練的敏捷發動攻擊，一把攫住羅提的頸背，把他的雙肩拖到地上。我們其餘的狗對這場爭鬥敬而遠之，事情在幾秒內便宣告結束。眞的，羅提屈從地翻出他的肚子。不過吵鬧聲卻吸引了卡洛斯，他過來大叫著：「嘿！嘿！夠了喔！」他站在院子裡，但公狗們不理他，只有可可走過去要他摸摸。在注視我們幾分鐘後，卡洛斯呼喚那隻得到所有公狗注意的母狗，把她帶出門外。

直到隔天早上我們上了卡車，要去見涼爽房間裡那位和藹可親的小姐，我才又看到她。她就是和男人們一同坐在前座的母狗。

阿飛吃完他的骨頭後，似乎對咬頭兒的事又仔細想過。我的兄弟垂下頭，低搖著尾巴，拖著腳步走向頭兒佇立之處，對頭兒做了幾次邀玩的動作。頭兒不理他，阿飛只好舔舔頭兒的嘴。這個道歉還算充分，所以頭兒和阿飛玩了一下，翻滾我的兄弟，讓阿飛咬他的脖子，再突如其來地轉身走開。

這是頭兒維持秩序的方式，他讓我們安於自己的位置，但不會利用他的地位竊取人類給予我們的食物。在史派克出現的那一天前，我們一直是一群快樂的狗。

在那之後，一切卻變得不同了。

4

我開始意識到，好不容易搞清楚生活是怎麼一回事，它就又改變了。當我們和母親一起奔跑時，我學會害怕人類，學會吃動物的屍體，學會如何安撫阿飛，好讓他心情愉悅。然後，那些男人來了，把我們帶入院子，徹底改變了一切。

在院子裡，我很快就適應了群狗的生活，也學會愛太太、卡洛斯和巴比，而當我和可可的遊戲開始變質，變得比較複雜時，我們就被帶去拜訪涼爽房間裡那位和藹可親的小姐，我感受到的一股急迫性也因此煙消雲散。我一天裡多數的時間仍然在咬可可，也被可可咬，但少了那偶爾會突然控制住我的奇怪衝動。

院子內外是兩個不同的世界，兩者之間豎立著一道母親打開過的門。我常常想起她逃離的那個夜晚，想到自己嘴裡似乎都感受得到那個金屬門把。母親對我展示了重獲自由的方式，只看我想不想要。但我和母親是不一樣的狗。我愛院子。我想當太太的狗。我的名字是托比。

母親是如此地反社會，似乎沒人注意到她的離去。太太甚至從未給母親一個名字。阿飛和小

妹不時會到母親趴睡過的枕木後凹地東嗅西聞，但除此之外，他們沒有對她的消失有任何形於外的關注。日子一如既往，只是一天過了又一天。

然後，當群狗中每隻狗的地位都定下來，我也已經開始到成犬的食物槽用餐，卡洛斯會偷偷拿骨頭來給我們，太太會給我們點心和吻的時候，又來了一隻新的狗。

他的名字叫作史派克。

巴比的卡車門砰地關上時，我們全都吠叫起來。不過那天好熱，有些狗趴在陰影之下，甚至沒有站起來。柵門打開了，巴比的棍子尾端領著一隻高大又肌肉發達的公狗進來。

當你站在柵門口，整群狗朝你衝過來的時候，感覺是很可怕的，但這隻新來的狗卻不動如山。他很黑，像羅提一樣有著寬闊的雙肩，個子則與頭兒等高。他的尾巴有一大截不見了，剩下的一小截粗短尾巴並沒有在搖擺。他穩穩地用四腿站立，低沉的隆隆聲從他的胸腔發出來。

「放輕鬆，史派克。好啦，好啦。」巴比說。

從巴比說「史派克」的方式，我知道那隻狗就叫這個名字。我決定按兵不動，等其他狗先檢視過他再說。

頭兒原本一如往常地沒有上前來，現在卻從水槽附近的涼爽陰影下現身，快步上前會會這隻新來的狗。巴比鬆開史派克脖子上的環圈。「好啦，放輕鬆。」巴比說。

巴比的緊張如同漣漪般在群狗中擴散，我感覺到自己背後的毛髮都立了起來，不過我不懂這是爲了什麼。頭兒和史派克僵直地檢視彼此，誰也沒有退縮。群狗緊緊圍成一圈。史派克的臉上

滿布傷痕，深色的毛髮上有淺灰色的淚滴形凹洞和隆起。

他身上的某種東西似乎吸引了我們全體，每一隻狗都面向著他圍繞而立，讓我不由得感到恐懼，儘管事情好像本來就該是這樣。史派克容許頭兒的頭越過到他的身後，但他沒有彎下身子，也沒有放低腹部貼地。相反地，史派克走到籬笆邊，仔細地嗅聞過後抬起一腿灑尿。公狗們立刻在頭兒後面排起隊來，對同一個地點做同樣的事。

太太的臉出現在柵門上方，我隨即感受到許多的焦慮煙消雲散。有幾隻狗脫離圈子跑向她，把前腿放在籬笆上，好讓她可以碰觸我們的頭。

「看到了嗎？他不會有事的。」太太說。

「這種狗是被培育來打架的，太太。他和其餘的狗都不一樣，不一樣的，太太。」

「要當隻乖狗狗喔，史派克！」太太對他呼喚。我嫉妒地朝新來的狗望去，但他對自己名字的反應卻只是粗略地看一眼，好像那是多麼微不足道的事。

托比。我希望太太叫我。**乖狗狗，托比**。相反地，她只是說：「沒有壞狗，巴比，只有壞人。他們只是需要有人愛。」

「可是他們的內在有時也會壞掉，太太，而且沒有什麼能救得了他們。」

太太的手心不在焉地往下伸，搔了搔可可的耳後。我狂亂地把鼻子往太太的手指下推，她卻根本沒意識到我的存在。

自己明明是太太最喜歡的狗，卻被如此不屑一顧地對待，讓我感到很受傷。之後，即使可可

勤奮地咬著一根橡膠骨頭在我面前坐下，我也不予理會。她翻身仰躺，用雙掌玩著骨頭，把它從嘴邊拿起來又讓它掉下來。她抓著骨頭的方式是這麼地輕，我知道我一定搶得過來，於是動身撲了過去。沒想到可可從我的身邊翻滾出去，然後就換我在院子裡追她，對她把遊戲倒過來玩氣得半死。

我滿腦子都是把那根愚蠢的骨頭從可可那裡搶回來的念頭。我才該擁有那根骨頭，不是可可。因此，我沒有看到事情是怎麼開始的。我只是突然注意到，我們全都知道必然會發生的打鬥已經開始了。

頭兒的打鬥通常一下子就落幕，位階較低的狗會領受頭兒對他膽敢挑戰地位的懲罰。然而，這場既吵鬧又惡毒野蠻的可怕鬥爭，卻持續了好久好久。

兩隻狗的前腿離地互相碰撞，激烈地爭奪更高的位置。他們的牙齒在陽光下閃現，他們的嚎叫是我聽過最兇猛可怕的。

頭兒照例要抓那隻狗的頸背，意圖以此箝制對方，又不會造成對方永久的傷害，可是史派克甩開他，怒氣沖沖地張嘴咬住頭兒的鼻口。雖然史派克的耳朵下方因爲撕裂傷而流出血來，但他現在占上風了，並且壓得我們領袖的頭越來越低。

群狗袖手旁觀，無能爲力，只能焦慮地繞著圈圈喘氣。柵門晃蕩開來，巴比跑了進來，從身後抽出一條長長的橡皮管。一道水柱直噴兩隻狗的身上。

「嘿！停下來！嘿！」他大吼。

頭兒癱軟下來，臣服於巴比的權威之下，但史派克卻置巴比的命令於不顧，不肯罷手。「史派克！」巴比大喊。他把噴口往前一伸，對著史派克的臉猛烈噴射，血水飛到了半空中。終於，史派克鬆口離開，甩甩頭上的水，看著巴比的眼神卻無比兇殘。巴比一邊把水管拿在身前，一邊往後退。

「發生什麼事了？是那隻新來的狗嗎？那隻鬥士？」卡洛斯喚道，也到院子裡來。

巴比用西班牙文回答：「對。那隻狗會是個問題。」

太太也走進院子，三人討論了一陣之後把頭兒叫過去，用氣味非常刺激的化學藥劑照料他的傷口，我一聞到，就想起涼爽房間那位和藹可親的小姐。當卡洛斯在頭兒臉上的小傷口上輕塗藥劑時，頭兒來回扭動、舔著、喘著、耳朵貼後。

想不到的是，史派克也會接受同樣的治療。當他們照料他耳後的傷口時，他好好站著，沒有抗議。不知怎地，他似乎很習慣這件事，習慣打鬥之後就會聞到化學藥劑的氣味。

接下來的幾天對我們眞是折磨。每隻狗都不確定自己的地位，特別是公狗們。

史派克現在無疑是領袖了，還不斷藉由正面挑戰每一隻狗來強化這個訊息。頭兒也做過這種事，但情況不同。對史派克來說，只要有一點點違反紀律的事，都會引來他的教訓，大多數的懲罰都包含了一次快速且痛苦的囓咬。當玩耍太活潑，過於侵擾到領袖的區域時，他總是會瞪我們一眼，有時還會發出低沉的怒吼，冷冷地警告我們。史派克整天都在巡邏，常常沒來由地對我們發脾氣。他的內在有股黑暗的能量，很奇怪，也很苛刻。

當公狗彼此互相挑釁，運用手段謀取群狗中的新地位時，史派克總是在場，而且往往也淌入渾水中，似乎無法控制自己去陷入打鬥。那眞是沒有必要又分神的行爲，造成我們的情緒緊繃。群狗開始爆發許多小衝突，爲了好久以前就決定過的事情打鬥，例如食物槽的位置，或是接下來誰可以趴在院子裡因爲水龍頭不斷漏水而變得涼爽的地方。

當可可和我玩遊戲，試圖竊取我手上的橡膠骨頭時，史派克會過來對我們咆哮，強迫我把獎勵放在他的腳邊。有時他會把骨頭帶回他自個兒的角落，直接結束我們的遊戲，直到我找到另一個玩具。其餘時候，他會輕蔑地嗅上一嗅，任由骨頭倒在塵土中。

卡洛斯帶一袋骨頭來的時候，史派克甚至不會跑過去看他能不能也得到一根。他會等到院子裡沒有人類之後，逕自搶走他要的。有些狗他不會去騷擾，例如羅提和頭兒，還會很奇怪地略過阿飛。但每當我很幸運地把牙齒深入卡洛斯的美味點心中，我心裡明白史派克馬上會過來，把骨頭搶去咀嚼。對於這個事實，我總是逆來順受。

這是新的秩序。我們雖然費了好一番力氣才了解其中的規則，但我們知道是誰制定它們的，也全都接受了。所以，當阿飛挑戰史派克時，我才會那麼驚訝。

當然，那是爲了小妹。在一次罕見的巧合中，我們三兄妹——阿飛、小妹和我——單獨站在角落裡，研究一隻從籬笆下爬進來的小蟲。和手足有這般自由且單純的互動，讓我覺得很放鬆，特別是在過去幾天充滿壓力的日子之後。這隻黑色小蟲高舉著小小的螯，像是膽敢和我們三隻狗打鬥的樣子，所以我假裝從未看過比這更令我著迷的事。

才一下子沒注意，史派克已經鎖定我們，快速且安靜地襲擊小妹的後腿，她瞬間變成一隻恐懼的幼犬。

我立刻低下身子貼地。但我們明明沒有做錯事！阿飛再也忍受不下去，怒斥史派克，並閃現他的牙齒。小妹迅速閃避，我則在前所未有的憤怒驅使下，也上前和阿飛一起戰鬥，兩兄弟一起齜牙低吼，張嘴就咬。

我跳起來，試圖抓住史派克背上的一塊肉。他轉過來攻擊我，我踉蹌地往後退，可是他已經咬住我的前腿。我發出一聲尖叫。

阿飛很快就被按在地上動彈不得，不過我沒去注意他。我的腿痛得不得了，只能一邊哭喊一邊跛著走開。可可焦慮地過來舔我，但我直奔柵門，不理會她。

一如我所料想的，巴比開了門，手裡拿著水管，走進院子裡。打鬥已經結束，阿飛求和，小妹躲在鐵路枕木之後。只有我的腿吸引了他的注意。

巴比蹲跪在土地上。「乖狗狗，托比。沒事的，男孩。」他告訴我。我虛弱地搖了搖尾巴。他碰觸我的腳掌，我立即感受到一股火辣辣的痛感，而且一路痛到我的肩膀，不過我還是舔舔他的臉，讓他明白我知道他不是故意的。

太太和我們一起去找涼爽房間那位和藹可親的小姐。巴比壓著我，讓我倒臥著，和藹可親的小姐用聞起來和上次一樣的化學藥劑針筒戳我，然後我的腿就不痛了。她拉著我的腿時，我一邊昏沉地躺在桌上，一邊聆聽她對巴比和太太說話。我感受到她的關心、她的審慎，但只要太太

撫摸我的毛髮，巴比靠向我、壓著讓我不要動，我什麼都不在乎。連涼爽房間裡那位和藹可親的小姐說「這傷永遠好不了」、太太倒抽一口氣的時候，我也沒怎麼抬起頭來。我只想永遠躺在那張桌子上，或至少躺到晚餐時間。

回到院子裡時，我又戴上那愚蠢的項圈。我炫耀傷腳上包裹著的一團硬邦邦的東西，同時卻也很想用牙齒把它撕扯下來。不過項圈不只看來可笑，也阻礙我碰觸我的腳，我只能用三隻腳走路。史派克似乎覺得很有趣，走過來用胸膛把我撞倒。很好，史派克，你繼續，你是我遇過最醜陋的狗。

腿一直發疼，我需要睡覺。睡覺的時候，可可通常會過來，把頭放在我的頭上。巴比一天會進來兩次給我一個點心，我假裝沒有注意到肉捲裡有個苦苦的東西，但有時我沒有把它吞下去，而是等一下再吐出來。那是一個豆子大小的白色小東西。

好多人到這裡來的那一天，我還戴著那個愚蠢的項圈。車道上傳來砰砰砰好幾扇車門甩上的聲音，所以我們一如往常集體大叫，不過許多狗在聽到太太的尖叫聲後安靜下來。

「不行！不行！你們不能帶走我的狗！」

她的聲音中帶有清楚可聞的哀傷，可可和我警覺地用鼻子互推。**發生什麼事了**？

柵門晃蕩開來，幾個人拿著我們很熟悉的竿子，小心翼翼地進入院子。有些人的手上拿著金屬罐，對著前方，渾身繃緊，像是期待會被攻擊。

唔，不論這個遊戲是什麼，大多數的狗都願意奉陪。可可是最先靠上前的狗之一，她毫不

抗拒地接受索套圈住，然後被拉出門外。其餘的狗大多跟上去，主動排起隊來，只有幾隻逗留在後，包括小妹、阿飛、史派克、頭兒和我。我不想一跛一跛地走向他們。如果他們想玩，讓他們和史派克去玩。

小妹突然沿著院子邊緣跑，彷彿期待哪裡會打開一個洞似的。阿飛起初也和她一起跑，後來卻絕望地停下腳步，看著她驚慌失措、無意義地逃竄。兩個人包圍住小妹，用繩子抓她。阿飛任由他們把他帶走，以便與小妹同行。而當他們呼喚頭兒時，頭兒也很有尊嚴地走上前去。

只有史派克與索套搏鬥，野蠻地咆哮，而且作勢要咬人。那些人大吼大叫，其中一個用他的罐子對著史派克的臉噴出一些稀薄的液體，一股氣味立刻在院子裡瀰漫開來，令我的鼻子感到灼熱刺激。史派克停止戰鬥，倒在地上，雙掌覆蓋住口鼻。他們把他拖出去，接著才走向我。

「乖狗狗，你傷到腿了，男孩？」其中一個人問道。我虛弱地搖了搖尾巴，並稍微低下頭，好讓他能輕易地把索套圈在我的頭上，不過那個愚蠢的項圈害他費了一點工夫。

到了籬笆外，我很難過地看到太太在哭。她試圖掙脫卡洛斯和巴比的抓握，身上散發出的悲傷如潮水般沖入我的體內。我拉扯著索套，想過去安慰她。

其中一個男人給太太一張紙，她把它丟到地上。

「你們爲什麼要這麼做？我們又沒有傷害任何人！」巴比大吼。他的憤怒既清楚又令人恐懼。

「動物太多。環境不良。」拿出紙的那個男人說。他也散發著怒氣，每個人都很緊張且僵

硬。我注意到他的衣服是深色的，胸口上有一塊金屬閃閃發亮。

「我愛我的狗，」太太哀號著，「拜託你們不要把他們帶走。」太太沒有生氣，她是既悲傷又害怕。

「這樣不人道。」那個男人回答。

我困惑不解。眼看著群狗到了院子外，一隻隻被領進幾輛卡車上的籠子內，我不由得感到十分迷惘。大多數狗的耳朵都往後貼，尾巴順從地低垂著。我在羅提的旁邊，他沉重的吠吼聲在空氣中迴響著。

到了我們要去的地方時，我仍然如墜五里雲霧之中。那個地方聞起來有一點像是和藹可親小姐的涼爽房間，可是很熱，而且充滿了嘈雜焦慮的狗。我自願地跟著走，發現自己被推進和阿飛與頭兒同一間籠子裡時，多少覺得有點失望，我比較想和可可或甚至小妹在一起。不過我的公狗同伴們倒是和我一樣膽怯，看著我的眼光不帶一絲敵意。

這裡的吠叫聲震耳欲聾，然而在這些聲音之外，我卻聽到史派克發動全面攻擊時那再清楚也不過的低吼，之後又傳來某隻不幸的狗長而尖的哀嚎。男人大聲喊叫著，幾分鐘後就領著被竿子尾端的索套圈著的史派克，沿著走廊走過來，經過我們面前，走到我們看不見的地方。

一個男人停在我們的籠前。「這裡是什麼情況？」他問。

另一個剛領著史派克出去的男人停下來，不感興趣地看著我。「不知道。」

從第一個男人身上，我察覺到一絲帶有悲傷意味的關懷，但第二個男人給我的感覺只有漠不

關心。第一個男人打開門，溫和地探索我的腿，同時推開阿飛的臉。「這隻廢了。」他說。

我試著和他溝通，想讓他知道沒戴這個愚蠢的項圈時，我是隻優秀許多的狗。

「沒人會領養。」第一個男人說。

「我們有太多隻狗了。」第二個男人說。

第一個男人把手伸進圓錐狀的項圈裡，把我的耳朵往後撫貼下去。雖然覺得對太太不忠，但我還是舔了他的手。他身上大多是其他狗的味道。

「好吧。」第一個男人說。

第二個男人伸手進來協助我跳到地上。他把索套圍繞在我身上，領我走入一個又熱又小的房間。史派克也在那裡，只是被關在籠子裡。另外還有兩隻我沒見過的狗，在史派克的籠外自由踱步，但對他敬而遠之。

「喂，等一下。」第一個男人站在門口，伸手下來幫我解開項圈的釦子，空氣立刻撲向我的臉，感覺像是一個吻。「他們討厭這些東西。」

「隨便啦。」第二個男人說。

他們把門關上。其中一隻沒見過的狗很老了，是隻年邁的母狗，她不是很感興趣地嗅聞著我的鼻子。史派克狂吠，叫到另一隻年輕的公狗緊張兮兮。

我發出一聲呻吟，滑趴在地板上。一聲很大聲的噓聲傳入耳內，年輕的公狗開始哀鳴。

突然，史派克垮下來，倒在地上，舌頭從嘴裡伸出來。我仔細地看著他，納悶他要幹嘛。老

母狗在我附近重重地坐下，頭靠著史派克的籠子。我看得目瞪口呆，不敢相信史派克會允許這樣的態度。年輕的公狗發出哀嚎，我愣愣地看著他，然後閉上眼睛。我感受到一股沉重且壓迫性的疲勞，很像是小時候兄弟姊妹趴在我身上、擠壓我的感覺。陷入黑暗而安靜的睡眠時，我腦中最後的念頭就是這個——**當隻幼犬**。想到和母親一起自由奔跑的往事、太太的撫摸，還有可可和院子。

不由自主地，我從太太那裡感受到的哀傷沖刷著我的全身，我想著靠向她，舔她的手掌，讓她再度開心起來。我做過的所有事情當中，逗得太太笑逐顏開似乎是最重要的。

我省思著，那是唯一讓我的生命有意義的事。

5

霍地，一切變得奇怪又熟悉。

我還清楚記得那間嘈雜、燠熱的房間。史派克的憤怒充斥在空氣中，他卻驟然倒下，陷入深沉的睡眠，宛如用嘴開了柵門，然後逃逸無蹤。我記得自己變得睡意很濃，接著是過了很長一段時間的感覺，像是在午後的陽光下小睡，忽然就跨越了白日，醒來已是晚餐時間。但是，這場小睡不只給了我新的時間，還有新的地方。

兩側都有溫暖蠕動的幼犬是我很熟悉的感覺，那吃力的推擠攀爬，以便輪到自己湊上乳頭，獲得推擠攀爬後的獎勵——滋養生命的豐富母奶——也不令我陌生。不知怎地，我又變回一隻幼犬，無助且虛弱，再度置身於狗窩裡。

然而，當我第一次睜開眼，矇矓地看著母親的臉，卻發現她不是以前那隻狗。她的毛髮是淺色的，體型大過……呃……母親。我的兄弟姊妹足足有七隻那麼多！每一隻都有淺色的毛髮。檢視過自己的前腿之後，我意識到我和這一窩幼犬也很相像。

不只腿不再是深棕色的，它們還從我的身體延伸出去，比例完美。

我聽到許多吠叫聲，聞到附近有許多隻狗，但這裡不是院子。從窩裡走出去探險時，我感覺自已的肉墊表層很粗糙堅硬，只是才走了六碼遠，我的探索就因爲一道鐵絲網而驟然畫下休止符。這是一個頂端有鐵絲網、地上鋪了水泥的籠子。

這一切隱含的意義讓我頭昏腦脹，我搖搖晃晃地走回窩裡，爬到一堆手足的身體上，然後趴倒。

我又是一隻幼犬了，連走路都還不太會。我有一個新的家庭，有新的母親、新的家。我們的毛髮一律是金色，瞳孔都是深色的，新母親也有比第一個母親豐沛許多的母奶。

我們和一個男人同住，他帶食物來給母親，她在狼吞虎嚥之後，又會跑回窩裡保持我們的溫暖。

可是，院子、太太、阿飛和可可呢？我清楚記得自己有過的生活，現在卻全然改變，宛如我又重新活了一遍。這種事情可能嗎？

我想起史派克憤怒的狂吠，以及我是如何在那間燠熱的房間裡入睡。當時我正在想一個無法解釋的問題，一個關於意義的問題。這不像是一隻狗該有的思考，我卻發現自己的思緒常常轉回到這件事上，而且通常是在我打瞌睡、不可抗拒地陷入午睡的時候。**爲什麼？爲什麼我又是一隻幼犬？爲什麼我有一種身爲狗有必須去做的事那種徘徊不去的感覺？**

我們的圍欄沒有什麼風景可看，除了手足之外也沒有好玩的東西可以咬，不過，隨著兄弟姊

妹和我的意識越來越清醒，我們發現右邊的犬舍有更多隻幼犬。那是一群活力充沛的小傢伙，有深色的斑紋和散布得到處都是的毛髮。左邊則單獨關了一隻動作遲緩的母狗，她有個低垂的腹部和膨脹的乳頭。她是白色的，但有黑色的斑點，毛髮很短。她不太走動，對我們好像一點也不感興趣的樣子。兩間狗舍相隔約一英尺，所以我們能做的只是嗅聞隔壁的幼犬，他們看上去應該是很好的玩伴。

正前方是一條長長的草坪，散發出潮濕土壤和富饒綠色小草的甜美氣息，可是籠門鎖著，我們走不過去。草地和狗籠的周圍是一圈木籬笆。

那個男人和巴比與卡洛斯完全不同。走進狗籠區來餵狗時，他不太對我們說話，散發出與在院子裡照顧狗的男人的仁慈截然不同的平淡漠然。當我們隔壁狗籠裡的幼犬衝過去迎接他時，他嘟噥著把他們從裝晚餐的碗前推開，讓他們的母親吃飯。我們的攻勢沒有那麼協調，通常沒辦法在他離開前踉蹌地走到籠門前。我們的母親也讓我們知道，我們不能吃她的飯。

有時候，男人從一間籠子走到另一間籠子時會開口說話，不過不是對我們說，而是輕柔專注地對著自己手上拿著的一張紙說話。

「約克夏梗犬，大約一週大。」有一次，他看著我們右邊籠子裡的狗說道。他停在我們的圍欄前，往內瞧時又說：「黃金獵犬，約三週大，還有一隻隨時會生的大麥町。」

我認為在院子裡度過的時光，已經替我做好成為幼犬老大的準備，所以當我的手足不這麼想時，我很惱怒。我曾用頭兒抓羅提的方式抓住其中一隻，卻會有兩、三隻跟著跳到我身上，不了

解這整件事的重點何在。我把他們全都甩開，原先挑釁的對象卻已離開去和別隻狗角力了，宛如這一切只是某種遊戲。我試著發出威嚇的怒吼，聽起來卻可笑地不具任何威脅性，所以我的兄弟姊妹只是開心地回吼。

有一天，我們隔壁那隻有斑點的狗吸引了我們的注意。她喘著氣緊張地來回踱步。我們本能地靠向母親，她也專注地看著我們的鄰居。那隻斑點狗狗撕扯著一塊毯子，用牙齒把它撕成碎片，然後一圈又一圈地繞著，最後才喘不過氣地躺下。過了一陣子，我很驚訝地看到她身邊趴著一隻純白色、被一層看來滑不溜丟的薄膜包覆的新幼犬。他的母親立刻幫他把那像囊的東西舔掉，舔到把他翻過身去。過了一分鐘後，他無力地爬向母親的乳頭，讓我想起自己也餓了。

我們的母親嘆了口氣，讓我們吸奶吸了一陣子，然後突然站起來走開。我的一個兄弟掛在她的身下，跟著走了好一會兒才掉下來。我跳到他的身上，想給他一點教訓，結果花了不少時間。

當我再次望向那隻有斑點的狗時，又冒出了六隻白色幼犬！他們看來體長而纖細，又很虛弱，但那位母親不在乎。她舔著他們，引導他們到她的身邊，然後安靜地躺著讓他們吸奶。

男人進來，進入新生幼犬趴著睡覺的籠子，仔細檢視過他們後才轉身走開。接下來他打開我們右邊的籠門，放那群毛茸茸的狗到草地上！

「不行，你不能出去。」他對他們的母親說，在她也想跟著出去時擋住她。他把母親關回去，然後放下一碗又一碗的食物給幼犬。他們爬進碗裡，彼此互舔。這群白痴要是到了院子，連一天也撐不下去！他們的母親坐在籠門後面嗚咽著，直到她那一大家子吃完飯，男人才讓她出去

和她的幼犬在一起。

那些毛茸茸的小狗到我們的籠門前嗅聞，在當了好幾週鄰居後，終於和我們鼻子碰鼻子。當我一個兄弟站到我的頭上時，我正在舔他們臉上那些黏乎乎的東西。

男人任由幼犬自由奔跑，自己則從和卡洛斯與巴比進入院子時完全一樣的木籬笆柵門走出去。我嫉妒地看著那些幼犬在小塊草地上來回漫步，用嗅聞的方式和其他關在籠子裡的狗打招呼，不然就是互相玩耍。我對於一直關在圍欄裡感到厭倦，很想出去探索。不論我的新生命有什麼意義，關在這裡感覺就是不對。

過了幾個小時，男人回來了，帶來一隻和正在自由奔跑的毛茸茸幼犬的母親一模一樣的狗回來，只不過他是公的。男人把母狗推回圍欄，再把公狗放進去，關上門，把他們鎖在一起。公狗似乎很高興看到那隻母狗，但是當他從後面跳到她的身上時，她卻對他齜牙低吼。男人走出去，沒有關上柵門。我穿過籬笆窺見外面那小小的銀色世界，全身立刻泛起一股嚮往之情，連自己都覺得驚訝。如果我能自由地在草地上奔跑，我知道我會直接跑向敞開的柵門，可是現在有這項選擇的幼犬卻很自然地沒有這麼做，他們太忙著玩摔角了。

當男人有條不紊地聚攏幼犬，把他們帶到柵門外時，他們的母親抬高前掌放在籠門上，開始低聲哭泣。很快地，幼犬們都不見了。母狗在籠子裡來回踱步、喘氣，和她在一起的公狗在籠裡趴著觀看。我感受到她的憂傷，因此覺得惶惶不安。夜晚降臨，母狗任由公狗趴在她的身邊，他們不知怎地好像互相認識的樣子。

公狗只在籠裡待了幾天，然後又被帶走。

接著，輪到我們出去了！我們快樂地搖搖晃晃走上前，撲向男人替我們準備的食物。我吃得肚子好撐，看著兄弟姊妹們變得好瘋狂，宛如從未看過比一堆裝了狗食的碗更令他們興奮的事。

一切都很美好的潮濕和富饒，完全不像院子那種乾燥、充滿灰塵的土地。微風涼爽，帶來開放水域撩人的氣味。

男人回來放我們的母親出來時，我正在嗅聞水分飽滿的小草。我的手足跳向母親，但我沒有，因爲我發現了一隻死蟲。然後，男人離開了，我開始想到柵門的事。

這個人有某個地方不太對勁。他不叫我**托比**，甚至不和我們說話。我想起第一個母親，想起我最後一次看到她時，她因爲無法和人類一起生活而逃離院子，連充滿愛意的太太都不能接受。可是，現在這個男人一點都不愛我們。

我的視線專注在柵門的門把。

門旁有一張木頭桌。只要爬上凳子，我就能上到桌面，然後直起身體，咬住金屬門把。門把不是圓形的，而是一條金屬——一個拉柄。

我小小的牙齒沒辦法抓緊那個東西，但我盡力用母親在逃離院子那晚的方式操弄它。很快地，我失去平衡，跌到地上，柵門卻仍緊閉不動。我坐下來，沮喪地對著它吠了幾聲，不過也只是發出了小小的尖叫。兄弟姊妹照平常的方式跑過來跳到我的身上，我厭煩地轉身離開。我可沒有心情玩！

我又試了一次。這次我把前掌放在門把上，以免自己滾落地面，就在我這麼做的時候，門把從我的身子往下掉，我整個身體撞到橫桿往下跌，掉落在石板鋪的地面上，疼得我唉唉叫。令我驚訝的是，柵門開了一點點。我用鼻子往細縫裡推，門晃蕩開來。我自由了！

我飢渴而歡快地走到敞開的空間，卻被自己小小的腿絆倒。在我面前的是一條塵土路，沙地上有兩條軌跡。我本能地知道這就是我該走的路。

我往前跑了幾英尺後停下來，忽然察覺到了什麼。我轉過身，看向母親，她坐在敞開的柵門裡面，正注視著我。我想起第一個母親，在走到院子外面的世界前，曾瞥了我那麼一眼。我意識到新母親不會和我同行。她要留下來和整家子在一起。我只有自己一個。

我沒有片刻遲疑。過去的經驗告訴我，有比這裡更好的院子，有對我們深情款款的人類，他們會用手輕撫我的毛髮。我也知道，我已經不能再吸吮第二位母親的乳頭，哺乳時光已經到了盡頭。**事情就應該是這樣的，一隻狗終究會與他的母親分離。**

但是，我最清楚知道的是，自己的面前有一個無法抗拒的機會，一個可以用修長而有幾分笨拙的腿去探索的全新世界。

塵土路最後銜接上一條馬路。我決定繼續走下去，就算沒有什麼好理由，至少它是筆直地朝著風裡走去，而這爲我帶來了美好的新氣味。不像老是乾巴巴的院子，我在這裡聞得到潮濕腐爛的樹葉，還有樹木和水池的味道。我蹦蹦跳跳地往前走，陽光照在我的臉上，能自由到外面冒險眞的好開心。

卡車還沒到以前，我就聽到它的聲音，不過我太忙著捕捉一隻有翅膀的有趣昆蟲，直到卡車門砰地一聲關上，才抬起頭來看。一個臉上有皺紋、皮膚曬得黑黑的，穿著泥濘衣服的男人彎下膝蓋，伸出雙手。

「嘿，小伙子！」他喚道。

我不確定地看著他。

「你迷路了嗎？小伙子？迷路了嗎？」

我搖著尾巴，認定這個人一定不會有問題。我朝他走過去，他把我抱起來，高舉過他的頭，不過我不太喜歡這樣。

「你是個漂亮的小伙子，看來是隻純種的獵犬。你是從哪裡來的啊？小伙子？」

他對我說話的方式，讓我想起太太第一次叫我「托比」的時候。我立刻了解發生了什麼事，就像那兩個男人把我的第一個家庭從涵洞中拖了出來，這個男人帶我離開了草地。我的生命從此將聽由他的發落。

對，我認定，我的名字或許會是**小伙子**。當他把我放在卡車前座，坐在他的旁邊時，我好興奮。**前座**耶！

這個男人聞起來有菸味，還有一股會刺激眼睛流淚的味道，讓我想起卡洛斯和巴比有時會坐在院子裡的小桌前聊天，彼此傳遞一個瓶子。我爬上去舔他的臉，他笑了。當我在卡車狹小的空間裡蠕動，吸收那豐富奇怪的氣味時，他仍不斷咯咯笑著。

我們顛簸前進了一陣子，然後男人停下卡車。「我們在陰影下。」他告訴我。

我茫然地環顧四周。正前方有一棟建築物，它有好幾扇門，其中一扇飄散出跟覆蓋在男人身上一樣濃烈的化學氣味。

「我在這裡喝一杯就好。」男人承諾，搖上車窗。直到他溜出車外，把門關上，我才知道他要離開。我幻想破滅地看著他進入那棟建築物。那我呢？

我發現一塊布條，咬了它一會兒，然後覺得無聊，便把頭放低，開始睡覺。

醒來時，車內好熱。陽光現在完全照射進卡車裡，駕駛座沒有空氣，又很濕熱。我喘著氣，開始嗚咽。我用前掌撐起自己，看看男人去了哪裡。不見蹤影！我放下被窗台燒燙的前腳。

從來沒有感受過這種熱度。當我在酷熱的前座走過來、走過去，生命中第一次喘得這麼厲害時，約莫一個小時又過去了。我開始顫抖，視線變得模糊不清。我想到院子裡的水龍頭，想到母親的母奶，想到巴比用來制止狗打架的水管。

朦朧中，我注意到車窗外有張臉在看我。不是那個男人。那是一位有著黑色長髮的女人。她看來很憤怒，我往後退，心生畏懼。

她的臉消失了，我趴回去，覺得自己快要精神錯亂。再也沒有踱步的力氣，四肢有種奇怪的沉重感，前掌甚至自行抽動起來。

接著，一次大力的碰撞晃動了卡車，也撼動到我，讓我整個身子從座位上彈起來，掉到地板上。清爽的石粒灑到我的身上，涼爽的空氣吻上全臉。我仰起鼻子迎接它。

當我感覺到一雙手圈住我的身體，把我舉高時，我癱軟著，很無助，精疲力竭到無法做任何事，只能呆滯地掛在她的手中。

「你這隻可憐的小狗狗。你這隻好可憐、好可憐的小狗狗。」她低聲細語著。

我的名字是**小伙子**，我暗忖著。

6

被涼爽清澈的液體從無夢的睡眠中喚醒，眞是生命中不曾有過的美好感受。那個女人站在我的上方，手裡拿著水瓶，仔細地用那甜美的水替我淋浴。當水流沖刷到我的背時，我歡愉地打了個哆嗦，仰起嘴，跳起來咬水流，就像是我在院子裡時，常對水槽上水龍頭滴落的水滴發動的攻擊。

一個男人站在附近，他和女人都一臉關懷地注視著我。

「你想他會不會沒事？」女人問道。

「看來水已經發揮作用了。」男人回答。

他們雙雙散發出一種毫不保留的讚賞，一如太太站在籬笆邊看著我們玩時，我從她身上得到的感受。我在地上翻滾，好讓水也能洗一洗我熱熱的腹部。女人笑了起來。

「好可愛的小狗狗！」女人驚呼。「你知道牠是哪種狗嗎？」

「看來像是黃金獵犬。」男人觀察道。

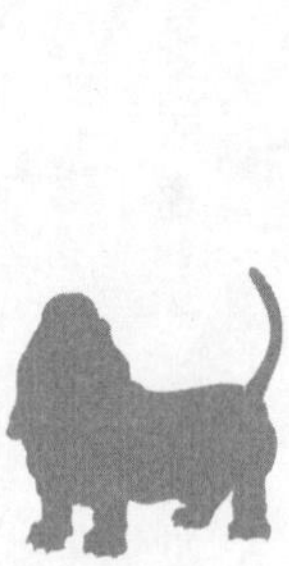

「噢，小狗狗。」女人喃喃說著。

對，我可以是小狗狗，也可以是小伙子，他們想要我是什麼我就是什麼。當那個女人把我抱入懷中，不在意我潑濺水花弄濕她的上衣，我不斷親吻她，吻到她閉上眼睛咯咯發笑。

「你要和我一起回家，小傢伙。我要你見見一個人。」

唔，看來現在我是前座狗狗了！開車時，她抱我坐在她的腿上，我充滿謝意地往上凝視著她。我對這個新的環境很好奇，於是往旁邊爬，開始探索車內，很驚訝地發現前方兩個開口傳送出大量涼爽的空氣。空氣吹到濕濕的毛髮上感覺好冷，我發起抖來，只好爬到車內另一邊平坦的地面，那裡有像母親般的柔軟溫暖，很快地誘使我再次進入夢鄉。

車一停我就醒了，睡眼惺忪地看著女人彎下身子抱我起來。

「噢，你好可愛。」她輕聲細語著。當她把我抱在胸前、走出車外的時候，我感受到她的心臟強烈地跳動著，也察覺到某種像是警告似的東西從她身上散發出來。我打個呵欠，甩掉睡眠殘餘的痕跡，短暫蹲在草地上小解後，準備好面對令女人如此激動的挑戰。

「伊森！」她喚道：「過來這裡，出來見客。」

我好奇地仰頭看她。我們在一棟白色大屋的前方，我納悶後面有沒有狗舍，還是有一個大院子？我沒有聽到任何狗吠聲，所以也許我是第一隻到這裡的狗。

房子的前門砰地一聲打開了，一個和我以前看過的人類都不一樣的人跑到門廊上，跳下水泥階梯，然後在草地上陡然止步。

我們對看著。我發現那是個人類小孩，一個男孩。他露出牙齒，綻放出一個好大的微笑，兩條手臂往旁伸展開來。「小狗狗！」他高唱著，我們跑向對方，瞬間愛上彼此。我無法停止地舔他，他也停止不了地咯咯發笑，我們在草地上一起翻滾。

我想我從未想過會有男孩這種生物，但現在我找到了一個。我想，這是世界上最美好的概念了。他聞起來有泥巴和糖的味道，還有一種我從未聞過的動物氣味，手指上帶有一點模糊的肉味，所以我也舔了他的手指。

這一天結束時，我不只可以從氣味分辨出他來，還認得出他的視線、聲音和姿態。他的髮色和巴比一樣深，但短，雙眼的顏色也淡上許多。他轉頭看我的那個樣子，宛如想用聽的聽到我，而不是用眼睛來看我。每次他和我說話，聲音都會洋溢著喜悅。

不過，多數時間我都陶醉在他的氣味中，舔著他的臉，咬著他的手指。

「我們能養他嗎？老媽？我們能不能養他？」男孩一邊咯咯笑，一邊氣喘吁吁地問。

女人蹲下來拍拍我的頭。「這個嘛，你知道你爸，伊森。他會想知道你會不會照顧他——」

「我會的！我會的！」

「你也要帶他出去散步，餵他——」

「每天都會！我會帶他出去散步，餵他吃飯，幫他刷毛，給他水喝——」

「還要清理他在院子裡大的便。」

男孩沒有回應這句話。

「我在店裡買了一些幼犬食物，我們給他吃點晚餐吧。你不會相信發生了什麼事。我不得不跑去加油站拿一罐水。這個可憐的小東西差點中暑死掉。」女人又說。

「要吃一點晚餐嗎？啊？晚餐？」男孩問。

聽起來挺不錯的。

令我驚訝的是，男孩把我抱起來，直接帶我進入屋內！我從未想過這種事是可能發生的！

我一定會很喜歡這裡。

有些地板很柔軟，上面有我在男孩身上聞到的相同動物氣味；其他部分的地板又滑又硬，所以我在屋內追逐男孩時步履敏捷。當男孩抱起我的時候，我們之間的愛流是那麼強烈，我的腹部不禁泛起一股幾乎像是飢餓的空洞感受。

我是在和男孩趴在地板搶奪一塊布時，突然感受到屋外傳來一股震動喧鬧，聽到我很久前就學到是車門關上的聲音。

「你爸回來了。」那個叫作「老媽」的女人告訴名字是「伊森」的男孩。

伊森站起來，面對門口，老媽過來與他站在一塊兒。我抓著那塊布，勝利地晃動它，但發現少了男孩在另一頭抓著那塊布，事情變得無趣多了。

門打開了。「嗨！老爸！」男孩大叫。

一個男人走進屋內，來回看著男孩與女人。「好吧，是什麼事？」他問。

「老爸，老媽發現這隻小狗……」伊森說。

「他被鎖在一輛車裡，差點中暑死掉。」老媽說。

「我們可以養他嗎？老爸？他是世上最棒的狗狗！」

我決定利用這個空檔，壓低身子安全地走到男孩的鞋上，咬他的鞋帶。

「噢。我不知道耶。現在不是養狗的好時機。」那位父親說：「你知道養一隻狗有多累嗎？你才八歲，伊森，這個責任太重了。」

我猛拉男孩的一條鞋帶，鞋帶從他的鞋子滑出來，我拉著就往外跑，但它仍然繫在男孩的腳上，所以反倒把我拖了回來，害我跌個狗吃屎。我齜牙怒吼地跳向鞋帶，抓住它憤怒地猛搖。

「我會照顧他，我會帶他去散步，餵他吃飯，幫他洗澡。」男孩說：「他是世界上最棒的狗狗，老爸。他已經懂得去哪裡上廁所了！」

我和鞋子角力到它臣服之後，決定這會是休息一下的好時機，於是蹲下來，拉屎兼尿尿。

哇，他們的反應未免也太大了吧！

沒多久，男孩和我一起坐在軟軟的地板上，老媽說：「喬治？」伊森接著說：「喬治？嘿，喬治！嗨！喬治！」然後老爸說：「史基皮？」伊森又說：「史基皮？你是史基皮嗎？嘿，史基皮！」

眞是累死我了。

稍後到後院玩的時候，男孩叫我「貝利」。「這裡，貝利！這裡，貝利！」他這樣呼喚著我，拍拍他的膝蓋。我朝他小跑過去，他卻快跑離開，於是我們在後院一圈又一圈地跑著。就我

而言，這是從屋內延伸到外的遊戲，所以我準備要對「荷內特」「艾克」和「布奇」都做出回應，但看來這次就是「貝利」不變了。

又吃過一餐後，男孩帶我進入屋內。「貝利，我要你見見貓咪小煙。」

伊森把我緊抱在胸前，然後轉身，我看到一隻棕灰色交雜的動物坐在地板中央，他的眼睛在看到我的時候變得好大。這就是我一直在追蹤的氣味！那隻生物比我大，有小小的耳朵，很好咬的樣子。我掙扎著要下去和這個新朋友玩，伊森卻緊緊把我抱住。

「小煙，這是貝利。」伊森說。

終於，他把我放在地板上，我跑過去親那隻貓，他咧開嘴，露出一排看來眞的很危險的牙齒，同時怒斥著我，又弓起背來，毛茸茸的尾巴豎得筆直。我停下來，困惑不解。**他不想玩嗎？**他尾巴下散發出來的霉味很香。我想一點一點靠近，友善地聞聞他的屁股，可是他對我發出嘶嘶聲，生氣地責備我，還抬起一掌，爪子都伸出來了。

「噢，小煙，要當隻乖貓咪，要當隻乖貓咪。」

小煙嫌惡地瞪了伊森一眼。我順從男孩鼓勵的聲調，以非常歡迎的姿態汪汪叫了一聲，可是那隻貓仍然不准我靠近，甚至在我試著舔他的臉時打我的鼻子。

好吧，很好，他想玩的時候我隨時奉陪，但我有比一隻自大的貓更重要的事情要關心。在接下來的幾天，我學會自己在這個家的地位。

男孩睡在一間充滿美好玩具的小房間裡，老媽和老爸一起睡在一個玩具也沒有的房間。另外

有一間房間有水盆，我只要爬進去就能喝水。那裡也沒有玩具，除非把可以從牆上拖拉出來且連續不斷的白紙算進去。睡覺的房間在一些台階的上方，我雖有狗類中的長腿，卻爬不上去。食物都藏在屋子裡的一個地方。

每次我認定自己需要蹲下來便溺，屋子裡的每個人都會變得很瘋狂，總是猛地撈起我，帶我衝向門外，放我到草地上，然後盯著我瞧，直到我從這個打擊中恢復，繼續做我要做的事。我贏得好多讚賞，因此納悶這是否就是我在這個家庭中的主要功能。不過，他們的讚美不太一致。他們給我一些我撕得開的紙，當我蹲在它們上面的時候，他們也會稱讚我是隻乖狗狗，只是語氣像是鬆了一口氣，而不是喜悅。還有，一如我剛剛提到的，當我們全都在屋內時，我若是做了完全一樣的事，他們卻會對我很不悅。

只要尿濕地板，老媽或是伊森便會對我大叫：「不可以！」若是在草地上灑尿，他們會讚美說：「乖男孩！」尿在紙上時，他們會說：「好吧，這樣很乖。」我無法了解他們到底是哪裡不對勁。

老爸大多時候都忽略我的存在，不過我察覺到，他倒是很喜歡我早上起來陪他吃早餐。他懷著溫和的感情注視著我，和伊森身上發出的潮湧般的瘋狂讚賞一點都不相同，但我可以感受到他和老媽對男孩的愛就是那麼瘋狂。偶爾，老爸晚上會和男孩一起坐在桌前，兩人安靜地專注交談，空氣中會充滿尖銳刺鼻的氣味。老爸讓我趴在他的腳邊，因為男孩的腳離地太遠，我碰不到。

「看，貝利，我們造了一架飛機。」有次男孩在與爸爸坐在桌前一陣子之後，對我這麼說，並丟了一個玩具過來。它的化學氣味讓我淚眼汪汪，所以我沒有去搶它。男孩發出嘈雜聲，拿著那個玩具在屋內跑來跑去，我追在他的後面，想要撲倒他。稍後，他把那個東西放在架上，和其他隱約散發著同樣氣味的玩具擺在一起。他和老爸接著決定要再做一個。

「這個是火箭，貝利。」伊森告訴我，給我一個狀似棍子的玩具。我對著它仰起鼻子。「有一天我們會登陸月球，然後人類也會住在那裡。你想當隻太空狗嗎？」

我聽到「狗」這個字，意識到這是個問題，所以搖擺著尾巴。**對，我想，我很樂意幫忙把盤子清乾淨。**

清理盤子的時候，男孩會把一個裝了食物的盤子放到地上給我舔。那是我的工作，不過只有老媽沒看到時才能做。

大多數的時候，我的工作是和男孩玩。我有一個箱子，裡面有軟軟的枕頭，男孩讓我晚上睡在那裡。我漸漸了解，在老媽和老爸進來說晚安以前，我都要待在箱子裡，之後男孩才會讓我上他的床睡。晚上我若是覺得無聊，總是可以咬咬男孩。

屋子的後面是我的地盤，但過了幾天，他們卻帶我去看一個新世界——「街坊」。伊森會從前門突然急速狂奔，我在他的腳跟後跑，我們會去找其他的女孩和男孩，他們也會擁抱我，和我玩摔角，從我嘴裡拉走玩具再丟出去。

「這是我的狗，貝利。」伊森把我抱起來，自豪地說。我聽到自己的名字，因此動了動身

子。「看，雀兒喜。」他說，把我抱給一個和他差不多大的女孩。「他是黃金獵犬，本來被關在一輛車裡，差點中暑死翹翹，我媽救了他。等他大一點，我會帶他去我外公的農場打獵。」

雀兒喜把我抱到胸前，凝視著我的眼睛。她的頭髮很長，顏色比我還淺，身上聞起來有花、巧克力和另一隻狗的味道。「你好可愛喔，好可愛喔。貝利，我愛你。」她吟唱般地對我說。

我喜歡雀兒喜。每次她看到我，都會彎下膝蓋讓我拉拉她的金色長髮。她衣服上的狗味是「棉花糖」，一隻褐白交雜的長毛狗，年紀比我大，但也還不是成犬。雀兒喜從她家的院子放棉花糖出來時，我們會連著幾個小時不停角力，有時伊森還會加入我們，大家一直玩啊玩啊玩個不停。

住在院子裡時，太太愛我，但我現在知道那只是一般的愛，普及群狗中所有的狗。她叫我托比，卻不像男孩晚上在我耳邊那樣「貝利、貝利、貝利」地輕聲細語。**男孩愛我，我們是彼此世界的中心。**

住在院子裡時，我學到如何打開柵門逃離，這讓我走向男孩，而愛他，和他一起生活，是我生命全部的意義。從我們清醒的那一秒一直到要睡覺的時候，我們都在一起。

但是，當然，接著一切又都改變了。

7

我最喜歡的事情之一，是學男孩說的新把戲，就是他用鼓勵的聲調對我說話，然後拿點心給我吃。以「坐下」爲例，男孩會說：「坐下，貝利！坐下！」並爬到我的屁股上，強迫我的屁股落地，再餵我一片狗餅乾。

「狗門！狗門！」的把戲是出去到「車庫」，就是老爸放車的地方，然後男孩會推我穿過側門的一塊塑膠片，進入後院。接著他會呼喚我，我用鼻子往前推，穿過塑膠片，他再餵我一片狗餅乾。

眼看著腿不斷隨著身體一起成長，我很高興。當夜晚開始變得比較冷時，我已經跟得上男孩，即便是他全速衝刺，我也不會落後。

有一天早上，狗門把戲有了全新的意義。男孩起得很早，幾乎是剛日出就醒了。老媽在不同的房間跑進跑出。

「照顧好貝利！」老媽有一次大叫著說。我本來正認真地對他們給我的咀嚼玩具一點顏色瞧

瞧，同時注意坐在櫃子上的貓咪小煙，他用一種令我難以忍受的傲慢往下睨著我。我叼起咀嚼玩具，搖晃著它，讓小煙看看，這麼目中無人會錯過了什麼好時光。

「貝利！」男孩喚道。他拿著我的床，所以我好奇地跟著他走進了車庫。這是什麼遊戲？

「狗門。」男孩對我說。我聞了聞他的口袋，卻沒聞到餅乾的味道。以我來看，玩狗門的整個意義就在於狗餅乾。我決定跑離狗門，對著一輛腳踏車抬起一腿。

「貝利！」我感受到男孩的不耐煩，因此困惑地看著他。「你睡這裡好嗎，貝利？你要當隻乖狗狗。如果要去上廁所，你從狗門出去，沒問題吧？狗門，貝利。我現在要去上學了。沒問題吧？我愛你，貝利。」

男孩給了我一個擁抱，我舔了舔他的耳朵。當他轉身時，我很自然地跟上去，可是到了屋子的入口，他卻攔下我來。「不行，貝利，你要在車庫待著，等我回來。狗門，好吧，貝利？你要當隻乖狗狗。」

他當著我的面把門關上。

「待著」？「狗門」？「乖狗狗」？這些我常聽到的話怎麼會連在一起？還有，再跟我說一次吧，什麼是「待著」？

這些對我來說都不構成意義。我在車庫裡到處嗅聞著，這裡充滿了美好的氣味，我卻沒有探索的心情。我想要我的男孩。我吠叫了幾聲，房子的門卻依然緊閉。我抓了抓門，一樣沒有反應。

屋前傳來一些小孩的喊叫聲。我跑向車庫大門，希望他們會掀起車庫的門，一如男孩站在門前時偶爾會有的狀況。什麼事情都沒有發生。一輛像是卡車之類很吵的東西，一下子收走了所有小孩的聲音，載著他們離開。幾分鐘後，我聽到老媽的車也開走了。一度是如此充滿活力、樂趣和嘈雜聲的世界，變成令我無法忍受的安靜。

我汪汪叫了好半天，但一點用也沒有。我聞到小煙就在門的另一邊，因爲注意到我的窘境而沾沾自喜。我抓了抓門，咬了幾隻鞋子，撕開我的狗床。我找到一垃圾袋的衣服，便照第一個母親在清理垃圾時做過的方式，把垃圾袋撕開，讓衣服散布在車庫裡。我在一個角落尿尿，在另一個角落拉屎。弄翻了一個金屬容器，吃了一些雞肉、義大利麵和一塊鬆餅，又把一個聞起來像是小煙呼吸味道的魚罐頭舔乾淨。我吃了一些紙，撞翻了我的水盆，然後咬它。

沒事可做了。

生命中最長的一天過了之後，我聽到老媽的車子駛進車道。車門砰地關上，然後傳來了穿越屋內的咚咚咚跑步聲。

「貝利！」男孩大叫，開了門。

我撲向他，對於這場瘋狂終於永遠落幕欣喜若狂，但他只是站在那裡瞪著車庫瞧。

「噢，貝利。」他說，聲音聽起來很難過。

我充滿了瘋狂的能量，突然經過他的身邊跑進屋內，開始敏捷地移動，跳過一些家具。我看到小煙，於是在他的身後奔跑，把他一路追到了樓梯上，等他潛入老媽老爸的床底下後就汪汪

叫。

「貝利！」老媽嚴厲地呼喚我。

「壞狗狗，貝利。」男孩生氣地說。

這個錯誤的指控讓我心頭一震。壞？我被他們不小心鎖在車庫裡，卻輕易地原諒他們。爲什麼他們要那樣子罵我，對我搖著手指頭？

過了片刻，我又回到車庫，幫男孩的忙。他正在撿拾我玩過的所有東西，大多數都放回我撞翻的垃圾桶裡。老媽走出來，在衣服裡翻了翻，把幾件帶入屋內。沒有人誇我發現了那些被藏起來的東西。

「狗門。」男孩生氣地說，沒有給我點心。我開始認爲「狗門」和「壞狗狗」是同樣的意思，而兩種說法都很令我失望。

看來，今天對每個人來說都是非常沮喪的一天。我當然願意將這整起事件拋諸腦後，但當老爸回家，老媽和男孩和他說話，他開始大吼的時候，我知道他對我很生氣。我躲躲閃閃地走進客廳，忽略小煙挖苦的表情。

老爸和男孩一吃完晚餐就出門去。老媽坐在桌前，看著報紙，即使我靠上前，把一顆很棒的、濕濕的球放在她的腿上，她也沒有抬眼。「噢，好噁心，貝利。」她說。

男孩和老爸回家後，把我叫到車庫，給我看一個很大的木頭箱子。他爬進去裡面，所以我也跟著進去，可是那個空間要塞我們兩個實在太熱又太小了。「狗屋，貝利。這是你的狗屋。」

我不了解這個箱子和我有什麼關係。不過他們給我點心，我當然很樂於玩「狗屋」。「狗屋」的意思是「進入狗屋內，然後吃狗餅乾」。我們玩狗屋和狗門的把戲，老爸在車庫內走來走去，把東西放上架子，然後在大大的金屬容器上綁一條繩子。「狗門」和點心又有關聯了，我好開心。

男孩對玩把戲感到厭倦之後，我們進入屋內，在地板上角力。「該上床了。」老媽說。

「噢，老媽，拜託？我可以晚點睡嗎？」

「我們明天都要去學校，伊森。你該對貝利說晚安了。」

像這樣的對話在屋內常常發生，我很少去理會，但這次我聽到我的名字時卻抬起頭，察覺到男孩的心情有異。他流瀉出一股悲傷和懊悔，站立時垮著雙肩。

「好吧，貝利。該上床了。」

我知道床是什麼，可是我們顯然繞了遠路，因爲男孩帶我去車庫，又玩了一次充滿活力的狗屋遊戲。我對這件事本來毫無怨言，但過了一會兒之後，男孩卻把我鎖在車庫，獨留我在那裡，我好震驚！

我汪汪大叫，試圖了解這一切。是因爲我咬壞了狗床嗎？我從來沒有睡在那上面過啊。那只是給人看的。他們眞的期望我整晚留在外面，待在車庫裡？不，不可能。

可能嗎？

我好不安，無法克制地開始嗚咽。想到男孩孤單一人躺在床上，沒有我陪在他的身邊，我就

難過得好想咬鞋子。我哭得越來越大聲，放縱自己難過的情緒。

連哭了十到十五分鐘之後，車庫門劈啪一聲打開了。「貝利。」男孩輕聲說道。

我鬆了口氣地跑向他。他拿著一條毯子和一顆枕頭，小心翼翼地走出來。「好吧，狗屋，狗屋。」他告訴我。他爬進狗屋，把毯子鋪在裡面薄薄的軟墊上。我鑽進去挨到他的身邊，人和狗各有兩條腿伸出門外。我把頭放在他的胸膛上，嘆了口氣。他撫摸著我的耳朵。

「乖狗狗，貝利。」他喃喃說道。

過了一會兒，老媽和老爸打開車庫的門，站在那裡看著我們。我拍了拍尾巴，沒有起來，以免吵醒男孩。最後，老爸走出來，把伊森抱起來，老媽對我比了個手勢，我們進入屋內睡覺。

隔天，宛如沒有從過錯中汲取教訓，我又被關進車庫裡！這次我能做的事情少了很多，雖然費了一些工夫，我還是把狗屋的墊子拉出來扯成碎片。我撞翻垃圾桶，卻沒辦法讓蓋子掉下來。架子上的東西都不能咬，但反正我也搆不到。

有一個片刻，我走過去攻擊狗門的門板，嗅聞到暴風雨即將來臨的濃郁氣息。與在院子裡時焦乾的舌頭每天都覆蓋著乾燥的沙塵相較，男孩住的地方比較潮濕，也比較涼爽。我熱愛下雨時所有氣味混在一起，整個變了味道。美好的樹木枝葉茂密，不管去到哪裡都有它們的庇蔭，它們會攔阻雨滴，直到風吹才被抖落。一切都是那麼美好而潮濕，即使是在最熱的日子，晚上也會有涼爽的空氣。

撩人的氣味吸引我的頭越來越往狗門鑽，突然間，很意外地，無須男孩推我，我就跑到院子

裡了！

我很高興地在後院狂奔，一邊汪汪叫著。狗門放在那裡，似乎就是爲了讓我從車庫進入後院的嘛！我蹲下來如廁。我發現自己比較喜歡在外面處理大小解的問題，而沒那麼喜歡在屋內，不過並非是因爲會少了些戲劇性的關係。我喜歡便溺後在草坪上摩擦雙掌，將肉墊上的汗味弄到草的葉片上。抬起腿在院裡的邊緣灑尿，也比在沙發的角落做記號更令我滿意。

稍後，當冷冷的雨水從霧氣變成大水滴時，我發現狗門的兩邊都可以進出！我眞希望男孩在家，看看我自己學會了什麼！

雨停之後，我挖了一個洞，咬了幾下水管，然後對著坐在窗戶的小煙吠叫。他假裝沒有聽到。當一輛大型的黃色巴士在屋前停下，吐出男孩和雀兒喜以及一群街坊的小孩時，我正在後院，雙掌撐在籬笆上，男孩哈哈笑著跑向我。

之後，除了老媽和老爸彼此對吼的時候，我沒有眞的住過狗屋。伊森會溜到車庫，進入狗屋和我在一起，用他的雙臂圍繞著我。他要我靜止多久我就靜止多久。**我認定這是我身爲一隻狗的目的——只要男孩需要我，我隨時會給他慰藉。**

偶爾，有些家庭會離開這個社區，然後又有新的家庭抵達，所以當德瑞克和塔德搬進隔壁幾間的房子時，我認爲這是個好消息，不只是因爲老媽做了美味的餅乾要帶去給新鄰居，順便餵了我兩塊，作爲我在廚房陪伴她的獎勵，新的男孩也意味著我可以和更多的小孩玩。

德瑞克的年紀和塊頭都比伊森大，不過塔德和伊森同年，所以很快就和伊森結爲好友。塔德

和德瑞克有一個名叫琳達的妹妹，她會趁沒有人看的時候，偷偷餵我吃甜甜的點心。

塔德和伊森不同。他喜歡在小溪裡玩火柴，燃燒塑膠玩具，好比琳達的洋娃娃。伊森會加入他，但不像塔德笑得那麼開懷，大多只是看著東西燃燒。

有一天，塔德宣布他有鞭炮，伊森聽了很興奮。我從來沒看過爆竹這樣的東西，那個亮光、嘈雜聲和塑膠洋娃娃——或者該說是爆炸後我所能找到的殘餘部分——瞬間飄散出的煙味，令我驚異不已。在塔德的敦促之下，伊森回家，拿了他和老爸一起做的玩具出來，兩個男孩在玩具的裡面放了一個爆竹，丟到空中，它就炸開了。

「酷！」塔德大叫。伊森卻轉爲沉默，蹙起眉頭看著小小的塑膠碎片浮在水面漂走。我察覺到他的心情亂糟糟的。當塔德把爆竹拋到空中，其中一個掉落在我的附近，撞擊到我的身體側面、咯嚓一聲斷裂時，我嚇得跑向男孩尋求安心。他擁我入懷，然後帶我回家。

輕易就能進入後院是有一些好處的。伊森不是每次都特別注意籬笆的柵門，而這意味著我偶爾可以自由地在附近漫步。我會小跑出去，造訪那隻名叫棉花糖的褐白色小狗，她住在她家旁邊一個大大的鐵籠裡。我用心地在她的樹上做記號。偶爾，我會捕捉到既陌生又熟悉的氣味，因此把鼻子對著半空中，溜到離家遠一點的地方去探險。外出漫步時，我有時會完全忘了男孩，回憶起我和其他幾隻狗一起被帶出院子，前往那間有和藹可親的小姐的涼爽房間，想起當時在前座的母狗，也有類似現在誘使我往前追逐的刺激氣味。

通常我會追丟那個氣味，然後想起自己是誰，於是轉身小跑回家。巴士載著伊森回家的日

子，我會和他一起到雀兒喜和棉花糖家，雀兒喜的母親會給伊森吃點心，他總是會和我分享。其他日子，伊森會搭老媽的車子回家。還有些日子，屋子裡沒有人起床上學，我只好把他們全都叫醒！

沒人再叫我去睡車庫眞是件好事。我可不希望他們早上晚起。

有一天，我漫步到比平常更遠的地方，所以往回家的路上，天色已近傍晚。我很焦慮，生理時鐘告訴我，我錯過了伊森回家的巴士。

我從小溪抄近路，直接經過塔德家的後院。他在泥巴河岸上玩，看到我便把我叫住。

「嘿，貝利。這裡，貝利。」他對我伸出一隻手。

我用毫不避諱的狐疑看著他。塔德有什麼地方不太一樣，他的內在有種東西讓我不能信賴。

「來吧，男孩。」他說。接著用手拍拍他的腿，轉過身，朝他家走去。

我能怎麼辦呢？人類叫我做什麼，我就不得不做什麼。我低下頭，跟在他的後面。

8

塔德讓我從後門進入他家，然後無聲無息地把門關上。有些窗戶拉上了窗簾，所以屋內有種晦暗陰鬱的氣氛。塔德領我經過廚房，他的母親坐在那裡觀看閃著亮光的電視。塔德的行爲暗示我，我應該要保持安靜，但聞到他母親的味道時，我還是捶擊了一下尾巴。塔德的母親身上，帶有跟在路邊發現我、替我取名爲小伙子的男人相似且濃烈的化學氣味。

塔德的母親沒注意到我們，可是琳達看到了。當我們從她身邊走過客廳時，她坐直了身子。她原本也在看電視，卻從沙發上溜下來，跟著我們到走廊上。

「不可以。」塔德帶著怒氣，低聲對她說道。

我當然知道這句話的意思，不過塔德聲音中的惡毒令我畏縮了一下。

我舔了舔琳達伸出來的手，塔德把她的手推開。「別煩我。」他打開一扇門，我走進去，嗅聞地板上的衣服。那是個放了張床的小房間。他把房門鎖上。

我找到一塊麵包碎片，立刻將它吞下肚，執行一次快速的**清理動作**。塔德雙手插入口袋。

「好吧，」他說，「好吧，現在……現在……」

他在書桌前坐下，打開一個抽屜。我聞到裡面有爆竹，那股刺鼻的氣味再清楚也不過。「我不知道貝利在哪裡，」他靜靜地說，「我沒有看到貝利。」

聽到我的名字，我搖搖尾巴，然後打個哈欠，趴倒在一堆軟軟的衣物上。出門冒險太久，我累了。

門上一個小小的敲擊聲驚嚇到塔德，他一躍而起，我也跟著跳起來。當他生氣地對著門外的琳達壓低聲音說話時，我就站在他的身後。琳達佇立在暗暗的走廊上，對我來說，她的身影還不如她的味道來得清楚。她不知爲了什麼原因在擔心害怕，讓我不由得心生焦慮，開始有一點喘，緊張地皺起眉頭，不敢再趴下。

塔德甩上門，再次上鎖，結束了兄妹間的對話。我看著他走向書桌，在抽屜內摸索著，然後拿出一根小小的管子，身上散發出一種激動的興奮。他拿掉管子的上蓋，實驗性地嗅聞了一下，濃烈的化學煙霧立刻充滿整個房間。我認出這是男孩與老爸坐在桌前玩玩具飛機時同樣的尖銳氣味。

塔德把它推向我，但我早知道鼻子絕對不要靠近那根管子，所以猝然轉頭。塔德身上閃現怒火，我察覺到了，因此覺得很害怕。他拿起一塊布，從管子滴出很多清澈的液體到布上，再把布對摺、擠壓，讓整塊布都沾滿黏黏的臭東西。

就在那時，我聽到伊森悲傷的呼喚從窗外傳進來。「貝利——」他喚著。我跑到窗前，往上

跳，但窗戶太高了，我看不出去，只能沮喪地吠叫著。

塔德用手掌痛打我的屁股。「不可以！壞狗狗！不可以叫！」蒸騰的怒氣再次從他身上流瀉而出，一如他手上那塊布的氣味。

「塔德？」屋內某處有個女人在叫喚。

他惡狠狠地看我一眼。「你待在這裡。你給我待著。」他帶著怒氣低聲說道，倒退著走出房間，從外面把門關上。

那股仍然充斥於空氣之中的氣味讓我好想掉眼淚。我焦心地來回踱步。男孩在叫我，我不懂為何塔德可以把我鎖在這上面，當這裡是車庫一般。

然後，我警覺到一個小小的聲音：琳達打開門，拿著一塊濕濕的餅乾。「這裡，貝利，」她輕聲說道，「乖狗狗。」

我是想離開這裡沒錯，但我可不是白痴。我吃了餅乾。琳達把門又開大一點。「來吧。」她敦促著，正符合我所需要的。我跟在她的身後跳到走廊上，轉彎溜下樓梯，小跑到前門。她把門推開，涼爽的空氣頓時讓我忘了那些可怕的氣味。

老媽的車在街上，男孩的身子越出車外，一邊呼喚著：「貝利！」我盡可能快速地往前衝，緊緊追上。車子的尾燈一閃一閃，伊森走下車到街上，奔向我。「噢，貝利，你去哪兒了？」他說，把臉埋在我的毛裡。「你真是隻壞壞的壞狗狗。」

我知道當隻壞狗狗是不對的，但男孩湧出的愛是如此強烈，我忍不住覺得，在這次的狀況

中，當隻壞狗狗不知怎地竟是件好事。

到塔德家探險過後不久，家人開車載我到一個乾淨涼爽的房間去見一個男人。我意識到自己曾去過類似的地方。老爸開車載伊森和我過去，而從老爸的態度看來，我有種自己莫名要被懲罰的感覺。這怎麼看都不盡公平。依我來看，如果有人應該要到這間涼爽的房間，那就是塔德。他對琳達很壞，還不准我見男孩，我之所以會是隻壞狗狗並不是我的錯。然而，當針戳進我頭後方的毛髮中，我只是搖搖尾巴、安靜趴下。

醒來時，我渾身僵硬、痠痛又很癢，腹部底下有一種熟悉的痛感，還戴著一個很蠢的塑膠項圈，臉再度被包在一個圓錐體裡。小煙顯然覺得很好笑，所以我盡可能當他是空氣。事實上，在車庫冷冷的水泥地上趴個幾天，伸直張開後面兩腿，是最好不過了。

等項圈拿下來以後，我又恢復成以前的自己。我發現我對追逐籬笆外奇異的氣味不再那麼感興趣，但如果柵門沒關好，我還是很樂於探索鄰里，看看其他的狗都在幹嘛。只不過，我會遠離街尾塔德的家，看到他或他的哥哥德瑞克在溪裡玩時，通常也會躲開他們，照第一個母親教我的，溜進陰影之下。

我現在每天都在學新的字。除了當隻乖狗狗和偶爾是隻壞狗狗之外，越來越常有人對我說我是一隻「大」狗，而這對我來說，最大的意義在於我在男孩的床上越睡越不舒服。我學到「雪（snow）」這個字，雖然聽起來好像「不可以（no）」，但人們卻是開心地大叫著說，而且代表整個世界都將覆上一層冷冷的白色東西。有時候，我們會在一條長而陡的路往下滑，我試著和伊

森一起待在雪橇上，直到翻車為止。「春天」意味著溫暖的天氣和較長的白晝，老媽整個週末都在後院挖土種花，塵土的氣味聞起來美妙極了。所以每個人都去上學時，我把花挖起來，出於對老媽的忠誠義務，咬了那些又苦又甜的花，不過最後還是忍不住把它們全吐出來。

不知為何，那天我又是一隻壞狗狗了，甚至必須在車庫裡待上一晚，不能在伊森寫作業時趴在他的腳邊。

然後，有一天，黃色大巴士上孩子的聲音是那麼地喧鬧，車子還沒在屋前停下來，我早五分鐘前已聽到他們的尖叫。男孩衝下車跑向我時滿心喜悅，他的心情是那麼高昂，感染了我繞著圈子跑啊跑的，毫無節制地汪汪大叫。我們到雀兒喜家，我和棉花糖玩，老媽回家的時候也很興高采烈。從那時候起，男孩沒有再去上學，我們可以安靜地躺在床上，不用為了和老爸一起吃早餐而早起。生活終於又回歸正常！

我好快樂。有一天，我們坐了很久的車，下車時，我們到了「農場」，那是一個新的地方，有我以前沒有遇到過的動物和氣味。

在車道上停車時，兩個年紀比較大的人從白色大屋走出來。伊森叫他們為外公和外婆，老媽也是，但稍後我又聽到她叫他們爸和媽，我想她是搞混了吧？

農場上有好多事情可做，男孩和我最初幾天都在疾速狂奔。靠近籬笆時，一匹巨大的馬越過籬笆上方盯著我瞧，但她不願意玩或做什麼，只是怔怔地看著我，即使我從籬笆底下爬過去對她吠叫，她也依然故我。這裡沒有小溪，相反地，有一座大而深的池塘，我和伊森可以在裡面游

泳。一個鴨子家庭住在池邊，只要我一靠近，他們就會進入水中、踢水離開。然而，每當我疲於對他們吠叫，母鴨又會游向我，我只好又叫了起來。眞是快把我逼瘋了。

從世事的發展中來看，我認爲鴨子的價值對於男孩和我自己而言，與貓咪小煙差不了多少。

過了幾天，老爸先離開了，但老媽和我們整個夏天都待在農場上。她很快樂。伊森睡在門廊上，也就是屋子最前方的一個房間，我睡在他旁邊，沒有人假裝這個安排不恰當。外公喜歡坐在椅子上搔我的耳朵，外婆總是會塞給我一些點心。他們給我的愛讓我喜悅地忍不住動來動去。

這裡沒有院子，只有一個圍有籬笆的開放式大田野，我可以自由地從籬笆進出，那就像是世界上最長的狗門，只是少了一塊門板。馬的名字叫作火焰，她一直待在籬笆裡，成天吃草，我卻從未見過她吐。她留在院子裡的一坨坨東西聞起來好像很可口，實際上卻又乾又淡，所以我只吃了兩次。

擁有奔跑的空間，意味著我可以探索籬笆另外一邊的樹林，可以跑到池塘裡玩，可以做任何我喜歡的事。但我大多數時間都待在屋子附近，因爲外婆無時無刻不在烹煮美味的食物，需要我不時嚐嚐她的調味，確定她的料理沒有失敗。我很高興能盡一份心力。

男孩喜歡讓我進入小舟，把小舟推入池塘，然後丟一隻蟲到水裡，拉出一條亂動的小魚，讓我對他叫個幾聲，再放魚走。

「太小了，貝利。」他總是這麼說。「過不久一定會釣到一條大魚。你等著瞧。」

最後，我（大失所望地）發現牧場上居然有貓，一隻黑色的貓，住在一棟名叫「穀倉」的頹

圮老建築物裡。每次我突然興起想進穀倉，用聞的把她找出來，她就蹲在黑暗中盯著我瞧。這隻貓似乎很怕我，比起小煙眞是好得太多了。這個地方的每一件事皆是如此。

有一天，我以爲我在樹林中看到了那隻黑貓，於是對她窮追不捨。她搖搖擺擺地走得很慢，可是靠近時，我卻發現她是別的生物，一種全新的動物，黑色的身體上有白色的條紋。我很高興地對她汪汪叫，但她轉過來給我冷峻的一眼，毛茸茸的尾巴高舉空中。她沒有逃跑，所以我想應該是想和我玩吧。然而，當我跳過去對她伸出一掌時，她卻做了一件最奇怪的事——轉身背對我，尾巴仍然豎得筆直。

接下來，我只知道有一股可怕的味道飄升起來，包圍住我的鼻子，刺痛著我的眼唇。我什麼都看不到，只能哀叫著往後退，同時納悶到底是發生了什麼事。

「臭鼬！」當我抓著門要外公讓我進去時，外公說。「噢，你不能進來，貝利。」

「貝利，你碰到了一隻臭鼬嗎？」老媽隔著紗窗問我。「啊，一定是。」

我不懂「臭鼬」這個詞彙，只知道樹林裡發生了非常奇怪的事，而且還不只如此——男孩對我皺著鼻子，帶我到院子裡去，用水龍頭對我噴水！他抓著我的頭，外公用推車從花園載來一籃子的番茄，對著我全身的毛髮噴擠番茄汁，我的毛都變紅了！

我不明白這對事情有什麼幫助，特別是因爲伊森接著跟我說我要洗澡，令我尊嚴掃地。有香味的肥皀在我濕漉漉的毛髮上揉搓，直到我聞起來像是老媽和番茄的混合物。

我這輩子還從未受過如此徹底的羞辱。當我乾了以後，他們打發我去門廊，伊森和我一起睡

在外面，卻把我從他的床上踢下來。

「你好臭，貝利。」他說。

這眞是對我的最後一擊。我趴在地上，試著抗拒漂浮在房間四處各式各樣的氣味，蒙頭睡覺。當早晨終於來臨時，我跑下去，把一條被沖刷上岸的死魚滾進池塘。無濟於事。我聞起來還是像香水。

我急著想理解這到底是怎麼一回事，所以重返樹林，看能不能發現那隻長得像貓的動物，尋求一個解釋。現在我知道她的味道了，因此不難找出她來，但我幾乎還沒有嗅聞她，完全一樣的事情再度發生：一陣令人目盲的噴霧從那隻動物的屁股冒出來，四面八方圍擊著我！

我想不出來要怎麼解決這個誤會，暗忖著我若完全忽略這隻動物，讓她也嘗一嘗我受到的恥辱，會不會比較好？

事實上，我一小跑回家，再度經歷整個洗刷和番茄汁浸泡的過程之後，我正是這麼打算。好啦，難道這就是我的命運嗎？每天我都要被塗抹上蔬果汁，刺激的肥皂在我的身上搓揉，還不能進入屋內主要的地方，連外婆在煮東西的時候都不行？

「你眞笨，貝利！」男孩在院子裡邊刷我的身體邊罵我。

「不要說『笨』，那是個很醜陋的字眼。」外婆說。「告訴他……說他，說他太傻了。當我還是個小女孩，做錯事的時候，我媽總是這樣說我。」

男孩嚴厲地面對我。「貝利，你眞是隻傻狗。你是隻傻傻、傻傻的傻狗。」他和外婆都笑

了，可是我是那麼地悲傷，連尾巴都沒有動一下。

還好，在那股氣味從我的毛髮上消退之後，家人的舉止也恢復正常，又容許我加入他們了。男孩偶爾還是會叫我是一隻「傻狗」，但從不是怒氣沖沖地說，反而比較像是我的另一個名字。

「想不想去釣魚啊？傻狗？」他會問，我們把小舟推出去，接連幾個小時從水裡拉出小小的魚來。

夏末，有一天比平常要冷，我們待在外頭，坐在船上，伊森把上衣的帽子戴上。突然間，他跳了起來。「我釣到大魚了，貝利，一條大魚！」

我回應他的興奮，也跳起來汪汪叫。他與釣竿角力超過一分鐘，一下子齜牙咧嘴，一下子又哈哈大笑，然後我看到了——一條和貓一樣大的魚，從船旁的水面騰空躍起！伊森和我傾身過去看牠，船劇烈搖晃著，男孩發出一聲尖叫，接著便落入水中！

我跳到船邊，往下凝視著深綠色的水，眼看著男孩從我的視線中逐漸消失。冒出水面的氣泡傳來他的氣味，他卻沒有重出水面的跡象。

我沒有躊躇，立刻跟在他的身後潛下水去，一邊把水推開，一邊睜大雙眼，掙扎著追尋氣泡的軌跡，墜入寒冷的黑暗之中。

9

我在水裡看不到多少東西。水壓迫著耳朵，減緩我奮不顧身的下潛。不過，我聞得到男孩。他正在我前面緩緩地下沉。我更賣力地游泳，終於隱約看到他的身影。那幾乎像是我對母親的第一眼印象——一個在昏暗陰影下的朦朧身影。我猛撲向前，張開嘴，一游到他的正上方，便一口咬住運動衫的帽子。仰起頭，把他拖著一起盡快游向陽光普照的池塘水面。

我們衝出水面，置身空氣之中。「貝利！」男孩大叫，哈哈笑著。「你是在救我嗎？男孩？」他伸出手，用一條手臂抓住船。我狂亂地試圖從他的身上爬上船，以把他的全身都拉到安全地方。

他還在笑。「貝利，不，你這隻傻狗！停下來！」他把我推開，我繞著小圈游著。

「我必須去拿釣竿，貝利。我的釣竿掉了。我沒事！去吧，我沒事，去吧！」男孩對著岸邊比了比手勢，像是往那個方向丟了一顆球，這是要我離開池塘的意思。一分鐘後，我照做了，開始朝著船塢旁的小塊沙地游去。

「乖男孩，貝利。」他語帶鼓勵地說。

我環顧四周，看到他的兩隻腳高舉在空中，瞬間又消失在水底下。我發出一聲嗚咽，往右轉，使盡全力游泳，雙肩高高露出池塘水面。看到氣泡的蹤跡後，我跟著氣味前進。不過，這次因為不是從船上往下跳，下潛變得更困難了。到達池塘的底端後，我察覺男孩正往上游，便跟著改變方向。

「貝利！」他開心地叫著，把釣竿丟回船上。「你真是隻乖狗狗，貝利。」

他把船朝沙地拉時，我一直在他身邊游著。終於，他彎下身子把船拖上岸，我大大鬆了一口氣，於是舔了他的臉。

「你真的是想救我耶，貝利。」我坐下，喘著氣。他撫摸著我的臉。陽光和他的撫觸同樣讓我感到溫暖。

隔天，男孩把外公帶來船塢。天氣比前一天要熱得多，我跑在他們前面，先把鴨子家庭趕離到池塘中央，那裡才是他們的屬地。男孩穿著另一件連帽運動衫，我們兩人一狗小跑到船塢的盡頭，往下看著綠色的水。鴨子游過來看我們在看什麼，於是我假裝知道自己在做什麼。

「你看喔，他會潛入水裡，我保證。」男孩說。

「我要看到才會相信。」外公回答。

我們走回船塢在岸邊的另一頭。外公抓著我的項圈。「走！」他大喊。

男孩開始往前跑，過了一秒，外公放開我，好讓我可以跟上去。伊森從船塢尾端飛出去，濺

出了好大的水花，鴨子們紛紛抱怨著，在波浪中載伏載沉。我跑到船塢尾端吠叫，然後回頭看看外公。

「去抓他，貝利！」外公敦促著。

我往下看著男孩跳下去的水面起了泡沫，又看了看外公。他很老，行動相當緩慢，可是我無法相信他會如此愚笨，竟打算對這個局面袖手旁觀。我又吠了幾聲。

「去吧！」外公告訴我。

我突然心神領會，不敢置信地看著他。**在這個家中，難道什麼事情都非我不可嗎？**我大叫一聲，從船塢的尾端跳入水裡，往下游到池塘底，察覺伊森正動也不動地躺在那裡。我用雙顎抓住他的領子，往上游到水面。

「看！他救了我！」當我們雙雙浮出水面時，男孩大叫。

「乖男孩，貝利！」外公和男孩都在叫。他們的讚美讓我飄飄欲仙，於是我游去追鴨子，他們一邊往外游開，一邊愚蠢地呱呱叫著。我差一點咬到幾根鴨尾羽毛時，兩隻鴨子拍動翅膀，往上飛了一點點。在我看來，這就表示我贏了。

那天下午的其餘時間都在玩「救我」的遊戲，我終於了解男孩在池塘裡其實很能保護自己，因此漸漸不會那麼焦慮了。每次我潛入水中把男孩拉到水面，他都好樂。鴨子乾脆爬出水面，待在池塘的邊緣，困惑地看著我們。爲何他們不和其他鳥一樣飛到樹上，我也是百思不解。

我更不明白的是，有什麼理由要離開農場？幾天後，老爸抵達，老媽開始在各個房間走來走

去，打開抽屜，把東西抽出來，我有種我們又要搬家的感覺。我開始焦慮地踱步，擔心自己會被留下來。直到男孩喚道：「上車！」我才獲准爬進車內，把頭掛在窗外。那匹名叫火焰的馬，用一種我猜是毫不壓抑的嫉妒瞪著我，外公外婆在我們開車離開前過來抱抱我。

我們最後回了家。我很高興能與街坊的小孩和狗重新打交道，但不包括小煙。我和他們玩遊戲，追著球跑，和朋友棉花糖角力。我是那麼顧著玩，完全沒有心理準備——幾天後的早上我們全都要早起，然後我又被很無禮地帶去車庫。我一下子就從狗門跑出去，確認伊森和老媽都要離開，伊森和其他小孩一起上了黃色巴士出發。

唔，這眞是令我無法忍受。我吠叫了好一陣子，棉花糖也在同一條街的幾棟房子之外回應我，所以我們對著彼此嗥叫，但這不如你想像的那麼有幫助。我心情很差地回到車庫，鄙視地嗅了嗅狗屋。我決定不要一整天都待在這裡，即使這是周圍最柔軟的地方。

我從門下看到小煙的腳，便把鼻子湊向門縫，吸入他的氣味，然後釋放出沮喪的嘆息。我察覺不出他對我有多少同情。

因為我現在是隻大狗了，輕而易舉就能搆到門把，所以我靈光乍現，發現自己如何能從這樣的困境脫身。我把雙掌放在門上，用嘴咬住門把，扭動它。

門不動如山。我不斷嘗試，好不容易它發出一小聲的喀噠聲，開了！

小煙本來坐在門的另一邊，大概正在笑我，不過看到我的時候肯定收起了笑容。他的瞳孔顏色變深，掉頭就跑，所以我很自然地跟在他的身後，敏捷地繞過角落，在他跳上櫃子上時對他汪

汪叫。

屋內感覺好多了。前一晚的晚餐是披薩，它用一個長長扁扁的盒子裝著出現在門口，現在就放在檯面上，得來全不費工夫。我把它扯到地上，大啖美味的紙盒，把比較不喜歡的部分撕成碎片。小煙帶著佯裝的厭惡注視著，所以我也吃了一罐他的貓食，還把金屬舔得清潔溜丟。

家人通常不准我睡在沙發上，可是我不明白有什麼理由要遵守這條規則，尤其我是自己進入屋內的，所有的事情顯然不可同日而語。我在沙發上安頓身子，頭靠著柔軟的枕頭，溫暖的陽光照在背上，美好地打了個盹。

過了一段時間，我發現太陽移動了，只好嘆著氣在沙發上換位置，感覺有點不方便。不久，廚房傳來廚櫃被打開的聲音，我跑進去看看究竟發生何事。小煙坐在流理檯上，挺直身軀打開了一扇門。這在我看來真是太、太、太有進取心了。我專注地看著他跳入廚櫃裡，小小的鼻子嗅聞著裡面的美味。他往下看著我，不知道在算計什麼。

我忽然想咬咬尾巴的底部。片刻後再轉回頭時，我饒富趣味地看到小煙正在拍打一袋食物。他打了它一次、兩次，第三次終於把它從廚櫃裡打翻，整包掉到地板上！

我咬開塑膠袋，咬到一些鹹鹹、脆脆的東西，便狼吞虎嚥地吃起來，以免小煙想下來分一杯羹。他被動地注視著我，又砸下一包麵團似的甜麵包捲。

我立刻認定自己一直錯看小煙了。對於稍早吃掉他的貓食，我幾乎感到歉疚，只不過主人給他東西吃時，他沒有立刻吃完可不是我的錯。不然，他以為事情還能怎樣呢？

我無法自己打開廚櫃，這種科學不知怎地對我來說就是難以捉摸。然而，我確實設法抓住一條麵包，把它從檯面上拉下來，小心地移除包裝，留待稍後再咬。廚房的垃圾桶沒有蓋子，所以很容易就能一探究竟，不過有幾樣東西是不能吃的。除了塑膠容器和蛋殼之外，我也實驗性地舔了某種苦苦的黑色細沙，結果它們全都覆蓋在我的舌頭上。不管怎樣，我還是咬了塑膠容器。

當公車停下來時，我正在外面等待。雀兒喜和塔德都下了車，但沒看到男孩，這代表他會和老媽一起回來。我返回屋內，從老媽的櫃子裡拖出幾隻鞋子，不過沒有多咬，因爲小煙給我的那些零食讓我覺得昏昏欲睡。我站在客廳，爲了要不要躺在沙發上舉棋不定，畢竟沙發上已經沒有陽光了。或者，我該躺在一塊有陽光的地毯上？這是個困難的決定，而當我終於決定遷就太陽之後，我不安地趴下，不確定自己是否做了正確的選擇。

聽到老媽的車門砰地關上時，我從屋內溜回車庫，瞬間從狗門出去，在籬笆邊搖著尾巴，不讓他們知道我做了些什麼。伊森筆直地朝我跑來，進入院子裡和我玩。老媽走上人行道，鞋子發出喀噠喀噠的聲響。

「我好想你喔，貝利！你今天開心嗎？」男孩問我，搔了搔我的下巴。我們讚賞地互相凝視著。

「伊森！進來看看貝利做了什麼好事！」

聽到我的名字被用這麼嚴厲的口吻提起，我不由得垂下兩隻耳朵。不知爲何，小煙和我的罪行曝光了。

伊森和我進入屋內，我靠向老媽，盡最大的力氣搖擺著尾巴，乞求她的原諒。她拿著一個被咬得破破爛爛的袋子。

「車庫的門是開著的。你看看他做了什麼。」媽說：「貝利，你是隻壞狗狗。壞狗狗。」

我低下頭來。雖然嚴格按照事實來說，我沒有做錯什麼，可是我意識到老媽對我很生氣。伊森也是，特別是當他開始撿拾地板上的塑膠碎片時。

「他到底是怎麼上到櫃子上的？他一定是往上跳。」老媽說。

「你是隻壞狗狗，一隻很壞、很壞的狗狗，貝利。」伊森又跟我說了一次。

小煙溜達著走進來，陰沉地跳上檯面。我悶悶不樂地看了他一眼。**他是隻壞貓咪，一隻很壞、很壞的貓咪。**

令人驚訝的是，沒有人對小煙這個教唆者說什麼。相反地，他們給了他一罐新鮮的貓食！我期待地坐下來，想說我至少也可以得到一塊狗餅乾，但每個人仍然對我擺出生氣的臉孔。

老媽在地板上推著拖把，男孩拿著一袋垃圾到車庫去。

「貝利，那樣做很不乖。」男孩輕聲細語地又對我說。顯然，每個人都比我更難以將這起事件拋諸腦後。

我還在廚房，就聽到老媽在屋後尖叫：「貝利！」

我想，她找到她的鞋子了。

10

在接下來的一、兩年間，我注意到小孩們一起玩的時候，塔德常被排斥在外。他只要出現在附近，棉花糖和我輕易便能察覺到大家的心情爲之一變，宛如有哪個小孩尖叫了一般。女孩通常會背對著塔德，男孩帶著看得出來的遲疑接受他一起玩遊戲。伊森再也不去塔德家了。

塔德的哥哥德瑞克很少會出來外面，除非是要進入他的車子駕車離開，倒是琳達很快就學會騎腳踏車，沿街踩著腳踏車，幾乎每天都和她那個年紀的小女孩在一起。

我從伊森那裡得到暗示，再也不靠近塔德。但有個下雪的夜晚，我在睡前到後院上廁所，卻聞到塔德站在籬笆的另外一邊，躲在幾棵樹的後面。我警告地吠叫一聲，聽到他轉身跑開後，便感到心滿意足。

我不是很在乎「上學」這個概念，那是在家時大多數的早晨都會發生的事。我比較歡迎夏天的到來，老媽和伊森不上學，我們就能到農場和外公外婆住。

每次抵達農場，我都會先跑一圈，看看有什麼地方不一樣、什麼又保持原貌，同時替我的領

域做記號，再重新與馬兒火焰、穀倉裡神秘的黑貓和鴨子們打交道。那些鴨子很不負責任地又生了一窩小鴨。我常常聞到森林裡有臭鼬的味道，不過我還記得上次會面時的不愉快，所以決定不去追她。如果她想玩，她知道要上哪兒找我。

有一個夏日夜晚，全家人和我在過了平時上床時間很久之後還一起坐在客廳裡，每個人都很興奮，但老媽和外婆也在恐懼著什麼。然後，他們尖叫歡呼，外公高喊出聲，我汪汪叫，各式各樣的情緒一下子全冒了上來。**人類眞是比狗複雜得太多，有如此廣泛而不同的情緒**。我之所以會不時想起院子，主要就是因爲我現在過著比那時豐富許多的生活，即使我常常不知道到底發生何事。伊森那晚帶我出去，凝視著天空。「現在月亮上有個人了，貝利。看到月亮了嗎？有一天，我也要去那裡。」

他洋溢出如此多的快樂，於是我跑出去找了根棍棒回來要他丟。他朗聲大笑。

「別擔心，貝利。我會帶你一起上去。」

有時，外公會開車去鎮上，男孩和我會陪同前往。不久後，我譜繪出整趟旅程的氣味地圖。潮濕的空氣中會先傳來清楚無誤的蠢鴨子氣味，還有腐爛中的可口死魚，過了幾分鐘，車內又充滿了強烈、刺鼻的氣味。

「噁！」伊森常這麼說。

「那是山羊牧場。」外公總是這樣回答。

我的頭因爲伸出車窗之外，所以常常窺見散發這些美好氣味的山羊，對著他們吠叫幾聲。他

們太笨了，沒有一次被嚇得逃之夭夭，只是站在那裡，跟馬兒火焰一樣瞪著我瞧。

經過山羊牧場之後沒多久，車子駛上一道木橋，發出嘎啦嘎啦的聲音。我開始搖尾巴，因為我好愛搭車去鎮上，而只要聽到橋上這種撞擊的隆隆聲響，就代表我們快要到了。

外公喜歡到一個地方，坐在椅子上讓一個男人玩他的頭髮。伊森覺得無聊，所以我們在街上走來走去，看看櫥窗，同時希望能遇到其他的狗。我認為這才是我們來鎮上的第一目的。要見到其他的狗，最好的地點是在公園，也就是有一塊很大的草地、人類會鋪毯子坐在上面的地方。那裡也有一座池塘，但男孩不希望我在裡面游泳。

我在鎮上每個地方都能聞到山羊牧場的味道，所以每當我需要搞清楚方向，只要轉動鼻子，山羊牧場氣味最濃烈的地方，便是家的方位。

有一天，當我們在公園的時候，一個年紀較大的男孩丟了一個塑膠玩具讓他的狗去撿。那隻黑色、短小的母狗全神貫注地撿玩具，即使我朝她小跑過去，她也完全不理會，雙眼死盯著顏色鮮豔、扁扁圓盤狀的塑膠玩具，等它高飛到空中，再跑出去、跳起來，在它掉落地面之前用嘴接住。我想，如果你喜歡那類事情的話，這個把戲算是很令人印象深刻。

「你覺得怎麼樣？貝利？你想玩那個嗎？男孩？」伊森問我。看著小狗捕捉塑膠圓盤，他的雙眼閃閃發亮。回家後，他筆直地朝自己的房間走去，忙著做他稱之為「翻板」的東西。

「這就像是回力鏢、飛盤和棒球的綜合體，」他告訴外公，「不過它飛的距離要遠上一倍，因為球給了它重量，你懂嗎？」

我嗅聞著那個東西。它原本是一顆好好的足球，伊森卻把它剪開來，要求外婆重新縫過。

「來吧，貝利！」男孩大叫。

我們跑到屋外。「發明這樣的東西能賺多少錢？」男孩問外公。

「先看它飛得如何吧。」外公評論道。

「好，準備好了嗎？貝利？準備好了嗎？」

我想這句話的意思是有什麼事即將發生，於是警覺地站著。男孩的手臂往後擺動，把翻板甩到空中，它像是撞到東西一樣扭動著從空中墜落。

我小跑到門廊上嗅聞它。

「把翻板帶過來，貝利！」男孩喚道。

我謹慎地叼起那個東西。想起公園裡的矮狗追逐著優雅的飛行圓盤，不禁感到欣羨。我把翻板帶回到男孩佇立處，從嘴裡吐出來。

「沒有空氣動力，」外公說，「太多阻力了。」

「丟高一點就可以。」男孩說。

外公走進屋內。接下來的一個小時，男孩不斷練習把翻板丟進院子裡，我再帶它回來。我察覺到他心裡的絕望越來越高漲，所以有一次他把翻板丟出去，它猛然掉落在地上時，我帶回去的是一根棍棒。「不對，貝利，」他悲傷地說，「是翻板。去拿翻板。」

我汪汪叫，搖擺著尾巴，試圖讓他了解，只要肯給棍棒一個機會，事情就會變得好玩多了。

「貝利！翻板！」

然後，有個人說：「嗨！」

那是個和伊森同年的女孩。我小跑向她，搖著尾巴，她摸摸我的頭。她一手拿著一個蓋住的籃子，裡面有某種聞起來十分香甜的麵包，吸引了我全部的注意力。我坐下來，盡可能表現得很可愛，好讓她把籃子裡的東西給我。「你叫什麼名字啊？女孩？」她問。

「他是男孩。」伊森說：「叫作貝利。」

男孩說了我的名字，所以我望向他，卻發現他表現得很怪異，幾乎像在害怕，但又不全然是。看到女孩時，他往後退了半步。我的視線回到女孩身上，她的籃子裡有香濃的餅乾，所以我好喜歡她喔。

「我住在這條路上。我媽做了一些巧克力蛋糕要請你們吃。哪！」女孩說，對著她的腳踏車比了比手勢。

「噢。」男孩說。

我的注意力一直在籃子上。

「所以，呃。」女孩說。

「我去叫我外婆。」男孩說。他轉身走進屋內，但我選擇和女孩還有她的狗餅乾待在一起。

「嗨！貝利，你是隻乖狗狗嗎？你是隻乖狗狗。」女孩告訴我。

我發現這樣很好，不過不如得到狗餅乾來得好。一分鐘後，我用鼻子輕推籃子一下，想提醒

她手邊還有事情沒做。在等伊森回來的時候，女孩順了順一頭顏色很淺的髮絲。她看來也有一點害怕，但我分辨得出來，除了一隻可憐挨餓需要點心的狗以外，沒有什麼事情值得她焦慮。

「漢娜！」外公邊說邊走出屋外。「看到你眞好。」

「嗨！摩根先生。」

「進來，進來。你手上拿著什麼？」

「我媽做了一些巧克力蛋糕。」

「唔，這不是很棒嗎？伊森，你大概不記得了，你和漢娜以前還是小寶寶時常在一起玩。她比你小一歲多。」

「我不記得了。」伊森說，踢著地毯。

他表現得還是很奇怪，可是我覺得守衛狗餅乾籃是我的職責。外婆把它放在茶几上。捧著一本書坐在椅子上的外公伸手探入籃裡，越過他的眼鏡上緣仔細看著籃內。

「不要破壞晚餐的胃口！」外婆出言斥責，他立刻抽回手來，和我交換了一個悲傷的眼神。

接下來的幾分鐘沒有人動餅乾，這麼做就對啦。大多數時間都是外婆在說話，伊森雙手插在口袋裡站著，漢娜坐在沙發上，沒有看著伊森。最後，伊森問漢娜要不要看看那個翻板。我一聽到那可怕的字眼，立刻甩過頭去，不敢置信地瞪視著他。我以爲翻板是我們生活中已然結束的一章。

我們三個進入院子，伊森給漢娜看那個翻板。然而，當他把翻板往外丟時，它還是像隻死鳥

一樣掉落地上。

「我需要更改一下設計。」伊森說。

我走去翻板那裡，但沒有把它叼起來，希望男孩會徹底了結這個令人尷尬的局面。當漢娜待了好一會兒，到池塘看看那些蠢鴨，摸摸馬兒火焰，又和伊森輪流丟了兩次翻板。當她騎上腳踏車、轉入車道的時候，我在她身旁小跑著。然後，男孩對我吹了口哨，我全速疾衝回家。

第六感告訴我，我們會再見到那個女孩。

那個夏天稍晚，在我看來還不到要回家上學的時候，老媽就收拾行李，放到車上。伊森和我站在車旁，外婆和外公緩緩上車入座。

「我來帶路。」外公說。

「還沒跨郡，你就會睡著了。」外婆回答。

「好啦，伊森，你是個大男孩。你要乖。如果有問題，打電話來。」

伊森在老媽的擁抱下扭來動去。「知道啦。」他說。

「我們兩天後就回來。你需要什麼，可以跟隔壁的杭特利先生說。我替你做了一道燉鍋菜。」

「我知道啦！」伊森說。

「貝利，好好照顧伊森，好嗎？」

我開心地搖著尾巴，可是完全不懂這是怎麼一回事。我們不是要搭車去哪裡還是做什麼嗎？

「我還是他這個年紀時，已經自己一個人長時間待在這裡了。」外公說：「這對他會是件好事。」

我感覺到老媽的擔心和遲疑，不過她終究還是上了駕駛座。「媽媽愛你喔，伊森。」老媽說。

伊森一邊嘟囔著，一邊踢著塵土。

車輪開始在車道上往前滾動，伊森和我嚴肅地看著車子離開。「來吧，貝利！」車子完全離開視線之後，他大叫。我們一起跑回屋內。

一切突然變得更好玩了。男孩吃了一些午餐，吃完後把盤子放在地板上交給我舔！我們進入穀倉，他爬上椽架，我在底下吠叫，他跳到一堆乾草上，我立刻撲向他。角落裡一個墨黑的影子告訴我，那隻貓正把一切看在眼裡。我小跑過去瞧個分明，她立刻又溜得不見蹤影。

不過，當伊森打開槍櫃的鎖時，我覺得不是很自在。這是外公在的時候，他從來沒做過的事。槍讓我緊張，讓我想起塔德拋出的爆竹在很靠近我的地方爆炸、皮膚上那種被敲擊到的感覺。但伊森是那麼興奮，我忍不住在他的腳邊騰躍。他在籬笆上放了幾個罐子，開槍，罐子飛了起來。我不太理解罐子和槍發出的巨大聲響之間有什麼關聯，我只知道它們不知怎地是有關的，而從男孩的反應看來，應該也非常有趣。火焰噴著鼻息，碎步跑向院子最遠的一端，遠離所有的喧鬧。

之後，男孩加熱一些美味多汁的雞肉當作晚餐。我們坐在客廳，他打開電視，把盤子放在大腿上吃，順手就把雞皮丟給我。這才是我能理解的樂趣啊！

那一刻，我真的不在乎老媽還要不要回來！

舔過男孩留在地上的盤子之後，我決定測試新的規則——爬上外公軟軟的椅子。我越過肩頭往後看，想知道會不會得到預期中的「下來」指令。男孩只是盯著電視，所以我蜷起身子小睡一番。

昏昏沉沉中，我注意到電話在響，還聽到男孩說「床」，但他掛上電話後並沒有上床睡覺。他坐回椅子上，繼續看電視。

當我睡得正熟時，突然感覺晃動。有什麼事情不對勁，嚇得我清醒過來。男孩僵直地坐著，頭歪向一邊。

「你有聽到什麼聲音嗎？」他對我輕聲細語。

我在腦中反覆自我爭辯著：男孩聲音中的急促是否意味著我的小睡已經結束？我決定不要那麼窮緊張，於是把頭垂回到軟墊上。

然而，屋內卻輕輕地傳來砰的一聲。「貝利！」男孩用噓聲說話。

好吧，這是件該認真看待的事了。我從椅子上站起來，伸展四肢，期待地看著他。他的手往下摸著我的頭，恐懼在他的皮膚底下激烈跳動著。「有人嗎？」他喚道。「有人在那裡嗎？」

他僵立原地，我模仿他的姿勢，提高警覺。我不確定發生了什麼事，只知道我們面臨了威

脅。當砰地又有一聲傳來時，男孩嚇得跳了起來，恐懼在他的皮膚上像漣漪般泛開。不論有什麼問題或是什麼問題人物，我都做好了面對的準備。我感覺背上的毛豎了起來，嘴裡開始發出低沉、警告性的怒吼。

聽到我的怒吼，男孩無聲地穿越客廳。我跟在他的後面緩緩走著，仍然高度警覺著，同時看著他這一天第二次打開槍櫃。

11

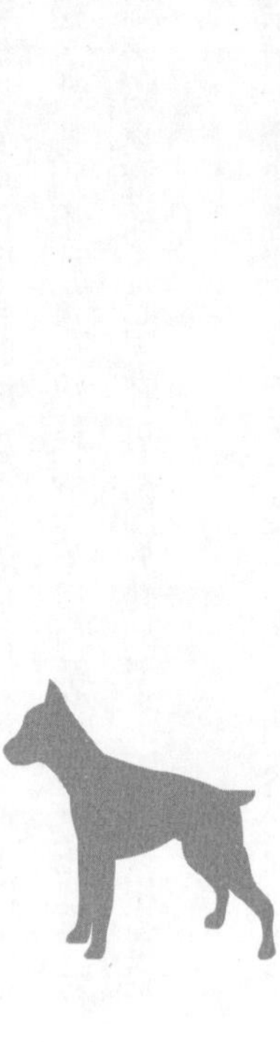

男孩用顫抖的手拿著外公的槍，躡手躡腳地走上樓梯，沿著走廊進入老媽的臥室。我一直跟在他的腳邊。伊森檢查老媽的浴室和床底下，啪地打開衣櫥門時，還大叫一聲：「哈！」嚇得我半死。我們分別到他的房間、外公和外婆的房間，以及外公晚上打呼嚕太大聲時，外婆會去睡的那間有沙發的小房間，逐一重複同樣的檢查。外婆在搭車離開前，曾進去小房間，依照伊森的指示對翻板動了更多手腳，試著想把它弄好。這個房間的名字叫做縫紉間。

男孩拿著外公的槍對著前方，檢查了整棟房子，把每個門把弄得喀噠作響，又測試了每扇窗戶。穿越客廳時，我期望地朝著外公的椅子走去，但男孩仍想探索屋子，所以我疲倦地嘆口氣，繼續陪他檢查浴簾。

終於，我們回到老媽的房間。他動了動門把，拖出老媽的抽屜放在門前，然後把來福槍放在床旁，叫我上床躺在他的旁邊。當他抱著我時，我想起他以前偶爾會在老媽和老爸對吼時，走出屋子到車庫的狗屋去。現在，他全身上下散發著同樣的孤單和恐懼，所以我用我知道的安慰方式

舔他。既然我們兩個在一起，怎麼會有事情不對呢？

隔天早上我們睡到很晚才起床，吃了一頓超棒的早餐。我吃了吐司邊，把散蛋舔下肚，再替男孩喝完牛奶。多棒的一天啊！伊森放了一些食物在一只袋子裡，拿了一個他用來裝水的瓶子，接著把所有的東西塞進他的背包。要去散步嗎？伊森和我有時會去散步，他會帶三明治出去和我分享。最近，他散步時似乎總會朝女孩住的地方走去，我在那家的信箱上聞到她的氣味。男孩站著凝望那棟房子，然後才轉身回家。

前一晚的恐懼完全消失不見。男孩吹著口哨，出去照料火焰。她要是不想吃草吃到噁心，就會閒晃過來大力咀嚼一桶乾而無味的種子或是其他的什麼。

當男孩從穀倉裡拿出一條毯子和一個閃亮的皮革馬鞍放在馬背上時，我很驚訝。我們以前也這樣做過幾次，伊森會爬上去騎在火焰的背上，但那一向是在外公在的時候，而且火焰的院子柵門也都會緊緊閉上。可是現在男孩卻打開柵門，上了馬背，露齒微笑。

「走吧，貝利！」他朝下呼喚著我。

我很有自信地跟上去。我不喜歡火焰突然得到男孩所有的注意。我離男孩好遠，還不得不走在一隻我認定和鴨子一樣蠢的巨大生物旁邊。我特別不欣賞火焰輕拂一下尾巴就掉落一坨臭兮兮的大便在路上，差點砸到我！我抬起一腿對著馬糞灑尿，它現在可是屬於我的了，不過我相當確信那匹馬的意思是要羞辱我。

很快地，我們離開馬路，進入森林，沿著一條小徑走。我追著一隻兔子跑，如果不是他突然

改變方向，一定會被我抓到。我也聞到不只一隻臭鼬的味道，但我傲慢地連一步都不肯往他們的方向走去。我們停在一個小池塘前，火焰和我喝了水。過了片刻，男孩也吃了他的三明治，並且把吐司邊丟給我。

「這不是很棒嗎？貝利？你開心嗎？」

我看著他的雙手，納悶疑問的語調是否在問我還要不要再吃一點三明治。

除了有火焰跟我們在一起這一點，我眞的很開心。當然，單是遠離那個愚蠢的翻板就已經値得我高呼萬歲。然而，在過了幾個小時之後，我們走得好遠，我已經聞不到家的味道。

我發現火焰越來越疲乏。然而，從男孩的態度看來，我知道要到達目的地還有一段路要走。

我期待地仰頭看他，可是過了片刻，我們又往前走，選了一條上面有很多動物氣味的小徑。伊森有一次說：「我們走這裡嗎？還是那邊？你記得嗎？貝利？你知道我們在哪裡嗎？」

我在好多地方做了記號，腿抬得都痠了。火焰停下來，尿了超大一泡尿，在我看來眞是完全不適當。她的氣味會覆蓋掉我的，但我才是狗耶。我漫步向前，讓鼻子中的氣味清新一點。

我是走上一小塊隆起的土地時看到那條蛇。他在一塊陽光照耀的地方盤曲著身子，有韻律地吐著舌頭。我停下不動，著迷地看著。我以前從來沒看過蛇。

我汪汪叫了幾聲，蛇卻一點反應也沒有。我快步跑回去找男孩，他又在催促火焰往前走。

「怎麼了？貝利？你看到什麼？」

我決定不論男孩說什麼，意思都不是「去咬那條蛇」。我溜到面無表情吃力前行的火焰身

邊，同時納悶看到前方有條盤繞身子的蛇時，她會作何反應。

起初，火焰沒有看到蛇。但隨著她越靠越近，蛇突然往後退，抬起頭來。火焰尖叫了。她的前腿離地，一個急轉身，踢腿，男孩從她的背上飛了出去。我當然立刻奔向男孩，但他沒事，反而一躍而起，大叫著：「火焰！」

我壞心眼地看著那匹馬全速往回奔跑，馬蹄達達地連續敲擊著塵土。當男孩跑起來的時候，我終於意會過來我們的當務之急，於是緊追上去。馬不斷往前跑，很快地，我和男孩之間的距離太大，不得已只能回頭找他。

「噢，不！」男孩說，但這個「不」不是對我說的。「噢，老天！我們該怎麼辦？貝利？」男孩哭了，讓我一下子驚慌起來。他年紀越大越少哭泣，所以現在看到他哭只會讓我更加沮喪。我感受到他徹底的絕望，便把臉推進他的雙手之中，試著安慰他。我認爲最好的事情莫過於回家，再吃一些雞肉。

男孩終於收起眼淚，茫然地環顧樹林。「我們迷路了，貝利。」他喝了點水。「唔，好吧，來吧。」

看來，我們的散步還沒有結束，因爲我們朝著全新的方向前進，和我們來時的路毫無關連。我們在森林裡走了很長的路，一度經過自己留下的氣味，可是男孩還是吃力地走下去。我變得好累，即使有松鼠在面前跳躍也懶得去追。我跟著男孩走，但我看得出來男孩的疲勞也是有增無減。當天空的光線越來越弱，我們在一塊木頭上坐下，男孩把剩下的三明治拿出來吃，仔細地

餵了我一大塊。「我眞的很抱歉，貝利。」

在天即將暗下來之前，男孩對樹枝開始產生興趣。他把樹枝拖到一棵裂開的樹前，倚著泥巴牆和有結瘤的樹根，然後在樹枝架起來的架子之下堆放松針，又在上面堆放更多的樹枝。我好奇地觀看著，儘管精疲力竭還是做好準備，只要男孩一把樹枝往外丟，我一定會跑出去叼回來。但他只是專注地工作著。

天色暗到看不到東西了，男孩鑽進架子下方，躺在松針上。「這裡，貝利！進來這裡。」我爬進去貼近他的身邊，想起了狗屋，也懊悔地想念著外公的椅子，納悶我們爲何不回家睡在那上面？男孩很快發起抖來，所以我把頭放在他身上，放鬆腹部貼著他的背，就像我以前和手足們感覺冷時會做的那樣。

「乖狗狗，貝利。」他告訴我。

不一會兒，他的呼吸變得很深，停止顫抖。雖然不怎麼舒適，我還是小心地趴著，盡可能在這個夜晚保持他的溫暖。

鳥一開始鳴叫，我們就醒了。在曙光盡現之前，我們再度上路。我懷抱著希望嗅了嗅麻布袋，被裡面的氣味所騙，直到男孩讓我把頭伸進去看，我才發現裡面沒有吃的東西。

「我們保留這個袋子，以免需要生火。」他告訴我。我把這句話解讀爲「我們需要更多的三明治」，於是大力地搖擺尾巴，表示贊同。

那天，冒險的性質改變了。腹中的飢餓變成尖銳的痛楚。男孩又哭了，抽抽搭搭地哭了約一

個小時。我感受到他身上湧起一股焦慮，隨後而來的是令我提高警覺的悶悶不樂和了無生氣的冷漠。當他坐下來用玻璃珠般的眼睛看著我時，我舔了他整張臉。

我很擔心我的男孩。我們需要回家，現在就回去。

我們來到一條小溪，男孩正面地撲通跳下去，人與狗雙雙暢飲溪水解渴。水給了男孩活力和目的，再出發時，我們跟著在樹林間蜿蜒扭轉的小溪走，一度經過充滿蟲鳴的草地。男孩把臉對著太陽，加快了腳步，希望在他的心中萌芽。可是走了大約一個小時之後，小溪再度回到深黝的樹林中，他的雙肩垮了下來。

這晚，我們一如前夜貼著彼此入睡。我聞到附近有一隻動物屍體，某隻死了一陣子但大概可以吃的動物，但我沒有離開男孩。他從來沒有像現在這麼需要我的溫暖。我感受得到他的氣力越來越弱，正在一點一點消失殆盡。

我的恐懼，前所未有。

隔天，男孩走路的時候好幾次絆到腳。我聞到血的味道，他的臉被樹枝打到了。我湊近嗅聞。

「走開，貝利！」他對我吼叫。

我感受到他散發出的憤怒、恐懼和疼痛，但我沒有後退，只是待著不動。當他把臉埋在我的脖子裡又哭了一會兒時，我知道自己做對了。

「我們迷路了，貝利。我好抱歉。」男孩輕聲細語道。我聽到自己的名字便搖起尾巴。

小溪蜿蜒地進入一塊沼澤區，失去溪流的形狀，化成一地的泥濘。男孩的小腿浸在其中，每次把腳拔起來，就會發出噗滋的聲響。昆蟲飛到我們的眼睛和耳朵上。

走沼澤走到一半時，男孩突然停下。他的雙肩垮下，下巴低垂，肺裡發出一聲既深又長的嘆息。我焦慮不安地盡快越過這泥漿一般的地方，一掌放在他的腿上。

他放棄了。內心的挫敗感越來越強，他對那個感覺投降，失去了活下去的意願，就像我的兄弟飯桶最後一次在涵洞趴下，再也不站起來的時候一樣。

我叫了一聲，驚嚇到男孩和我自己。他了無生氣的雙眼對著我眨眨眼。我又叫了一聲。

「好吧。」他喃喃說道，疲倦地抽出陷在泥巴裡的腳，實驗性地放下它，再度下陷。

我們花了半天時間才穿越沼澤。在沼澤的另外一邊，我們又看到了小溪，這次水流變得清楚多了，水變深，流速也加快。沒多久，另外一條細流匯入，接著又是一條。當倒下來的樹擋住男孩的路時，他不得不先助跑，再跳過去。每次的跳躍似乎都讓他精疲力竭。最後，在過了幾個小時之後，我們小睡了一下。我趴在男孩身邊，深恐他就這樣一睡不醒，但他醒了，緩緩地醒轉過來。

「你是隻乖狗狗，貝利。」他告訴我，聲音嘶啞。

近晚時，小溪匯入一條河中。男孩佇立著，茫然地凝望黑黝的水流良久，接著才順著下流走，撥開草和擋路的樹枝。

當我聞到人類的氣味時，夜色正要降臨。伊森似乎毫無目的地走著，在塵土中麻木地拖著腳

步。每次跌倒，他都需要更長的時間才站得起來，而當我鼻子貼地往前快跑時，他絲毫不察有何異象。

「得了吧，貝利，」他嘟囔著，「你要去哪裡啊？」

我們經過人行小道，不過我想他沒有注意到。他在昏暗的光線中瞇著眼睛看路，試著不要跌倒，當腳下的草地變成一條常被人類踐踏的塵土小路時，我發現他有好幾秒鐘沒有任何反應。我聞到好幾個人的氣味，那些氣味留下來有一段時間了，很像是在家時左鄰右舍的小孩留在街上的蹤跡。突然間，男孩直起身子，吸了一口氣。「嘿！」他輕柔地說，望著小徑的眼神變得銳利。

現在我有一種很確定我們要去哪裡的感覺，所以我走在前方幾碼，我的疲勞減輕了，男孩也振奮起來。小徑和河一致往右轉，我一直把鼻子壓得低低的，注意人類的氣味是如何越來越強，越來越新。有人不久前才到這裡來過。

伊森停下腳步，所以我回頭找他。他嘴巴開開地站著凝視前方。

「哇！」他說。

我發現河上有一道橋，而就在我又朝那裡多看一眼之際，一道人影從陰影中出現，沿著欄杆走過來，一邊細看著河水。我聽到伊森的心跳加速了，可是興奮的感覺卻退轉爲恐懼。他往後退，讓我想起和第一位母親出去覓食時，她遇到人類的反應。

「貝利，安靜。」他輕聲細語道。

我不知道發生什麼事，但我察覺到他的心情和在家那晚一樣，就是他拿出槍來對著所有廚櫃

刺探的時候。我警覺地看著他。

「嘿！」橋上的男人喚道。我感覺到男孩的身子一僵，準備逃跑。

「嘿！」男人又叫了一次：「你是伊森嗎？」

12

橋上的男人開車載我們。「爲了你，我們翻遍了整個密西根州，小伙子。」他說。伊森眉眼低垂，散發出悲傷、羞愧和一點點的恐懼。我們搭車到了一棟很大的建築物，一停下來，老爸就打開車門，和老媽一起擁抱伊森，外婆和外公也在那裡，每個人都很快樂，只是沒有任何狗點心。男孩坐在有輪子的椅子上，一個男人推他進入建築物內。在進去裡面之前，男孩轉過來對我揮手。我想他大概不會有事，但和他分開讓我相當焦慮。外公緊抓住我的項圈，我在這件事上沒得選擇。

外公開車載我，我是前座狗狗。我們去了一個地方，那裡的人透過車窗給外公一個聞起來美味無比的袋子，外公隨即在車裡餵我吃晚餐。他打開熱騰騰的三明治，一次給我一個。他自己也吃了一個。

「不要跟外婆說喔。」他說。

回到家後，我很驚訝地看到火焰站在院子裡她的老位置上，用一種弔兒郎當的表情看著我。

我從車窗不斷對她吠叫，直到外公叫我住嘴。

男孩只消失了一個晚上，可是自從我們在一起後，這是我第一次睡覺時沒有他在身邊。我在走廊上來回踱步，走到老爸大喊：「趴下，貝利！」我才在伊森的床上蜷起身子，頭放在伊森氣味最濃厚的枕頭上，進入夢鄉。

隔天，老媽帶伊森回家，我欣喜若狂，男孩的心情卻鬱鬱寡歡。老爸說他是個壞男孩。外公在槍櫃前跟他說話。每個人都情緒緊繃，不過沒有人提到火焰的名字，明明這整件事都是她害的！我發現其他人因爲不在場，不曉得眞正的情況，所以才會對男孩而不是那匹馬生氣。

我憤恨得很想出去咬她，但我當然沒有。她那麼龐大。

女孩過來探望男孩，兩個人坐在門廊上，沒有說多少話，反而比較像在呢喃，而且沒有看著彼此。

「你那時怕不怕？」女孩問。

「不怕。」男孩說。

「我一定會很恐懼。」

「唔，我倒是沒有。」

「你晚上會冷嗎？」她追問。

「會，很冷。」

「噢。」

「對啊。」

我很警覺地跟著這段對話，細聽有沒有「貝利」「搭車」和「點心」這些字眼。什麼都沒聽到，我低下頭來嘆了口氣。女孩的手伸下來摸摸我，我翻個身，露出肚子給她揉揉。

我確定我很喜歡女孩，希望她能常常來找我們，帶來更多那些餅乾，而且分我一點。

然後，在我準備好之前，老媽打包了行李，我們坐了很久的車子，而這意味著又要開始上學了。當我們在家的車道上停車，好幾個小孩跑過來，棉花糖和我在草坪上重新認識一番，直接進入我們持續不停的角力競賽。

街坊有其他的狗，不過我最喜歡棉花糖，大概是因爲男孩放學後都會過去和雀兒喜的母親在一起，我每天都看得到棉花糖的關係。當我穿越敞開的柵門出去冒險時，棉花糖往往也會出來，陪我一起探索其他人家的垃圾桶。

所以，那天當我聽到雀兒喜從她母親的車窗探出頭來喚道：「棉花糖！棉花糖！這裡，棉花糖！」我心頭一緊。雀兒喜過來和伊森說話，沒有多久，左鄰右舍所有的小孩都在呼喚著棉花糖。在我看來，棉花糖顯然是隻壞狗狗，自己跑出去到某個地方冒險了。

她的氣味在小溪邊最濃，但那裡有太多的小孩和狗，我搞不清楚她到底是往哪個方向走。雀兒喜很悲傷，還哭了，我很替她難過，所以把頭放在她的腿上，她擁我入懷。

塔德是幫忙找棉花糖的小孩之一。令我好奇的是，他的褲子上有棉花糖的氣味。我仔細地嗅聞他，他皺著眉頭把我的頭推開。他的鞋子很髒，上面有棉花糖的濃郁氣味，還有一些我辨認不

出來的東西。

「來吧，貝利。」看到塔德對我的檢驗做出什麼反應之後，伊森說。

棉花糖再也沒有回家。我想起第一位母親跑出柵門，頭也不回地走到外面的世界。有些狗就是想要自由地遊蕩，因爲他們沒有一個愛他們的男孩。

棉花糖的氣味最後消失在風中，但我從來沒有停止嗅聞她的行蹤。每當我想起和棉花糖一起玩的往事，我也會想起院子裡的可可。如果能再見到可可，還有棉花糖，我一定會很開心，不過我也開始了解，生活不像在院子裡時那麼單純，而且是由人類在主宰，不是狗。重要的不是我要什麼，重要的是當伊森在樹林裡又冷又餓的時候，我始終在場保持他晚上不要冷到，一路陪伴著他。

那個冬天，大約在老爸爲了聖誕節把一棵樹放在室內的時候，雀兒喜有了一隻新的小狗。我他們替她取名爲公爵夫人。她不停地玩，玩到連我都會嫌她尖銳的牙齒咬進我的耳朵的地步。我低沉且快速地怒斥她，要她停下來。她無辜地對我眨眨眼，後退幾秒，然後認定我一定不是眞心的，再度朝我撲過來。眞是令我厭煩透頂。

到了春天，街坊隨處可以聽到「小型賽車」這個詞，街頭巷尾的孩子們各個都在鋸木頭、敲木頭，完全忽略他們的狗。老爸每天晚上會從車庫走出來，和正在瞎忙一氣的男孩說話。我甚至進入男孩的衣櫥，拿出那個討厭的翻板，以爲能用這個誘惑到他，但他還是專注地玩那些木頭，從來沒有一次把翻板丟出去，讓我出去追，再把它帶回來。

「看到我的小型賽車了嗎？貝利？它會跑得最快！」

終於，男孩打開車庫門，坐上小型賽車，像搭乘雪橇一樣在短短的車道上移動。我在他旁邊小跑，心想經歷了這麼多的麻煩，居然只是為了這麼沒有意義的結果。可是，賽車到了車道底端，男孩把它拿在手上，回到車庫裡，又對它動手動腳了一陣子！

翻板至少還可以拿來咬一咬。

在一個晴朗而不用上學的日子，街坊的小孩全帶著自己的小型賽車，到幾個十字路口外一條長而陡的街上。公爵夫人還太小，不能陪同參與這次的活動，但我和我的男孩結伴同行。他起先想坐在賽車上，由我在前面靠著一條皮帶拉車遊街，不過我對這個想法一點也不熱衷。

包括塔德和他的哥哥德瑞克在內，有幾個孩子對雀兒喜的小型賽車說了幾句嘲笑的話。我察覺到她的心受了傷害。大家的小型賽車在山坡頂上排成一排，塔德的車在伊森隔壁。

對於接下來即將發生的事，我完全沒有心理準備。有個人大喊：「開始！」所有的車就出發了，滾動輪子下坡，而且速度越來越快。德瑞克在塔德的身後跑，幫他推了一大把，他的賽車於是一馬當先。

「作弊！」雀兒喜大叫。她的賽車移動得很慢，不過伊森的卻越跑越快，我不跑還跟不上。其他的賽車落後了，過了一會兒，只剩下伊森的賽車穩定地朝著塔德靠近。

我很狂放興奮地自由奔跑，追在我的男孩身後疾馳下坡。一位名叫比利的男孩拿著一個有旗子的竿子站在底端，我察覺他不知怎地和眼前的這一切有關。伊森彎著腰，頭低低的，有趣極

了。我決定也要上到賽車上和他在一起，所以突然加速，騰躍半空，掉落在他的座椅後面，差點把車弄翻。

我的衝擊力道促使車子往前飛，我們現在超越塔德了！比利揮舞著他的竿子，當賽車到了路上平坦的部分停下來時，我聽到身後歡聲雷動。

「乖狗狗，貝利。」男孩咯咯笑著跟我說。

其他的賽車都滾著輪子來到我們後面，接著是所有的孩子們，每個人都在大聲嚷嚷和大笑。比利走過來，把伊森的手高舉到空中，自己那根有旗子的竿子丟在地上。我叼起竿子，神氣地帶著它快速走動，看有沒有人敢來搶它，享受一點眞正的樂趣。

「不公平，不公平！」塔德大叫。

孩子們安靜下來。塔德站著面對伊森，怒火四濺。

「都是因爲那隻該死的狗跳上賽車，你才會贏。你出局！」德瑞克站在他弟弟的後面說。

「這個嘛，你還不是推了你弟一把！」雀兒喜嚷道。

「那又怎樣？」

「我不論怎樣都會追上你的。」伊森說。

「認爲塔德是對的，說『對』！」比利喚道。

塔德和他的哥哥大喊：「對！」

「認爲伊森贏的人說『不對』。」

「不對！」所有其他的小孩高喊。突如其來的聲響嚇了我一大跳，嘴裡的竿子掉了下來。

塔德上前一步要打伊森，伊森閃躲開來後回擊塔德，兩人雙雙跌到地上。

「打啊！」比利大叫。

我想衝上前去保護我的男孩，雀兒喜卻緊抓住我的項圈。「不，貝利，不要動。」

兩個男孩滾來滾去，被憤怒的結緊緊綁在一起。我扭動著，想要溜出我的項圈，雀兒喜卻抓得死緊。我沮喪地汪汪叫。

伊森很快坐到了塔德身上。兩個男孩都在喘氣。「你認輸嗎？」伊森質問。

塔德看向別處，眼睛瞇了起來。他的身上散發出一半恥辱、一半仇恨。終於，他點了頭。兩個男孩疲累地站起身來，拍打褲子上的灰塵。

當我感受到德瑞克突然冒出的怒氣時，他已撲上前，兩手猛推了伊森一把。伊森的身子往後晃動，不過沒有跌倒。

「來吧，伊森。來吧。」德瑞克齜牙咧嘴地說。

伊森站著往上看這個年紀比較大的男孩，停頓了一段不算短的時間，然後比利走上前。

「不。」比利說。

「不。」雀兒喜說。

「不。」某個其他的小孩說。「不。」

德瑞克看著我們全體一分鐘，朝地上吐了一口口水，拿起小型賽車。兩兄弟一言不發地離開

現場。

「唔，我們今天肯定讓大家見識到了，不是嗎？貝利？」伊森對我說。大家一整天都在把自己的小型賽車拉到山坡頂端，然後滾動輪子下坡。雀兒喜的車掉了一個輪子，伊森讓她坐他的賽車，她每次都讓我坐她後頭。

那天晚上吃晚餐的時候，伊森很興奮，口沫橫飛地對著老媽和老爸講話，他們邊聽邊面露微笑。男孩花了很久的時間才入睡，在他睡著之後，他的浮躁讓我從床上溜下來，趴在地板上。也因此，當樓下傳來一聲巨大的撞擊聲時，我沒有真的睡著。

「什麼聲音？」男孩問我，在床上坐直了身子。他跳下床，走廊上的燈開了。

「伊森，待在你房裡。」老爸說，他的情緒緊繃，憤怒且害怕。「貝利，過來。」

我順從地和老爸一起緩緩下樓，老爸小心地移動，把客廳的燈一一打開。「誰在那裡？」他朗聲問道。

風吹動了門旁窗戶的窗簾，但那扇窗通常是不開的。「不要赤腳走下來！」老爸大叫。

「怎麼了？」老媽問。

「有人從窗戶丟了一塊石頭進來。不要過來，貝利。」

我察覺到老爸的擔憂，於是對散布客廳的玻璃嗅了嗅。地上有一顆石頭，上面有一些窗戶玻璃的小碎片。把鼻子湊上去時，我立刻認出那個味道。

塔德。

13

大約一年後的春天，小煙病了。他老是趴著呻吟，當我把鼻子放低到他的臉上，仔細探究他的新行爲時，他也沒有抗議。老媽憂心忡忡地開車帶小煙出去，返家時卻變得傷心欲決，大概是因爲貓坐車時不太好玩吧。

約莫一週後，小煙死了。吃過晚餐後，全家人進入後院，伊森已經先在那裡挖了一個大洞。他們用毯子裹著小煙的身體，放入洞裡，以土覆蓋。伊森把一塊木頭敲進濕濕的土堆旁，他和老媽都哭了一會兒。我用鼻子輕推他們，提醒他們眞的沒有必要哀傷，因爲我好得很，而且是比小煙更好的寵物。

隔天，老媽和男孩去學校之後，我到院子裡把小煙挖出來。我想，他們不可能要埋葬一隻完美的死貓。

那個夏天我們沒有去農場。伊森和街坊的幾個朋友每天一起床就去別人家，用震天價響的割草機割草。男孩雖然帶我同行，卻總是把我綁在一棵樹旁。我好愛剛割好的草聞起來的氣味，不

過總地來說，我對割草這件事不是很在意，而且覺得這個活動不知怎地和我們不去農場有關。外公和外婆開車來這裡住了一週，不過不如以往那麼好玩，特別是當老爸和外公在院子裡剝除玉米皮時，互相說了些刺耳的話。我在兩人身上都感受到怒火，納悶這個反應是否和玉米皮不能吃有關。我嗅聞過玉米皮，也咀嚼過，所以早已確認了這一點。那一天之後，老爸只要和外公在一起就渾身不自在。

開學後，有幾件事不一樣了。男孩回家後不再去雀兒喜家；事實上，他通常是最後一個回家的。一輛車在街上放他下來之後，他會帶著一身塵土、草，還有汗水的味道，跑上我們的私人車道。有幾個夜晚，我們會開車出去，觀看我慢慢才懂、叫作足球比賽的遊戲。我被繫上皮帶坐在長長院子的尾端，身旁的老媽和其他人會沒來由地大吼和尖叫。男孩們彼此角力並把一顆球丟來丟去，有時跑到我站立的位置附近，其他時候則在大院子的另一頭玩。

偶爾，我在一群男孩中會聞到伊森的味道。光是坐在那裡而不能跑出去讓遊戲變得更棒，讓我感到很沮喪。在家，我學會用嘴玩球，有一次還和男孩一起玩，但我咬得太大力，足球消了氣，變成扁扁下垂的一團皮革，有點像是那個翻板。之後，伊森就不准我咬足球，不過只要我小心一點，仍然可以和他一起玩。老媽因為不知道這一點才會那麼緊抓著我的皮帶。她若是讓我去玩足球，我知道男孩們追我會比彼此追逐要好玩得多，因為我跑得比誰都快。

雀兒喜的小狗公爵夫人長大了，我們成了莫逆之交，我對她示範在我身邊該有的正確舉止。有一天，柵門打開，我小跑過去看她，看到她的脖子上戴著塑膠圓錐體，身體很不舒服的樣子。

看到我在籠外，她拍了拍尾巴，但沒有站起來。而我看到她這樣，也有點不安。希望沒有人打算再讓我戴上那個鬼東西。

下雪時，伊森和我會玩雪橇，雪融化後，我們會玩彈性很好的球。有幾次，男孩從櫃子裡抽出翻板來凝視著它，我害怕地別開視線，但他只是把它拿高高的，仔細端詳，感受它的重量，然後嘆口氣，又把它收起來。

那個夏天，我們還是沒去農場，男孩再度和朋友去割草。我以為他已經宣洩過對割草的熱情，但顯然他還是對割草興致高昂。那一年，老爸有幾天不在家，外公和外婆剛好在那個時候來訪。他們的車子聞起來有火焰、乾草和池塘的味道，我站在那裡嗅聞了好幾分鐘，然後對著輪胎抬起一腿。

「我的老天，你真是個大男孩！」外婆跟伊森說。

天氣轉冷時，男孩更常去玩足球，不過還多了一個美好的驚喜：伊森可以自己開車了！這改變了一切，因為現在我幾乎陪著他去每個地方。站在前座時，我把鼻子伸出窗外，協助他駕車。原來他之所以在外面待得那麼晚，是因為他每晚放學後都在踢足球。現在他會把我綁在籬笆旁，給我一盤水。無聊死了，但至少我可以和男孩在一起。

有時候，伊森開車出去時會忘了載我，我只好坐在院子裡，汪汪叫個幾聲，要他回來。通常我這麼做的時候，老媽都會出來看看我。

「要不要去散步啊？貝利？」她會一遍又一遍地問，直到我興奮得繞著圈子跳舞。她在我的

項圈上加一條皮帶，然後帶我上街巡邏，每走幾英尺就停下來，好讓我可以在我的地盤做記號。我們常常經過一些正在玩耍的孩子，我納悶伊森爲何不常和他們玩了。有時，老媽會放開皮帶，讓我和小孩們一起跑跑。

我很喜歡老媽。我唯一的抱怨是她走出浴室的時候，會把我的水盆蓋子放下來。伊森總是會爲我掀起蓋子。

那個夏天，學校結束後，伊森和老媽開車帶我們到農場。能夠再回到這裡，我眞是開心極了。火焰假裝不認識我，我也不確定那群鴨子是不是以前那一群。但其他的一切依然如故。

伊森幾乎每天都會和外公還有其他幾個男人一起工作，鋸木板，對著木板敲敲打打。我起先還以爲他要建造另一輛小型賽車，可是過了一個月左右，看得出來他們是在打造一間新的穀倉，而且要蓋在屋頂破個大洞的舊穀倉隔壁。

看到一個女人從車道上走來，第一個跑下去保護大家安全的，是我。但當我靠近到足以聞到她的味道時，我發現她是那個名叫漢娜的女孩，現在已經變得亭亭玉立了。她還記得我。她搔搔我的耳後，我歡娛地扭動身子。

「你好啊，貝利。有沒有想我啊？乖狗狗，貝利。」

那些男人注意到女孩，於是放下手邊的工作。伊森從舊穀倉走出來，驚訝地停下腳步。

「噢，嗨！漢娜？」

「嗨！伊森。」

外公和另一個男人對看一眼，露齒一笑。伊森回頭看他們，臉紅了，不過還是走出來到漢娜和我站立之處。

「呃，你好。」他說。

「你好。」

他們別開彼此對看的視線。漢娜停止搔我，我只好用鼻子輕推她一下，提醒她繼續。

「進來屋內。」伊森說。

那個夏天其餘的時間，只要我去搭車，就可以聞到女孩坐過我的位子的味道。她偶爾會過來和我們一起吃晚餐，然後和伊森一起坐在門廊上聊天。我趴在他們腳邊，讓他們有點有趣的話題可聊。

有一次，他們雙雙散發出一點警覺，把我從理所當然該有的小睡中喚醒。兩人坐在沙發上，彼此的臉好靠近，心臟狂跳，我察覺到恐懼和興奮的感受。他們發出的聲音有一點像在吃東西，我卻聞不到食物的味道。我不確定發生了什麼事，只好爬上沙發，硬把鼻子擠進兩人的頭黏在一起的地方。他們突然對著我大笑。

老媽和伊森開車回家準備上學的那天，空氣中瀰漫著新穀倉的油漆味。女孩來了，她和伊森往下走到船塢，坐下來，把腳放到水裡，一邊聊天。女孩掉了眼淚，兩人不時相擁，但沒有丟丟樹枝或是做其他在池塘邊的人常做的事，所以我也不是很確定到底是怎麼回事。在車裡，他們更常擁抱，然後我們就開車離開，伊森按了喇叭。

回到家後，情況變得有些不同。至少，老爸現在有自己的房間了，裡面有一張新的床。他和伊森共用一間浴室。坦白說，老爸去過浴室之後，我不是很想進去。另外一件事是，伊森只要不和他的朋友玩足球，就會花很多時間在房裡講電話。他在那些電話中常常會說到漢娜的名字。

伊森開車載我到一個有著銀色學校大巴士，巴士上人滿爲患的地方那天，樹上的葉子翩翩落下。女孩從人群中冒了出來！我不知道是我還是男孩看到她比較高興，我想和她玩，但男孩只想抱著她。這個發展讓我很興奮，我不介意回程時自動變成後座狗狗。

「教練說，密西根大學和密西根州會派球探過來看我，漢娜。」男孩說。我當然聽得懂「漢娜」這個詞彙，可是我從男孩身上察覺到高漲的恐懼和興奮。反觀漢娜卻洋溢著快樂和自豪。我望向窗外，看看能否理解到底發生了什麼事，但見不到任何異常。

當晚，伊森和朋友在踢足球的時候，我很自豪地站在漢娜身邊。我確定她從來沒有到過大院子這麼棒的場所。我引導她到老媽常帶我去的地方，給漢娜看那些可以坐的位子。

塔德過來攀談時，我們才剛到那裡沒有多久。我最近不常看到塔德，但他的妹妹琳達倒是常在街上來回騎著腳踏車。「嗨！貝利。」他語氣眞的很友善地對我說，可是他的身上有什麼很不對勁，所以他對我伸出手時，我只是嗅了嗅。

「你認識貝利？」女孩問。聽到她提起我的名字，我搖搖尾巴。

「我們是老朋友了，不是嗎？男孩？乖狗狗。」

我才不需要被塔德這樣的人稱讚。

「你不是這裡的學生。你是在東部上學嗎？」塔德問。

「不是，我只是來拜訪伊森的家人。」

「你是誰？表妹還是什麼的嗎？」

人群忽然大叫，我猛地轉頭過去，但除了更多的角力之外，什麼也沒有。每次他們這樣都會唬到我。

「不是，只是……朋友。」

「那麼，你要參加派對嗎？」塔德問她。

「你說什麼？」

「你要不要參加派對？我們有些人會去聚會。這場比賽不會有什麼特別的。」

「不了。我……我最好等伊森。」我把頭歪向女孩那邊，察覺到她為了某個原因變得很焦慮，同時感受到塔德內在的憤怒一如往常逐漸高升。

「伊森！」塔德轉過去對著草地吐口水。「所以你們是情侶還是什麼？」

「唔……」

「當然，你應該知道，他常和米雪兒．安德伍德出去約會。」

「什麼？」

「對。大家都知道。」

「噢。」

「對。所以如果你在想，你知道的，他和你是一對，情況可不是這樣，你知道，那是不可能的。」塔德靠向女孩，我看到他把手放在女孩的肩膀上，女孩渾身一僵。她變得很緊張，所以我站了起來。塔德往下看著我，我們四目相接，我覺得頸背上的毛豎了起來，幾乎不由自主地從喉嚨深處發出低沉的怒吼。

「貝利！」女孩跳起來。「怎麼了？」

「對啊，貝利，是我啊，你的朋友。」他轉向女孩。「對了，我是塔德。」

「我是漢娜。」

「你爲什麼不把狗綁起來，和我一起走？會很好玩的。」

「呃，不，啊，嗯，我不能這麼做。」

「爲什麼不能？來吧。」

「不行，我必須照顧貝利。」

塔德聳聳肩，凝視著女孩。「好吧，唔，隨便你。」

他的怒氣是那麼強烈，我又發出一聲怒吼。這次女孩沒有對我說什麼。「很好，」塔德說，「你去問問伊森那個米雪兒的事。好吧？」

「好，我會的。」

「你問問他。」塔德雙手插在口袋裡，離開了。

大約一個小時後，伊森非常快樂又興奮地跑回來見我們。「密西根州，我們來了。斯巴達

人！」他大叫。我搖擺著尾巴，跟著汪汪叫，但他的快樂卻一下子消退。

「怎麼了？漢娜？」

「誰是米雪兒？」

我把手掌放在伊森的腿上，讓他知道，他要的話，我準備好玩足球了。

「米雪兒？你在說誰？」伊森哈哈笑著，但才笑了一秒就停下來，宛如忽然沒了空氣。「出了什麼問題嗎？」

他們沿著大院子帶我繞圈散步，一邊交談。他們是那麼專注地在說話，沒注意到我吃了半根熱狗，一些爆米花，和一點點鮪魚三明治。沒有多久，其他人都離開了，他們還在繞圈圈。

「我不認識那個女孩。」伊森一直在說。「你和誰說話？」

「我不記得他的名字，不過他認識貝利。」

聽到我的名字，我停下來不敢動，納悶自己是否因爲偷吃糖果包裝紙而惹上麻煩。

「每個人都認識貝利！他每場比賽都來！」

我趕緊把糖果紙吞下去，而且顯然沒有陷入麻煩。在大院子又走了一圈之後，所有能吃的東西都被我找到了，繞圈圈變得索然無趣。男孩和女孩停下來擁抱，他們老是這樣。「你全身是汗。」女孩哈哈笑著，把他推開。

「要不要去兜風啊？貝利？」男孩問道。

當然要！回家後，他們又安靜地交談，並餵我飯吃。當女孩和男孩安靜地在沙發上角力，我

心滿意足地在客廳地板上睡覺。

我們現在有了新的狗門，可以從後門直通院子，而且再也沒有人暗示我要去睡車庫。我很慶幸我打破了家人這個壞習慣。我走出去上廁所，不意卻在籬笆邊的草地上發現一塊肉！心頭不由得一震。

有趣的是，它聞起來不對勁，有股強烈的刺鼻味道，味道既怪又苦。更奇怪的是，它上面還覆蓋了塔德的氣味。

我叼起這塊肉，帶到後院露台的地板上。那苦苦的滋味讓我的嘴裡起了白沫。我坐下來看著它。味道很差，但卻是一大塊很不錯的肉。如果我咀嚼得快一點，大概不用嚐到味道就可以吞下去。

我用鼻子戳戳那塊肉。爲什麼呢？我納悶著，爲什麼它會有這麼強烈的塔德氣味？

14

隔天早上，老媽出來看到我的時候，我低垂著頭，只用尾巴尖端拍拍露台。不知爲何，我雖然沒有做錯事，卻眞的很有罪惡感。

「早安，貝利。」她說。然後她看到那塊肉。「那是什麼？」

她彎下腰細看那塊肉。我翻過身，想要她揉揉我的肚子。我整晚盯著那塊肉瞧，盯到精疲力竭，需要有人給我安慰，說我沒有做錯事，即使我不了解這是爲什麼。有什麼就是不太對勁，阻礙我享受這塊平白取得的肉。

「這是從哪裡來的？貝利？」老媽先輕撫我的肚子，然後伸手過去撿起那塊肉。「噁。」她說。

我警覺地坐起來。要是她拿這塊肉餵我，就代表肉沒有問題。相反的，她轉過身，把它帶進屋內。我用後腿撐起身子。現在她要把肉拿走，我改變了主意。我要吃了它！

「噁心，貝利，你不會想吃的，不論這是什麼。」老媽說，把肉扔進垃圾桶。

漢娜坐上我在車裡的座位，乘車去了那個有著巨大銀色校車的地方，我獨自在車裡坐了很久，等伊森和漢娜在外頭站著擁抱個夠。男孩回到車裡時又悲傷又寂寞，所以我把頭放在他的大腿上，而不是把鼻子伸出窗外。

家人把室內樹木立起來，並爲了聖誕節撕一些紙的隔天，女孩再度來訪。不過因爲伊森給老媽一隻新的黑白色小貓，取名爲菲利克斯，我心情欠佳。那隻貓完全不懂禮貌，不只在我坐下來時會攻擊我的尾巴，還常常從沙發後面撲過來，用他那小小的貓掌打我。當我試著和他玩時，他會用腿夾住我的鼻子，再用尖尖的牙齒咬。漢娜剛到時，注意力太放在小貓身上，也不管我認識她的時間比較久，而且顯然是她最喜歡的寵物。狗兒有重要的工作，好比門鈴響的時候要叫，但貓在屋子裡全無半點功能可言。

小貓有一件事不能做，那就是出門。地面上現在覆蓋了一層厚厚的雪。菲利克斯曾冒險把一隻腳放在雪上，結果立刻轉身跑回屋內，像被燙到了一樣。所以，當漢娜與伊森在前院堆起一大堆雪，並在雪上放一頂帽子時，只有我在他們身邊。男孩喜歡擒抱住我，在雪地中把我拉來拖去。我之所以會讓他抓到，純粹是爲了他的雙臂擁抱住我的快樂，那是他小時候每天和我玩的方式。

玩雪橇的時候，漢娜坐後面，我在雪橇旁邊跟著跑，一邊汪汪叫，一邊試著把男孩手上的針織手套扯下來。

有一天下午，太陽露臉了，空氣冷而乾淨，可以感覺到它是怎麼一路被吸入喉嚨。左鄰右

舍的小孩全都跑去雪橇坡道上，漢娜與伊森除了自己玩以外，大部分的時間也幫忙推小一點的孩子。我很快就因爲在山坡上跑上跑下而感到疲累，所以塔德開車上來時，我才會坐在坡底。

他下車時看了我一眼，沒有對我說話，也沒有伸出他的手。我和他保持距離。

「琳達！快點，該回家了！」他大叫，呼吸從嘴裡出來時化成了一團蒸氣。

琳達和三個小朋友一起在山坡上，乘坐著一個淺碟型的雪橇，以約一英里的時速溜下坡。伊森和漢娜很快哈哈笑著衝過他們的雪橇。「我不要回家！」琳達大叫著回答。

「現在！媽說的！」

伊森和漢娜溜到坡底後停下來，從雪橇上搖搖晃晃地爬出來。他們趴在彼此身上，咯咯笑著。塔德站著注視他們。

那時，塔德的身上有個什麼浮現表面，不淨然是憤怒，但是更惡劣的東西，某種我從來沒有感受到的黑暗情緒。我從他凝視著伊森和漢娜的方式中感受到了，不過他的臉上倒是不動聲色。

伊森和女孩站起來，拍掉彼此身上的雪，然後手挽著手過來與塔德打個照面。他們洋溢著如此多的愛和喜悅，所以對塔德身上洶湧的仇恨暗流視而不見。

「嘿，塔德。」

「嗨！」

「這位是漢娜。漢娜，這是塔德。他住在這條街上。」

漢娜微笑著伸出手來。「很高興認識你。」她說。

塔德變得有一點僵硬。「事實上，我們見過。」

漢娜歪著頭，把垂落在眼睛上的髮絲撥開。「我們見過？」

「什麼時候的事？」伊森問。

「在足球比賽上。」塔德說，發出短促如狗吠的笑聲。

伊森茫然地搖著頭，漢娜卻眨了眨眼。「噢，噢，對喔。」她說，突然冷淡下來。

「什麼？」伊森問。

「我必須去接我妹了。琳達！」塔德大叫，雙手握成杯狀。「回家！」

琳達離開她那群朋友，步履沉重且沮喪地踩著雪下來。

「他是……他就是和我說話的那個人。」漢娜告訴伊森。漢娜閃現著擔憂，所以我好奇地瞥了她一眼，卻忽然察覺伊森冒起的怒氣，因此又猝然轉頭。

「等等，什麼？你？塔德，就是你跟漢娜說我和米雪兒在一起？我根本不認識米雪兒。」

「我得走了。」塔德含糊不清地說。「上車，琳達。」他跟他妹說。

「不，等一下。」伊森說。他伸出手來，但塔德猛地抽身。

「伊森。」漢娜喃喃說道，一隻戴了針織手套的手放到他的手臂上。

「你幹嘛要那麼做？塔德？為什麼要說謊？你是哪根筋不對勁啊？老兄？」

塔德身上的衝突和沸騰的情緒熱烈到可以融化腳下的雪，卻只是站在那裡，一言不發地回瞪伊森。

「這就是為什麼你會沒有朋友，塔德。你為何不能正常一點？老是做一些像這樣的蠢事。」伊森說。「眞是病態。」他的氣消了，不過我感覺得到他還是很沮喪。

「伊森。」這次漢娜的聲音變得尖銳了些。

塔德什麼話都沒說就上了車，甩上車門。望著漢娜和伊森的臉全無表情。

「話說得太重了。」漢娜說。

「噢，你不知道那個人。」

「我不在乎，」漢娜回答，「你不應該說他沒有朋友。」

「唔，他眞的沒有。他老是做一些事情，像是說有人偷了他的電晶體收音機。那件事從頭到尾都是個謊話。」

「他不是……他有什麼不太一樣，對吧？他在上特殊教育嗎？」

「噢，沒有，他眞的很聰明。事情不是那樣。塔德就是塔德，如此而已。他一直都很變態，你知道嗎？我們小的時候曾是朋友，可是他覺得好玩的事情都很奇怪，例如對著正在等校車來，準備上暑期學校的幼稚園生丟雞蛋。我跟他說我不想丟，他自己的妹妹就是其中一個孩子。我的意思是，拜託喔。但他踩碎他帶來的一箱雞蛋，把我家車道弄得亂七八糟，害我要趕在我爸回家前用水管沖洗。貝利倒是很喜歡就是。」

聽到我的名字，我搖了搖尾巴，很高興現在要談到我了。

「我猜他是。」漢娜哈哈笑，伸手下來摸摸我。

幾天後，漢娜離開，天又下起雪來，風吹得好大，我們鎮日待在家中，坐在暖爐前（至少我是這麼做的）。那晚，我睡在伊森床上的棉被底下，即使熱到喘氣，依然待著不動，而這全是因爲能像幼犬時那樣和他挨擠著眞是太美好了。

翌晨，雪終於停了，伊森和我走出屋外，在車道上鏟了幾小時的雪。在那麼深厚的雪中奔跑很困難，每往前跳個幾英尺就需要停下來休息。

晚餐過後，月亮出來了，月色如此明亮，我清楚看到空氣因爲壁爐的煙而變得濃密。伊森累了，早早上床休息，但我從狗門走出去，站在院子裡，鼻子湊向隱約的微風，因爲這奇異的光線和夜風的清爽而精神大振。

當我發現雪飄落在籬笆邊，累積成一大堆時，我很高興地爬上雪堆，跳到籬笆外。這是個完美的冒險之夜。我到雀兒喜家，看看公爵夫人可否出來玩，可是除了最近才剛被尿浸泡過的一塊雪地之外，絲毫不見她的蹤影。我若有所思地抬起腿來對著那塊區域灑尿，這樣她才知道我在想她。

晚上出去進行一點探險時，我通常會沿著小溪走。這讓我想起自己還是隻野狗時，和小妹還有阿飛一起覓食的事。溪邊的氣味總是令我興奮莫名，然而現在我卻被迫延著鏟過雪的路走，只能轉向清理乾淨的私人車道，在車庫的門和人行道之間的縫隙嗅聞著。有些人家已經把室內樹拖到外面來，不過伊森家的樹還好端端地豎立在正門旁的窗戶前，上頭仍串著各式各樣的東西和燈泡，提供菲利克斯玩耍。走過那些鏟過雪的車道，經過平躺在上的樹木時，我在它們身上留下自

己的氣味記號，而就是這無止盡地對著一棵又一棵的樹木做記號，拖住我的腳步。如果不是一直有隨意擱放的樹木吸引我，我會回家，那麼或許可以及時制止後來發生的事。

終於，我被一輛經過的車的大燈逮個正著，車子減速慢行了一分鐘，散發的氣味讓我想起自己外出探險太久時，老媽和伊森曾出來找我的事，罪惡感刺痛了我。我低下頭，小跑回家。

走到鏟過雪的人行道上，我立刻發現好幾樣事情不對勁。

前門是打開的，強風被火爐的力道往外推送，進入迷霧般的夜晚空氣中。隨著那股氣味而來的，是一種既刺鼻又熟悉的化學氣味。每次伊森開車出去到某處停下車，然後站在車旁，拿起一條黑色的管子時，我就會聞到這個氣味。起初，我以爲從屋子裡倒退著走出來的人是伊森，直到他轉身把更多化學液體灑到前面的樹叢時，我才聞到他的味道。

塔德。他後退三步，從口袋裡拿出紙張點燃，火光在他鐵石無情的臉前閃爍。當他把燃燒的紙丟到樹叢時，藍色的火焰猛地竄起，發出耳朵可以聽到的聲音。

塔德直盯著火花，沒有看到我。我沒有叫，甚至沒有發出一聲怒吼。我只是在安靜的憤怒中跑上人行道，宛如這輩子常在攻擊人類似地猛撲過去。我的全身湧起一股力量，像是正在領導一群狗。

不論塔德在做什麼，都抹去了我對攻擊人類的遲疑。他做的事情對男孩和我要保護的家庭造成了傷害。沒有比保護大家更有意義的事了。

塔德尖叫著跌下去，踢我的臉。我咬住他踢過來的腳，深深地咬進去，在塔德尖叫的時候持

續咬住不放。他的褲子破了，鞋子掉了，我嚐到血的滋味。他用拳頭攻擊我，但我緊咬著他的腳踝，甩著頭，感覺到他的肉又被我扯開了一些。我狂怒不已，完全不覺嘴裡充滿了人類皮膚和血的獨特氣味。

突然，一個穿刺夜空的聲音讓我分了神，我轉身看向屋子，塔德乘隙掙脫他的腳。室內樹已經完全著火，濃密辛辣的煙從前門冒了出來，往上升到夜空。電子尖叫聲既尖銳又大聲，我受不了，本能地往後退。

塔德站起來，盡快一跛一跛地離開，我用眼角餘光注意到他的離去，但他已經不值得我在乎。我發出警告，吠叫著，試圖警告大家火苗正快速在屋子裡奔竄、朝著男孩的房間往樓上旋繞。

我跑到屋後，沮喪地發現那堆幫我跳出籬笆的雪在錯誤的一邊。當我站在那裡吠叫時，後露台的門打開了，老爸和老媽踉蹌地走了出來。老媽在咳嗽。

「伊森！」她尖叫著。

黑色的煙霧從落地門竄出。老媽和老爸跑向柵門，我在那裡與他們碰頭。他們推擠著從我身邊過去，跑過雪堆，繞到屋前，站著仰望伊森房間黝黑的窗戶。

「伊森！」他們大叫：「伊森！」

我從他們之間穿過，跑到打開的後院柵門，狂奔衝入門內。菲利克斯跑出來到露台上，躲在野餐凳子下縮成一團、對我哭叫，但我沒有停下來。我推擠著露台的門，雙眼和鼻子前都是煙

霧，我的視線被矇蔽了，只能踉踉蹌蹌地走上樓。

火焰的聲音就像開車時降下窗子那麼大聲。煙霧讓我難以呼吸，但熱度才真正阻擋了我的前進。火的強度燒灼著我的耳鼻，我在沮喪中低下頭，從後門跑出去，寒冷的空氣立即撫慰我的痛苦。

老媽和老爸仍在大吼大叫。對街和隔壁鄰居的燈都亮了，我看到一位鄰居從窗戶往外望，對著電話說話。

男孩依舊不見蹤影。

「伊森！」老媽和老爸大叫著：「伊森！」

15

老媽和老爸對著男孩的窗戶大喊時，湧出的恐懼是我從未感受過的。老媽在啜泣，老爸的聲音很緊繃。我再度狂亂地吠叫，他們也完全沒有要我安靜的意思。

耳朵捕捉到了警笛細細的鳴聲，但我大多只能聽到自己的吠聲、老媽和老爸呼喚伊森的聲音，以及火焰的喧囂聲，它是如此的喧囂，我全身都能感受到它的震波。我們前面的樹叢仍在燃燒，雪發出滋滋滋的融化聲，陣陣的煙雲冉冉上升。

「伊森！拜託啊！」老爸大吼著，聲音破音了。

就在那時，某樣東西從伊森的窗戶衝出來，玻璃灑到雪地上。翻板！

我狂亂地叫起它來，想給伊森看。對，我叫到了。伊森的頭出現在翻板弄破的洞口，黑色的煙霧環繞著他的臉。

「媽！」他大叫，一邊咳嗽。

「你得趕快出來，伊森！」老爸叫喊著說。

「我打不開窗戶，它卡住了！」

「跳下來！」老爸回答。

「你得跳下來，寶貝！」老媽對他大叫。

男孩的頭後退到我們看不見的地方。「煙會要了他的命！他在幹嘛？」老爸說。

「伊森！」老媽尖叫。

男孩的書桌椅子從窗戶衝了出來，砸碎玻璃。一秒後，男孩跳窗。但他被窗戶剩餘的木材和玻璃勾住，所以沒有跳過著火的樹叢，反而直直掉進樹叢裡。

「伊森！」老媽尖叫。

我狂亂地吠吼著，忘了那塊翻板。老爸跑進火中，抓住伊森，把他拉進雪裡，讓他在雪中翻滾。「噢，天啊，噢，天啊。」老媽啜泣著。

伊森仰躺在雪中，雙眼緊閉。「你還好嗎？兒子？你還好嗎？」老爸問道。

「我的腿。」男孩邊咳邊說。

我聞到他燒焦的肉味。他的臉黑掉了，汩汩地流出液體。我推擠著上前，嘴裡叼著翻板，感受到他身上的刺痛，很渴望能幫得上忙。

「走開，貝利。」老爸說。

男孩睜開眼，虛弱地對我露齒一笑。「可以的，沒關係。乖狗狗，貝利。你抓到翻板了。乖狗狗。」

我搖著尾巴。他伸出一手摸摸我的頭，我吐出翻板。老實說，它的滋味不是很好。男孩的另一手縮起來放在胸前，血一點一點從那裡流出。

車子和卡車接連著抵達，燈光閃爍。男人們跑到屋前，開始用大水管對著房子噴灑。有些人帶來一張床，先把男孩放在上面，再抬起來放入一輛卡車的後面。我想跟在後面鑽進去，守在卡車後門的人卻把我推開。「不行，抱歉喔。」他說。

「待著，貝利。沒關係的。」男孩說。

我很清楚「待著」的意思，這是我不喜歡的指令。男孩仍然很痛，我想陪他。

「我可以一起去嗎？」老媽問。

「當然可以。請抓著我的手上來。」男人回答。

老媽從卡車後門鑽進去。「沒問題的，貝利。」雀兒喜的母親靠向我，老媽抬起頭看她。「蘿拉？你能看著貝利嗎？」

「沒問題。」

雀兒喜的母親抓住我的項圈，她的手聞起來有公爵夫人的味道。老爸的手聞起來有火，我知道他很痛。他爬進車內和老媽以及男孩在一起。

幾乎每個左鄰右舍都跑到街上來，但狗沒有。卡車開走了，我對著它哀叫了一聲。現在我要怎樣才能知道男孩會不會安全無虞？他需要我的陪伴！

雀兒喜的母親站在路邊，抱著我。我分辨得出，她有一點不確定現在要怎麼做。大多數的鄰

居都聚集在街上，可是她住得太近，每個人好像都期待她會待在這裡，而不是加入她的朋友。

「肯定是縱火。」一個男人對著腰帶上有槍的女人說。我學過穿這種服裝的人叫作「警察」。

「樹叢、樹木，全部一起燃燒。起火點不只一處，很多觸媒。這家人能活下來眞是命大。」

「警官，你看看這個！」另一個男人喚道。他的手上也拿著一把槍。穿著塑膠外套的男人沒有拿槍，一個勁地在用水管灑水。

雀兒喜的母親遲疑地緩緩走上前去，看他們全都在看什麼。那是塔德的鞋子。我懷著罪惡感轉過頭，希望沒人注意到我。

「我找到這隻網球鞋，上面看起來有血。」那個男人說，用手電筒照亮雪地。

「那個男孩從窗戶跳下來時，受到嚴重的割傷。」有人說。

「對，在那裡，但不是這裡。我在這邊只看到狗的腳印和這隻鞋。」

聽到「狗」這個字，我畏縮起來。有槍的女人拿出一支手電筒，對著雪地照。「眞沒想到。」她說。

「是血。」有人說。

「好吧，你們兩個，看看那些痕跡走向哪裡，好吧？讓我們把證物封起來。警官？」

「是的，女士。」一個男人說，走向這群人。

「我們找到血跡。我要方圓八英尺都封鎖起來。封鎖街上的交通，讓這些人後退。」

女人站著，雀兒喜的母親彎下腰，突然注意到我。「你還好嗎？貝利？」她問，摸摸我。

我搖搖尾巴。

她突然停止動作，看著自己的手。

「女士，你住在這裡嗎？」有槍的女警問雀兒喜的母親。

「不是，但他是這家的狗。」

「我能問你……呃，等一下，你是鄰居嗎？」

「我住在隔壁的隔壁。」

「你今晚有沒有看到什麼人？任何人？」

「沒有，我那時在睡覺。」

「好吧。我可以請你加入其他人，到那裡去嗎？或者，如果你很冷的話，請給我們你的聯絡資料，然後你就可以回家了。」

「好，可是……」雀兒喜的母親說。

「什麼？」

「有人能照顧貝利嗎？他好像在流血。」

我搖搖尾巴。

「當然。」女人回答。「他很友善嗎？」

「噢，是的。」

女人彎下腰來。「你受傷了嗎？男孩？你怎麼會受傷的？」她溫和地問，拿出手電筒，仔細

地刺探我的脖子。我實驗性地舔舔她的臉，她笑了。

「好吧，對，他是很友善。不過，我不認爲這是他的血。夫人，我們需要保留這隻狗一會兒。沒問題吧？」

「如果你們需要我的話，我可以留下來。」

「不用，沒關係的。」女人說。

我被帶入一輛車內，那裡有個態度非常溫和的男人，拿了一把剪刀，剪下我的一些毛髮，把它們放入一只塑膠袋內。

「要打賭這和鞋子上是同一個人的血嗎？我敢說我們這位四腳朋友今晚在進行狗警巡邏，而且狠狠地咬了縱火犯。要是找到嫌疑犯，這些血可以把他關起來。」女人跟幫我理髮的男人說。

「警官。」一個男人說，靠上前來。「我可以告訴你，那個變態住在哪裡。」

「噢，請說。」女人回答。

「這個蠢蛋一路流著血筆直走到前面第四間房子。你可以從人行道上的雪看到血跡，血跡直接通往側門。」

「我說，我們有足夠的證據可以發出搜索令了。」女人回答。「我敢打賭，住在那裡的某個人腿上有幾個齒痕。」

接下來的幾天，我都住在雀兒喜家。公爵夫人似乎認爲我在那裡是要當她二十四小時的玩伴，但我在等伊森回家的這段期間，根本無法擺脫讓我不斷來回踱步的緊張感。

第二天，老媽上門了。她說我是隻乖狗狗，我在她的衣服上聞到男孩的氣味，心情好了一點，於是和公爵夫人玩了一個小時左右她最喜歡的扯襪子遊戲。雀兒喜的母親泡了杯聞起來很濃的咖啡。

「那個男孩究竟在幹嘛？他為什麼在你家放火？你們可能會全死在他的手下。」

「我不知道。塔德和伊森以前是朋友。」

我聽到伊森的名字就轉過頭去，公爵夫人乘機把襪子從我嘴裡抽走。

「確定是塔德嗎？我以為警察說驗血需要久一點的時間。」

「他們帶他進警局審問，他全招了。」老媽說。

「他有解釋動機嗎？」

公爵夫人在我面前搖晃著襪子，挑戰我去搶。我故意看向別處。

「他說，他不知道自己為何要這麼做。」

「噢，看在老天的分上啊。你知道，我一向覺得那個男孩怪怪的。記得他沒有原因就把雀兒喜推入樹叢裡嗎？我老公發了一頓脾氣。他過去找塔德的爸爸，我還以為他們兩個會打起來。」

「不會吧？我沒聽說過這件事。塔德推她？」

「還有，蘇蒂．赫斯特說她逮到塔德從她的臥室窗外偷窺。」

「我以為她不確定是誰。」

「唔，現在她說是塔德。」

我突然往前一撲，抓住襪子。公爵夫人用雙腳死踩著，發出怒吼。我把她拉著在房裡走來走去，但她就是不肯放開襪子。

「貝利現在是個英雄了。塔德的腿縫了八針。」

聽到她們提到我的名字，公爵夫人和我都停住不動。**有狗餅乾嗎？**襪子在我們之間變得鬆軟無力。

「報紙說要登他的照片。」老媽說。

「還好我給貝利洗了澡。」雀兒喜的母親回答。

什麼？又要洗澡？我才剛洗過！我吐出襪子，公爵夫人快樂地搖晃著它，以勝利的姿態在室內高視闊步。

「伊森好嗎？」

老媽放下她的咖啡。男孩的名字和老媽身上突然出現的擔憂和痛苦讓我走向她，把頭放在她的大腿上。她伸手降下，摸摸我的頭。

「他們不得不在他的腿裡打鋼釘，他還會……留下疤痕。」老媽的手比著她的臉，接著就把雙手壓在眼睛上。

「我好遺憾，好遺憾。」雀兒喜的母親說。

老媽在哭。我把一隻腳掌放在她的小腿上，安慰她。

「乖狗狗，貝利。」老媽說。

公爵夫人把她愚蠢的臉塞到我面前，襪子鬆垮垮地在她的上下顎間晃蕩。我低聲斥責她，她往後退，看來很困惑。

「你們兩個友好點，拜託。」雀兒喜的母親說。

過了一會兒，雀兒喜的母親給了老媽一塊派，卻沒有我們兩隻狗的分。公爵夫人仰躺著，雙掌抓著襪子，放在嘴巴上方，就像我過去在院子裡和可可玩的方式一樣，但那似乎是好久遠前的事了。

有一些人來訪，我和老媽坐在客廳，對著像是閃電但沒有聲音的亮光眨眨眼。然後，我們走回家。覆蓋在屋子上的塑膠布在風中劈啪翻飛，有灰燼掉了下來。

一週後，老媽開車載著我，我們搬去「公寓」住。這是建造在一棟大大的、有好多間屋子的建築物內的小家，附近到處有狗，只不過大多很小隻。下午，老媽會帶我去一個水泥大院子與他們碰面。她坐在凳子上和別人說話，我跑來跑去，和其他的狗交朋友，同時畫出我的領域。

我不喜歡公寓，老爸也是。他比在房子裡時更常對老媽吼叫。那個地方很狹小，更糟的是，男孩沒有與我們同住。老爸和老媽常常聞起來有伊森的味道，可是他不再和我們一起住，我的心好痛。晚上，我會在屋子裡踱步，有股非得無止盡地晃來晃去的感覺，直到老爸吼我，要我趴下。晚餐是我一天中最快樂的時光，不過老媽拿給我的時候，卻不如以往那麼吸引我。我不覺得餓，所以偶爾還會吃剩。

16

男孩回家的那天，我們仍住在公寓裡。我在地板上縮成一團，小貓菲利克斯在我身邊睡著了，我已經放棄把他推走。菲利克斯顯然認爲我是他的母親，這眞是太污辱我了。不過他到底是隻貓，在我看來本來就不長腦袋。

我學會從車子開進停車場的引擎聲辨識出我們家的車，所以老媽的車一抵達，我便跳了起來。菲利克斯困惑地對我眨眨眼。我小跑到窗戶邊跳躍，把雙掌壓在窗框上，想看著老媽上樓。往下凝望著停車場時，我的心狂跳。我看到男孩了，他正吃力地要下車站起來。老媽彎下腰幫他的忙，他花了幾秒的時間才能直起身子。

我克制不了。我吠叫著，旋轉著，從窗戶跑到門邊，想被放出去，然後又回到窗邊，以便把整個情況看在眼裡。菲利克斯驚慌起來，躲到沙發底下窺視。

當鑰匙在鎖裡晃動，我在門邊顫抖著。老媽打開一個縫隙，男孩的味道立刻飄散在氣流中。

「好啦，貝利，後退。下去，貝利，不准動。坐著。」

唔，我做不到，臀部碰到地板隨即又跳了起來。老媽伸手進來抓住我的項圈，在門晃蕩開來的同時也把我往後推。

「嘿，貝利。」伊森說。

男孩抓著一根東西、一跛一跛地走進來時，老媽把我抓離他的身邊。我後來很快學會那個東西叫作「枴杖」。他走去沙發坐下，我在項圈裡扭動，轉著身體嗚咽著。老媽終於鬆手時，我往前一跳，越過室內，直接掉落在男孩的大腿上，親吻他的臉。

「貝利！」老媽嚴厲地說。

「可以的，沒關係。貝利，你眞是隻傻狗。」男孩誇讚我。「你好嗎？嗯？我也很想你，貝利。」

每次他說到我的名字，一股歡愉的震顫就穿越我的身體。他的手摸著我的毛髮的那種感受，眞是永遠也不嫌多。

男孩回來了。

在接下來的幾天，我逐漸意識到他的狀況不對。他有以前從未發生過的疼痛，走路時既笨拙又困難，身上散發出哀悼性的悲傷。坐著往窗外看時，偶爾還會透出陰沉的怒火。

最初的一、兩週，男孩每天都會和老媽一起乘車出去，回到家時又累又流了汗，通常會小睡一番。然後天氣轉暖，葉子冒了出來，老媽必須去學校，剩下男孩和我以及菲利克斯在家。菲利克斯所有的時間都在計畫怎麼從前門跑出去，我不知道他究竟以爲出去能完成什麼事？男孩規定

貓咪不能出門，所以沒有什麼好說的。只不過，菲利克斯不守任何規矩，這在我看來眞是瘋狂。他常常抓客廳的一根柱子，有一次我打定主意要對那根柱子抬起腿，每個人卻對我大叫。他從來不把晚餐吃完，我幫他善後卻從沒有人感謝我。事實上，這是另外一件我會挨罵的事。我有點想看菲利克斯逃跑的計畫得逞，因爲這樣我就不用再忍受他了。話又說回來，只要我角力時不要太粗魯，他倒是隨時願意奉陪。當伊森讓球沿著走廊滾動時，他甚至會玩起追球的遊戲，時不時還會猛然轉向，把球留給我抓到後再叼回來，我覺得這是菲利克斯很有體育精神的部分。不過，他也沒有太多選擇啦，畢竟我這隻狗才是老大。

這裡不像農場那麼好玩，甚至不如「房子」有趣，但我在公寓裡很快樂，因爲男孩幾乎隨時都在。

「我想你該回去上學了。」有一天吃晚餐時，老媽這麼說。我聽得懂「上學」這個字眼，所以看了看男孩。他交抱雙臂，我感受到他內在悲哀的憤怒。

「我還沒有準備好。」男孩說。他舉起一隻手指，碰觸頰上一個深紫色的疤痕。「等我走路走得好一點之後吧。」

我坐起來。**走路？我們要去散步嗎？**

「伊森，你沒有理由——」

「我不想談，老媽！」伊森大叫著說。

伊森從來沒有對老媽吼叫過，我立刻感受到他的歉意，但母子倆之後都沒有再說什麼。

幾天後，有人敲門，伊森去開門，公寓裡一下子擠滿了男孩子。我認得有些人的氣味，他們是在大院子玩足球的男孩，多數人也直接叫出我的名字。我望向菲利克斯，看他對我的特殊地位做何感想，但他假裝一點也不嫉妒。

男孩們東一個、西一個地站著，歡笑著，叫嚷著，持續了大約一個小時，我感受到伊森的心情上揚了。他的快樂讓我快樂，所以我去叼一顆球來，在客廳裡走來走去。一個男孩搶走它，讓球沿著走廊滾，我們玩了好幾分鐘。

幾天過後，所有的男孩再度來訪，伊森起了個大早，和老媽一起出門。

上學了。

搬離公寓時，男孩在那根磨得很光滑、叫作枴杖的棍棒協助下走動。那根棍棒很特殊，男孩從來不把它丟出去，我本能地了解我不應該咬它，即使是一下下也不可以。

大家都上車時，我還不知道我們要去哪裡，但我一如往常般興奮。搭車永遠都令我興奮，不論我們要去哪裡。

當小溪和街道熟悉的氣味從窗子飄進來時，我更興奮了。他們一讓我下車，我就蹦蹦跳跳地穿越房子的前門。仍聞得到煙味，但空氣中卻也充滿了新木頭和地毯的味道，還有，客廳的窗戶變大了。菲利克斯對於這個環境似乎疑心重重，我則是到了幾秒便從狗門出去，在與後院相對的自由中到處奔跑。當我開心地汪汪叫時，公爵夫人從街道上的不遠處回應著我。**我們回到家了！**

才剛安定下來，我們又搭車遠赴農場，生活終於回歸正軌。不過，男孩不是很想跑，一直倚

靠著枴杖走路。

我們最先去的地方之一是漢娜家。我很熟悉那條路線，因此在前面奔跑著，第一個看到她。

「貝利！嗨！貝利！」她呼喚著。我跑過去享受她深深的擁抱和搔癢。接著，男孩微喘著出現在車道上。女孩走下階梯，站在陽光下等他。

「嗨！」男孩說。他看上去有點不是非常有把握。

「嗨！」女孩說。

我打了哈欠，搔搔下巴一個癢癢的地方。

「唔，你到底要不要吻我？」女孩問。伊森上前給了她一個長長的擁抱。

他丟下了枴杖。

那個夏天有些事情不太一樣。伊森開始在距離日出前還有一段時間醒來，然後駕駛外公的卡車在鄉村路上來來回回，把紙塞到人們的信箱裡。那些紙和男孩曾在家中地毯上鋪得到處都是的紙是同樣的。儘管我還是幼犬時，在那種紙上尿尿曾大獲讚美，但不知怎地，我不認爲現在我尿在上面還會得到讚賞。

漢娜常常和男孩在一起，兩個人獨自安靜地坐著，有時候沒有交談，只是角力。偶爾他們也會一起搭清晨的車，不過大多數的早上，只有男孩和我這隻前座狗狗貝利。

「我得賺點錢，貝利。」他有時會說。我聽到自己的名字就搖搖尾巴。「現在沒有足球獎學金了，這是當然的。我永遠不能再運動了。」

我感覺到他的悲傷，於是把鼻子推到他的手裡。

「我的一生是場夢，現在煙消雲散了，都是塔德害的。」

不知爲何，伊森把那塊翻板帶到農場來，有時候會剪開它，重新縫過，大體上讓它變得比以前更尷尬。我最喜歡的是和伊森一起在池塘裡游泳，那似乎是男孩的腿唯一不痛的時候。我們甚至按照多年來的玩法玩了下沉遊戲。不過伊森變重很多，更難從水裡把他拖出去。當我在他身後跟著潛入水中時，我好快樂，眞希望這樣的時光永遠不要結束。

但我知道終有結束的一天。我感覺到夜晚變得越來越長，而這意味著我們很快要回家了。

有一個晚上，老媽和外婆談話時，我趴在桌子底下。伊森和漢娜開車出去了，沒有載我同行，所以我猜他們必須做點什麼不是很有趣的事吧。

「我想和你談一件事。」外婆告訴老媽。

「媽。」老媽說。

「不，你先聽我說。男孩來這裡以後完全變了個人。他很快樂、健康，又有女友……爲什麼要帶他回城市？他可以在這裡念完高中。」

「說得好像我們住在貧民窟似的。」老媽笑著抱怨。

「你沒有回答我，因爲……唔，我們都知道這是爲什麼。我知道你老公會反對。可是，蓋瑞現在幾乎全部的時間都在旅行，你又說你在學校的工作讓你精疲力竭。男孩在恢復的過程中需要家人的陪伴。」

「對，蓋瑞都在旅行，但他回到家時，還是想見到伊森。我也不能就這樣辭掉我的工作。」

「我沒有叫你辭職。你知道我們隨時歡迎你來，爲什麼蓋瑞不能找個週末飛到我們這裡的小機場來呢？還有，請你要知道，我這是爲了你們好，你們兩個現在有單獨相處的時間不是比較好嗎？如果你和蓋瑞要解決你們之間的問題，需要在伊森看不到的地方解決。」

聽到男孩的名字，我微微豎起了耳朵。**他回家了嗎**？我把頭歪向一邊，沒有聽到車子的聲音。

當夜晚開始變涼，小鴨子都長得和他們的母親一樣大時，老媽打包行李上車。我緊張地來回踱步，擔心自己會被留下來，所以正確的時機來臨時，我俐落地跳上後座。不知爲何，每個人都笑了。我坐在車裡，看著老媽擁抱外婆和外公。然後，令我好奇的是，她也擁抱了伊森。接著，伊森過來，打開後車門。「貝利？你要和老媽一起走嗎？還是和我一起留下來？」

那個問題中沒有一個字是我聽得懂的，所以我只是呆呆看著他。

「來吧，傻狗。貝利！來！」

我遲疑地跳到車道上。**不用搭車嗎**？

老媽上車後就駕車離去，伊森和外公外婆對著車子揮揮手。雖然這一點道理都沒有，不過男孩和我要留在農場裡了！

正合我意。每一天，我們幾乎都是從在黑暗中駕駛很長一段時間、一戶戶丟紙下去開始。回到家後，外婆會煮早餐，外公總是會從桌子底下塞給我培根、火腿、一塊吐司之類的東西。我學

會安靜地咀嚼，這樣外婆才不會說：「你又在餵狗吃東西了嗎？」她說到「狗」這個字的時候，那個聲調暗示我，外公和我需要偷偷摸摸地進行整件事。

「上學」這個字眼又回到生活中，只不過這次沒有巴士，伊森自己開車出門。女孩有時也會來，兩人一起搭她的車出去。我了解沒有什麼事情需要緊張的。一天末了，伊森和漢娜常常會和我們一起吃晚飯。

老媽不時來訪，聖誕節時更是老爸老媽全員到齊。老媽伸下手來摸我的時候，聞起來有小貓菲利克斯的味道，但我不在意。

我以爲男孩和我已經決定永遠待在農場，不過到了夏末，我察覺到生活又要發生變化。男孩開始把東西放進箱子裡，那是不久後要回家的明確訊號。漢娜幾乎隨時都在，而且散發出一點悲傷和恐懼。當她擁抱男孩的時候，兩人之間那股濃情蜜意讓我不由得想蠕動身子擠進其中，他們總是因此哈哈大笑。

有一天早上，我知道時間到了。外公把箱子放進車裡，外婆和老媽說話，伊森和漢娜相擁。我踱步著，想要乘隙闖到他們之間，但外公緊緊地堵住我，我無法上車。

男孩朝我走過來，在我旁邊彎下膝蓋。我感覺到他由內部湧出的悲傷。「你要當隻乖狗狗喔，貝利。」他說。

我搖擺著尾巴，告訴他：我了解我是隻乖狗狗，現在該是進入大車回家的時候。

「感恩節時，我會回來，好吧？我會想你的，傻狗。」他給我一個充滿愛的大大擁抱。我半

閉上眼，世上沒有比被我的男孩擁抱更好的感受。

「你們最好抓緊他，他不會了解的。」伊森說。女孩走上前，抓住我的項圈，身上湧出一波又一波的悲傷。她哭了。我想安慰她，又覺得自己需要上車。我躊躇地坐在她的腳邊，等著這奇怪的一齣戲落幕，好讓我可以坐上車，從車窗探出我的鼻子。

「每天都要寫信給我！」漢娜說。

「我會的！」伊森大聲回答。

我不敢置信地看著他和老媽進入車內，接著便砰地關上車門。我從漢娜身邊抽身，但她不了解我應該要和他們一起走，因此把我抓得牢牢的。「不，貝利。沒關係的。你待著。」

待著？待著？車子發出叭叭聲，然後駛離車道。外公和外婆都在揮手。**難道沒有人看到我還在這裡嗎？**

「他應付得來的。費理斯是間好學校。」外公說：「大瀑布城是個好城市。」

他們都從車道上轉身離開。漢娜鬆了抓握，剛好讓我可以自由地跑出去。

「貝利！」她大叫。

已經看不到車子了，不過空氣中仍有塵土飛揚的軌跡，我輕而易舉地追著我的男孩而去。

17

車子跑得很快。

我以前從來沒有意識到這一點。在家時，棉花糖還在的時候，她常在街上奔跑，對著車子吠吼。車子通常會停下來，或至少減速到她可以追上它們的程度，但她卻只是往外跑開，假裝一開始就沒有攻擊的意思。

在男孩的車後奔跑時，我有種車子離我越來越遠的感覺。塵土和廢氣的味道變得淡薄且飄渺。我在馬路變成人行道的地方發現了一個明顯的右轉痕跡，不過在那之後，我不確定自己還聞不聞得到男孩的氣味。可是，我不能放棄，我在失心的驚慌瘋狂中轉彎，繼續追逐。

我聽到前方有火車的隆隆聲響，叮叮噹噹，搖搖晃晃。踏上高地的時候，我終於捕捉到男孩的一絲氣味。他的車子放下了車窗，停在火車經過的路上。

我精疲力竭，這輩子從未跑得這麼遠、這麼快過。但當側門打開，男孩站出來時，我跑得更快了。

「噢，貝利。」他說。

雖然身體的每一部分都想撲向男孩，被他所愛，但我絕對不想錯過機會。在最後一秒，我從他身邊轉向，跳進車內。

「貝利！」老媽笑道。

我舔了他們兩個，原諒他們忘了我。火車過了之後，老媽發動車子，迴轉，然後停下。外公開著卡車出現。或許這次他要和我們一起回家！

「像火箭一樣。」外公說：「眞難相信他會跑得這麼遠。」

「你會跑多遠？啊？貝利？你這隻傻狗。」伊森充滿感情地跟我說。

跳入外公的卡車時，我懷抱著很大的疑慮，後來證明我是對的，因爲伊森和老媽繼續往前開，外公卻迴轉，帶我回農場。

大多數的時候我很喜歡外公。他時不時會去做「雜務」，帶我去新的穀倉，走到最裡面堆放著柔軟乾草的地方，和我一起小睡。在寒冷的日子裡，外公會用兩條厚重的毯子裹著我們兩個。但男孩剛離開的幾天，我看到外公就生氣，懲罰他把我帶回農場。當這招不管用時，剩下能做的事情，我想只有咬咬外婆的一雙鞋子，可是男孩還是沒有因此回來。

對於如此徹底的背叛，我無法釋懷。我知道在外面的某處，可能是在家裡，男孩需要我，而且不曉得我在哪裡。

每個人都令我氣憤地平靜，似乎沒有察覺到這個家遭受到的災難性改變。我變得好狂亂，甚

至探頭進去男孩的衣櫥，把翻板叼了出來，跑出去，把它丟到外婆的腿上。

「這是什麼鬼啊？」她驚呼一聲。

「是伊森的大發明。」外公說。

「你想出去外面玩嗎？貝利？」外婆問我：「要不然，你帶他出去走走吧。」

我吠叫著。**對！伊森！**

走走？走去看男孩嗎？

「我本來想看一下球賽的。」外公回答。

「看在老天的分上。」外婆說。她走到門口，把翻板丟到院子裡，但不過就把它丟了五碼遠。我跳過去，叼起來，然後一頭霧水地看著她把門關上，留我在外面。

唔，那好吧。我吐出翻板，小跑經過火焰，朝著車道走去，經過女孩的屋子。伊森離開後，我已經去過她家好幾次。到處都聞得到她的氣味，但男孩的氣味卻一點一點地消失。一輛車停在她的車道上，漢娜跳下車。「再見！」她說，然後轉過身看著我。「唔，嗨！貝利！」

我跑向她，搖著尾巴。我可以聞到她衣服上有好幾個其他人的味道，可是就是沒有伊森的。漢娜陪我走回家。她敲門時，外婆讓她進去，給了她一些派吃，不過沒有給我。

我常常夢到男孩。我夢到他跳進池塘，我不斷往下游啊游，玩救他的遊戲。我夢到他在做小型賽車，那時他是多麼快樂和興奮啊。偶爾，我也會夢到他跳出窗戶，掉在燃燒的樹叢裡時，雙唇之間突然衝出的一聲尖銳痛喊。我討厭那些夢，不過有一晚我從其中一個惡夢醒來時，卻看到

男孩站在我的上方。

「嗨！貝利！」他輕聲細語道，他的氣味從他身上散發出來。男孩回農場來了！我立刻跳起來，把雙掌放在他的胸膛上，舔他的臉。「噓！」他告訴我。「很晚了。我剛到。每個人都在睡覺。」

那是「感恩節」的時候，生活又回歸正常。老媽也在，只有老爸缺席。漢娜每天都來。男孩看起來很快樂，可是我也感受得到他的心不在焉。他花了很多時間對著紙看，而不是和我玩，即使我把那個蠢翻板帶去給他，試著轉移他的注意力也沒有用。

當他又離開時，我並不訝異。我意識到這就是我的新生活。我現在和外公外婆一起住在農場上，伊森只是回來探望。這不是我要的，不過只要男孩會回來，看著他離開就沒有那麼困難。

有一次，在空氣很溫暖、樹葉剛發了芽時，他回到農場，我們去一個大院子看漢娜跑步。我可以聞到她和其他男孩與女孩的味道，因爲風從院子吹過來，他們又邊跑邊流汗。他們跑的樣子看來很好玩，但我乖乖待在伊森旁邊，因爲當我們站在那裡時，他腿上的痛楚似乎越來越明顯，並且擴及全身。看著漢娜與其他人奔跑，一股怪異、黑暗的情緒在他內心迴旋。

「嘿！」漢娜過來看我們。我舔了她的腿，嚐到汗水鹹鹹的滋味。「眞是個美好的驚喜。嗨，貝利。」她說。

「嗨！」

「我跑四米的速度眞的越來越慢了。」女孩說。

「那個傢伙是誰？」伊森問。

「噢。誰？你在問什麼？」

「那個你和他說話、還抱來抱去的人，你們兩個看來真要好。」伊森說，聲音聽起來很緊繃。但我左顧右盼，不見任何危險。

「他只是個朋友，伊森。」女孩尖銳地說。她叫男孩名字的語氣，好像男孩很不乖的樣子。

「他就是那個傢伙嗎？叫什麼名字來著？布萊特？他跑得真快。」伊森用枴杖戳地，我嗅聞他翻起來的土壤上的一叢草。

「唔，你這句話什麼意思？」漢娜問，雙手擺在臀部上。

「回去吧，你的田徑教練往這邊看了。」伊森說。

漢娜越過肩膀往回看，然後又看著伊森。「是，我是需要回去……」她不確定地說。

「好。」伊森說。他轉身，一跛一跛地離開。

「伊森！」漢娜喚道。我看著她，可是男孩繼續往前走，混合了悲傷和憤怒的黑暗與困惑仍然存在。這個地方顯然有什麼事讓伊森心情很壞，我們從此再也沒有回去過。

那個夏天帶來了一些巨大的改變。老媽回到農場，這次有一輛卡車跟著她到了車道上，男人們卸下一些箱子，搬入她的臥室。外婆和老媽常常安靜地交談，老媽有時會哭，外公會變得很不自在，只好跑出去做雜務。

伊森常常要出去「工作」，這和上學的相同之處在於我不能隨行。當他返抵家門時，身上有

股美味的肉和油的味道，讓我想起火焰把我們丟在樹林裡的那一次，外公在卡車前座從紙袋裡拿出來給我吃的東西。

然而，生活中最大的改變是：女孩不再過來看我們了。有時候，男孩開車載我出去時，我們會經過漢娜家，我也仍然聞得到她，所以知道她還在附近，但男孩從來不停下來轉進她的車道。我發現我很想她，她愛我，聞起來又是那麼美好。

男孩也想她，開車經過她家時，總是會減緩一點車速，從旁邊的窗子往外凝視。我感覺得到他的渴望。我不懂我們爲何不開車過去，看她有沒有餅乾。我們從來沒有這麼做過。

那個夏天，老媽到了池塘邊，悲傷地坐在船塢上。我對著鴨子吠叫，想讓她的心情開朗些，但她就是沒辦法高興起來。最後，她從手指上拔下某樣東西。那不是食物，而是用某種金屬做成的，一個小小圓圓的東西。她把它丟進水裡，它發出小小的撲通聲，便從水面潛了下去。我納悶她是否要我去追那樣東西回來，因此仰頭看她。明知是不可能的任務，我仍準備一試。但她只是叫我過去，帶我回到屋內。

過了那個夏天，生活安定、演變成一個舒適的模式。老媽也開始工作，回家時聞起來有香氣和甜甜的油味。有時候，我會和她一起經過山羊牧場，穿越隆隆作響的橋，成天待在一個都是衣服、發臭的蠟燭以及無趣金屬物件的大房間裡。人們會進來看我，偶爾拿著裡面裝了東西的袋子離開。男孩在感恩節、聖誕節、春假和暑假的時候回來，隨後又離去。

我差不多忘了我對火焰的憎恨，她不再做什麼勞務，整天光站著、凝視著風。外公牽著一隻

動作像是小馬，聞起來卻不像我遇到過的生物出現。他的名字叫作「驢子賈斯柏」。外公喜歡看著賈斯柏在院子裡跳來跳去，邊看邊哈哈笑著。外婆說：「我不知道你爲什麼認爲我們需要一隻驢子。」然後走進屋內。

雖然我在農場上是頭號肉食性動物，賈斯柏卻一點都不怕我。我會和他玩一下，不過我現在好像隨時都很容易疲倦，所以不値得把時間耗費在不曉得如何叼起一顆球的生物身上。

有一天，一個名叫里克的男人來家裡吃晚飯。老媽散發出快樂和尷尬的感受，外公充滿了疑慮，外婆則是狂喜。里克和老媽就像漢娜與伊森以前那樣坐在門廊上，不過他們沒有角力。這次之後，我開始常常看到里克，他是個雙手聞起來有木頭味道的大塊頭男人，比其他人更常把球丟出去讓我追，所以我很喜歡他，只是不如對男孩那麼喜歡。

一天中我最喜歡的時間，是和外公去做雜務的時候。有時候他不去，我也還是會去穀倉裡打盹。我現在打盹的次數很多，對於外出做長途冒險也失去興趣。老媽和里克會帶我去散步，但散步回來我總是精疲力竭。

男孩回到農場探望，是唯一能讓我興奮的事。我仍舊會跳起舞來，蠕動身子，發出嗚咽。我會在池塘玩，在森林裡散步，或是做任何他想做的事情，甚至是追翻板。謝天謝地，男孩似乎已經忘了翻板在哪裡。有時候，我們會去鎭上的狗狗公園，雖然能見到其他的狗總讓我很開心，不過年輕狗無休止的玩和角力，在我看來眞是幼稚。

然後，有一個晚上，最奇怪的事情發生了。外公把晚餐放在我面前時，我竟然沒有食欲。我

的嘴裡都是口水。我喝了些水，然後回去趴著。不久，一陣明顯而沉重的痛楚在全身蔓延開來，我開始喘息。

整晚，我都趴在地上、面對著我的食物碗。隔天早上，外婆看到我後把外公叫來。「貝利不對勁！」她說。我聽得出來，她在說到我的名字時語氣中的警覺。我搖了搖尾巴，好讓她知道我沒事。

外公過來摸摸我。「你還好嗎？貝利？怎麼了？」

老媽和外公說了一下話，然後用卡車載我到一間乾淨涼爽的房間，裡面有個和藹可親的男人。近幾年，我們越來越常來看這個親切的男人。他摸遍我的身子，我搖搖尾巴，因爲身體不太舒服，所以沒有試圖坐起來。

老媽進來了，她在掉淚，外婆和外公也在，連里克都來了。我試著讓他們知道，我很感謝大家的關注，但我越來越痛，只能動動眼珠看著他們。

然後，那個和藹可親的男人拿出一個針筒，我聞到強烈且熟悉的味道，接著便出現小小的戳刺感。幾分鐘後，我的痛楚減緩了不少，但也變得昏昏欲睡，只想趴在那裡不動。在神智逐漸不清時，我的最後思緒，一如往常是掛念著男孩。

再醒來時，我知道自己要死了。我的內在升起了一團黑暗，那是我還叫作托比，和史派克以及其他一些吠吼的狗一同置身在燠熱的小房間時，曾經有過的感受。

我沒有想過自己會死，但我懷疑內心深處我是明白的，知道自己總有一天會跟貓咪小煙有

一樣的結局。我還記得他們把小煙埋在院子裡的那天，男孩哭了，我希望他不會為了我的死而掉淚。我的生命意義、我的全部生命，都是愛他、陪伴著他、讓他快樂。我不想造成他任何的不快樂，所以，他不在這裡看到這一切，我想大概是比較好的，雖然我是那麼想他。此刻，思念他的痛苦，就和我肚子上的奇怪痛楚同樣讓我難以忍受。

和藹可親的男人進入房裡。「你醒了嗎？貝利？你醒了嗎？小伙子？可憐的小伙子。」

我很想說，我的名字不叫「小伙子」。

和藹可親的男人傾身靠向我。「你可以走了，貝利。你做得很好，你照顧了男孩。那是你的工作，貝利，你做得很好，你是隻乖狗狗，一隻乖狗狗。」

我有種和藹可親的男人在談死亡的感覺，他身上散發出一種仁慈的終結和平靜感。然後，老媽、外婆、外公和里克統統進來，他們擁抱我，說他們愛我，跟我說我是隻乖狗狗。

可是，我從老媽身上察覺到緊張的情緒，一種對於某件事的肯定感，雖然不是危險，卻是某種我需要保護她的事情。我虛弱地舔了舔她的手，當黑暗從我的內在出現時，我抗拒地把它推走。我必須保持警覺，老媽需要我。

又過了一個小時，老媽的緊張感似乎越來越強，首先是外公也產生和老媽同樣的心情，然後是外婆，接著連里克也是，所以就在我覺得自己越來越委靡不振時，一股要保護家人不受這未知的威脅傷害的決心，讓我又有了力氣。

然後，我聽到男孩的聲音。「貝利！」他大叫著衝進室內，每個人身上的緊張感頓消。我發

現，原來他們在等的就是男孩。不知爲何，他們知道男孩要來。

男孩把臉埋在我的脖子上啜泣。我費盡全部的力氣抬起頭舔他，讓他知道：**沒有關係，我不怕**。

我的呼吸變得刺耳，每個人都在那裡陪我、抱著我。得到這麼多的關注，感覺眞好，但接著我的胃痛得我全身戰慄，而且忍不住大聲哀號。然後，和藹可親的男人拿了另一支針筒走進來。

「不做不行了，貝利不應該受苦。」

「好吧。」男孩哭著說。我試著在聽到我的名字時搖尾巴，但我發現我連抽動一下都辦不到。脖子上又被刺了一下。

「貝利，貝利，貝利，我會想你的，傻狗。」伊森在我耳邊輕聲細語。他的呼吸感覺是那麼溫暖，我很開心。我享受地閉上眼睛，享受男孩身上散發出的愛，和被男孩所愛帶給我的幸福完滿。

痛楚一下子消失了。事實上，我覺得自己又是一隻幼犬，充滿了生命力和喜悅。我想起第一次看到男孩從他家出來，雙臂大張地跑向我時，我也有過同樣的感受。這讓我想到在玩救命遊戲時，跟在男孩身後潛水的事，當你往下越潛越深時，光線會變得微弱，稠密的水會推擠著身軀，情況就和現在一模一樣。我不再感受到男孩撫摸我的手，只覺得四面八方都是水，溫暖、溫和，但黑暗。

18

在我辨識出母親的味道、學會努力找到她的乳頭吸奶後很久，我才恢復意識。那天，當我的雙眼張開，視力清楚到可以看到母親深褐色的臉時，我很震驚地發現，自己又是一隻幼犬了。

不，不完全相同。我不只是一隻幼犬，我是「突然又想起自己是誰的幼犬」。我有一種在睡眠中漂浮的感覺，什麼都意識不到，只感覺時間過了很久、很久。我沒有做夢，甚至沒有在思考。然後，才一眨眼的功夫，我又透過一隻年紀非常小的幼犬的雙眼，看到這個世界。可是，不知爲何，我竟然記得自己曾經生爲一隻幼犬，胡亂探索著母親的奶、卻對前世毫無印象的時候。

想起之前發生過的一切，我大惑不解。我的感覺是那麼地完整，不覺得有什麼理由還要繼續轉世。**除了愛男孩之外，我怎麼可能會有更重要的使命呢？**

我好想念伊森，有時不禁會發出嗚咽。新的手足總誤以爲這是一種軟弱，因此跳到我的身上，企圖主導我。他們總共有七隻，全都是有著黑色斑紋的深褐色小狗。我對於他們不知道誰將是這裡的老大非常不耐。

大多數時間都是一個女人在照顧我們，不過有個男人常常到地下室來餵我們，也是他把幾週大的我們放到一個箱子裡，帶我們到後院去。當我們全朝著籠子裡的一隻公狗跑過去，想要看看他時，他嗅聞著我們，而我本能地了解到這是我們的父親。我從來沒有見過父親，因此很好奇他在這裡做什麼。

「他和他們在一起似乎沒有問題。」男人對女人說。

「不會有問題吧？柏尼？你想出來嗎？」女人打開父親的籠子，他的名字顯然是「柏尼」。於是那隻公狗跳了出來，嗅聞著我們，然後走去籬笆邊灑尿。

我們全都跟在他的身後跑著，不過因爲幼犬的腿不太靈活，而跌了個狗吃屎。柏尼低下臉來，我的一個兄弟跳上去，很不尊重地咬了他的耳朵，但他似乎不以爲意，甚至和我們玩了一下，把我們擊翻，然後小跑到後門，希望主人放他進入屋內。

幾週後，我在院子裡對兄弟展露誰才是老大時，我停下來往下蹲，突然意識到我是母的！我驚訝地嗅聞著自己的尿。我的兄弟利用這個機會飛奔向我，但我低吼著警告他們不要靠近。伊森會怎麼想呢？

我，貝利，怎麼會是隻母狗呢？

只是，我已經不是貝利了。有一天，一個男人過來，用很不尋常的方式和我們玩。他拍拍手，凡是沒有被聲音嚇到的幼犬（我是其中之一），都會被他放到一只箱子裡。然後，他把我們一次一隻放出來到院子。輪到我時，他轉身，從我身邊走開，像是忘了我在那裡似的，我只好跟

在他後頭走。他說我眞是隻乖狗狗。這人未免也太容易被取悅了。他和打破車窗給我水時的老媽差不多年紀，那天是我第一次見到男孩。

男人把我放進一件汗衫裡，然後對我說話，呼喚著我：「嘿！女孩，你能想辦法出來嗎？」我想他對於把我放進汗衫這件事改變了主意，所以我跳出來，再次跑向他，以得到更多讚美。

女人走出來，到院子裡觀看。

「他們大多數要花一分鐘才搞懂，可是這隻非常聰明。」男人評論道。他把我翻過身，讓我仰躺著，我蠕動著身體玩耍，心想：**這太不公平了，他比我大那麼多！**

「她不喜歡這樣，雅各。」女人觀察道。

「沒有一隻喜歡。問題在於，她會不會停止掙扎、讓我主導，或是她會繼續搏鬥？我必須找一隻知道我是主人的狗。」男人說。

我聽到「狗」這個字眼，可是男人說的時候語氣不帶憤怒，所以我不是被懲罰，只是被壓制住了。不知道現在是在玩什麼遊戲，我想，索性就放鬆別掙扎了。

「乖女孩！」他又說了一次。

接下來，他拿出一團紙揉成的球給我看，揮舞著它，直到我完全爲它著迷。當它就在我的面前時，我試著用我小小的幼犬嘴巴去咬過來，但頭卻動得不夠快。我覺得自己很蠢，手腳不協調。他把球丟到幾英尺之外，我跑過去猛撲向它。**啊哈！現在你來搶啊！**

然後，我想起伊森和那個蠢翻板，還有我把翻板帶回去時，他有多麼開心。我轉過身，小跑

回到那個男人身邊，把球丟在他的腳邊，坐下來等他再丟一次。

「這隻。」男人告訴女人：「我要帶走這一隻。」

看到要帶我走的車子種類時，我發出嗚咽——我被放到一輛卡車後面上了鎖的籠子裡，和我與史派克被帶去的、那間又熱又吵的房間時的籠子好像！**誰都看得出來我過去是隻前座狗狗啊！**

新家讓我想起火災後住過的公寓。很小，有一個俯瞰停車場的陽台，還好同一條街上有一座美好的公園，男人一天會帶我過去幾次。

我從嗅聞樹木和樹叢的味道就知道，我離伊森很遠。這裡雖然花草扶疏，但不像農場是塊雨量豐沛的潮濕地帶。空氣中帶有濃濃的汽車味，我每天、每個小時都能聽到附近和遠方車輛的聲音。有些日子會吹起乾燥的熱風，讓我想起院子，但其他日子的空氣中充滿了濕氣，這是我還是托比的時候從沒經歷過的。

男人的名字叫作雅各，他替我取名爲「艾麗雅」。「這是瑞典語，意思是『麋鹿』。你現在不是德國牧羊犬，而是瑞典牧羊犬了。」我一頭霧水地搖擺著尾巴。「艾麗雅，艾麗雅，來，艾麗，過來。」

他的手聞起來有油、他的車、紙和其他人的味道。

雅各穿著深色的服裝，皮帶上戴著金屬物件，還有一把槍，所以我猜他是個警察。白天他離開的時候，一個名叫喬琪雅的女人每隔幾小時會過來和我玩一下，帶我去散步，讓我想起和我、伊森同住一條街上的雀兒喜。雀兒喜有過一隻名叫棉花糖的狗，後來又養了一隻，取名爲公爵夫

人。喬琪雅叫我各式各樣的名字，有些真的好蠢，好比艾麗—威莉—卡多庫。這有點像是被人喚作「傻狗」，那曾是我的名字，不過不太一樣，說的時候會多了點感情在內。

身為艾麗和身為貝利的情況迴然迴異，但我盡可能去適應這個新生活。雅各給了我一個非常類似我在車庫中的狗床，而且期待我會睡在上面。每次我試圖爬進床單和他一起睡，他就把我推開，即使他的床鋪明明還有很大的空間。

我了解他期待我遵守新的規矩，就像我學會適應伊森去上大學一樣。想到自己有多麼想念男孩，那股尖銳的痛楚又是我不得不去習慣的事。狗的工作，就是聽從人類的吩咐。

然而，遵守指令和擁有生存的意義——也就是一個存在的理由——並不盡然相同。我想，和伊森在一起是我的存在意義，我因為陪著他成長，已然實現了那個意義。但如果事情就是如此，為什麼我現在還會變成艾麗呢？一隻狗會有一個以上的存在意義嗎？

雅各用平靜的耐性待我，每當我小小的膀胱突然出現尿意，急匆匆地尿了出來時，他從不會對我吼叫，也不會像男孩以前那樣趕我出門。他只是在我出去外面尿尿的時候讚美我，讓我更加決心要盡快掌控自己的身體。不過，雅各的感情不像男孩那般潮湧而出，他對我的態度就像伊森對馬兒火焰那樣公事公辦。某個程度上，我喜歡這種態度給我的方向感，只是偶爾我會十分渴望男孩的手撫過我的毛髮的感覺，因此熱烈等候喬琪雅過來，叫我一聲艾麗—威莉—卡多庫。

我逐漸感覺到雅各的內在有個東西損壞了。我不知道那是什麼，但我可以察覺到有什麼抽走了他的情感能量。一種暗黑、苦澀，很像是我從火災後第一次返家的伊森身上感受到的、存在於

內心的痛苦。不論那是什麼，它使雅各在面對我時保留他的情感。每當他和我一起做什麼，我都可以感覺到他用冷冷的雙眼評估著我。

「我們去工作吧。」雅各說。他帶我上卡車，開車到公園玩遊戲。我學會「降下」代表趴下，雅各說「待著」的時候，眞的就要「待住不動」——他期待我待在原地，直到他告訴我：「來。」

接受訓練讓我沒有時間去想伊森。但每到晚上，我常常是思念著男孩入睡。我想到他摸著我的毛髮的雙手，他睡覺時的味道，他的笑，他的聲音。不論他在哪裡，不論他在做什麼，我希望他快樂。我知道自己永遠不會再見到他。

隨著我越長越大，喬琪雅也越來越少過來，不過我發現我並不想她，因爲我日漸專注在工作上。有一天，我們去了一座樹林，遇到一個名叫華利的男人，他摸了摸我，然後跑開。「他在做什麼？艾麗？他去哪兒了？」雅各問我。我看著華利，他正回頭看我，興奮地揮揮手。

「去找他！找人！」雅各告訴我。

我不是很確定要做什麼，但還是跟著華利的身後小跑。*這是在幹嘛？*華利看到我追上去，便彎下膝蓋、拍拍手，而當我追上他時，他給我看一支棍子，花了幾分鐘時間和我玩棍子。然後華利站起身來。「看，艾麗！他在做什麼？去找他！」華利說。

雅各正漫步離開，所以我跑過去找他。「乖狗狗！」雅各讚美道。

就遊戲的難易程度而言，我大概會把這和追逐翻板相提並論，但華利和雅各非常樂在其中，

所以我也只好跟著做，特別是做完後可以玩丟追棍子的遊戲，這在我心目中可比找到華利更好得多。

大約在這個時期，我開始一邊學「找人」，一邊有一種很難以忍受的奇怪感覺，那是一種無休止的焦慮，隨著屁股散發出的尷尬氣味而來。老媽和外婆以前常常抱怨我尾巴下釋放的香香氣體，所以當我開始散發這種氣味時，我知道自己是隻壞狗狗。（外公是那麼討厭臭味，他會說：「噢！貝利！」即使那個氣味根本是他發出來的。）

雅各沒有聞到，但他確實發現有各種不同的狗對著公寓附近的樹叢抬起腿來灑尿，我也本能地知道，那些狗都是爲了我才在附近兜來轉去。

雅各的反應太令我好奇了。他把我放進一件短褲裡，像是他穿在長褲底下的那種褲子，讓我的尾巴從背後的一個洞伸出來。以前，我總是替穿上毛衣和其他衣服的狗感到難過，現在我卻在所有公狗的面前穿上衣服。這實在不是只有一點點的困窘而已，特別是在那些忙著把我家外面的樹叢尿濕的雜七雜八公狗們對我的注意之中，有個不可抗拒的東西。

雅各說：「該去見獸醫了。」他開車載我去一個我很熟悉、涼爽、有著明亮燈光和金屬桌的地方。我覺得昏昏欲睡，回家後醒來，脖子上不出所料地戴著一個愚蠢的圓錐體項圈。

圓錐體拿下之後，雅各和我立刻回到公園，接下來的幾個月幾乎天天往那裡報到。白天變得比較短，但天氣從未變冷，沒有要下雪的跡象，「尋找華利」則因爲規則不斷改變而變得越來越困難。我們抵達公園時，有時根本沒看到華利，我必須找出他閒晃到哪裡去了。他會像外公做雜

務時那樣，躺在附近的某個地方。此外，我還學會另一個指令：「帶路！」這意味著帶雅各回樹下，找到華利伸展四肢、懶洋洋的身體。不知爲何，雅各分辨得出我找到了東西，即使只是華利丟在地上的一隻襪子。那個男人眞是亂七八糟，老是把他的衣服丟在地上讓我們去找和撿。當我跑回到雅各身邊時，他會看著我的臉，說：「帶路！」但我若是沒找到可以帶他去看的東西，他就不會這麼說。

我們也做其他的工作。雅各教我如何爬上一道溜滑梯，再從另一邊的階梯緩緩走下去，一次只踩一個階梯，而不是像我喜歡的方式：由上一躍而下。他教我如何鑽進窄窄的管子裡，然後跳到一堆木頭上。有一天，他要我坐下來，然後從身體側面掏出槍來，開槍射爆了某樣東西，最初幾次嚇得我畏縮起身子。

「乖女孩，艾麗。這是槍。明白嗎？不用害怕。這會發出很大的聲響。但你不怕，不是嗎？女孩？」

他把槍拿到我面前，我嗅了嗅，很慶幸他沒有要我去撿槍。這個東西很難聞，看起來會比翻板更難飛。

有時候，雅各會和其他也配槍的人一同坐在戶外的桌子前，喝著瓶裝飲料。對我而言，在這樣的時刻，他內在的混亂最明顯。桌前的人們談笑風生，雅各有時也會跟著笑，不笑的時候卻會變得退縮、陰沉、悲傷且孤獨。

「不是嗎？雅各？」有次其中一個男人說道。我聽到雅各的名字，但他凝視著虛空，沒有注

意聽。我坐起來，用鼻子推推他的手，他摸了摸我，但我也不覺得他真的認知到我的存在。

「我說，不是嗎？雅各。」

雅各轉過頭來，發現每個人都在看他。我察覺到他的困窘。「什麼？」

「如果千禧危機真如大家所說的那麼糟糕，警犬的數量是越多越好。就像是又回到羅德尼．金（譯註：一九九二年四月二十九日，美國加州洛杉磯法院判決四名毆打交通違規的黑人羅德尼．金的警察並未武力過當，洛杉磯上千名非洲裔和拉丁裔人民不服判決，因而掀起了大暴動）的時期。」

「艾麗不是那種狗。」雅各冷淡地說。聽到我的名字，我挺直了身子，同時卻也意識到我這麼做時桌前所有的男人都在看著我。不知怎地，我覺得不太安心，一如某些男人對於雅各的凝視也會很不自在。當談話恢復時，他們忽略雅各，自顧自地聊天。我再度用鼻子輕推雅各的手，這次他的反應是搔搔我的耳朵。

「乖狗狗，艾麗。」他說。

「尋找華利」只需要找人和找東西。雅各和我會到某個地方，有時候他會給我一個東西聞聞，一件舊外套或是一隻鞋子、一隻手套，而我必須找到那樣東西的主人。沒有東西可以聞的時候，我只能在一個大範圍來回走動，注意有沒有什麼東西的氣味是有點意思的，若有就要警示雅各。我找到了許多不是華利的人，有時候他們顯然事先不曉得要玩這個遊戲，因此會大叫：「這裡，狗狗！」或者在看到我的時候有所反應。我每次都會帶雅各去找人，他也每次都會讚美我，

即使我找到的人不夠聰明，不知道發生了什麼事。我發現重點在於找到人，還有帶雅各過去，讓雅各判斷是否找對人了。這就是我的工作。

當雅各開始每天帶我去上班時，我已經和他在一起大約一年的時間。許多穿得和雅各很像的人會閒晃過來，大多數對我很友善，但雅各一呼喚我，他們便會尊重地後退。雅各帶我去後面一間狗舍，裡面有另外兩隻狗，名字是凱米和吉普賽。凱米是墨黑色的狗，吉普賽則是褐色的。

儘管同關在一個籠子裡，我與凱米和吉普賽的關係卻和我與其他的狗大不相同。我們是工作狗，隨時準備服侍主人，因此不覺得自己有多少玩耍的自由。大多數的時間，我們只是警覺地坐在籬笆旁。

吉普賽和一位名叫保羅的警察一起工作，常常外出，不過偶爾也會看到保羅和吉普賽在院子裡工作。他們都做錯了。吉普賽會在許多箱子和一堆衣服之間嗅聞著，然後莫名地提高警覺，保羅卻總是會讚美她。他從一個包裹裡抽出東西，然後告訴吉普賽她是隻乖狗狗。

凱米的年紀比較大，懶得看吉普賽工作，大概很爲那隻可憐的狗感到困窘吧？凱米和一位名叫艾咪的女警一起工作，不是很常出門，不過一出去就跑得很快。艾咪會過來找他，人和狗都用跑的離開。我一直不曉得凱米的工作是什麼，但猜想不會比找人來得重要。

「你這個星期要在哪裡工作？」有一次艾咪問保羅。

「回機場，直到賈西雅休完病假。」保羅告訴她。「炸彈拆除小組的工作如何啊？」

「很靜。我擔心凱米，他的成績有一點遜，我在猜他的鼻子是不是不靈了。」

凱米聽到自己的名字時抬起頭來，我望向他。

「他現在幾歲？十歲嗎？」保羅問。

「差不多。」艾咪說。

我察覺到雅各要來了，於是站起來抖抖身子。幾秒後，果然見他走到這個角落。他和他的朋友站著談話，狗兒們注視著，對於主人爲何不讓我們也到院子裡去覺得很納悶。

突然，我感受到雅各身上的興奮。他對著自己的肩膀說道：「了解，8K6小隊回應。」他說話的時候，艾咪跑到柵門邊，凱米跳了起來。「艾麗！」艾咪下了指令：「來！」

我們到了院子裡，很快上了卡車。我發現自己受到雅各的興奮感染，變得氣喘吁吁。

有種預感告訴我，不論發生什麼事，都比找到華利要重要得多。

19

雅各開車載我們大家到一間大平房，那裡有幾個人圍成一圈站立。停車的時候，我感受到他們的緊張。雅各過來摸摸我，但是讓我留在卡車內。「乖狗狗，艾麗。」他心不在焉地說。

我焦慮地坐著看他靠向那群人，其中幾個人立即開口說話：

「我們午餐時發現她跑掉了，可是不曉得她離開了多久。」

「瑪麗蓮是位阿茲海默症患者。」

「我不懂，她怎麼會在沒有人看到的情況下離開？」

當我坐在那裡時，一隻松鼠從樹幹上爬下來，忙著在草裡覓食。我凝視著他，對他竟敢大膽無視於我這隻距他僅十英尺遠的兇猛肉食性動物驚詫不已。

雅各來到籠前，開了門。「跟上！」他命令，害我沒有機會抓松鼠。我加把勁跑。上工時間到！雅各領我遠離那些人，到那棟建築前院的一個角落。他拿出兩件聞起來有一點像是外婆的襯衫。我把鼻子塞進那柔軟的布料中，深深地吸氣。「艾麗，找人！」

我出發了，跑過那群人。「她不可能走那個方向。」有人說。

「讓艾麗做她的工作。」雅各回答。

我的工作。我在心中記住衣服上的味道，同時仰起鼻子，對著空氣，照我受過的訓練來回走動。那裡有很多人的氣味：狗的味道、車子的味道，就是沒有那個人。我沮喪地回到雅各身邊。他看得懂我的失望。「沒關係，艾麗。找人。」他開始在街上走來走去，我往前跳，在院子裡來回巡行。轉過一個彎後我慢下腳步。聞到了，那股氣味撩撥著我，朝著我來……我瞄準它，疾奔向前。在我前面四十英尺處，一些樹叢的下面，清清楚楚傳來她的氣味。我轉過身，跑回雅各身邊，他和幾位警官一起走。

「帶路，艾麗！」

我引領他回到樹叢。他彎下腰，用一根棍子戳了戳。

「那是什麼？」一位警官問，從雅各身後走上前來。

「一張紙巾。乖狗狗，艾麗，乖狗狗！」他抓住我，溫和地與我角力，但我察覺工作還沒有完成。

「我們怎麼知道這是她的？誰都可能掉了這張紙巾。」一位警察反駁道。

雅各彎下腰，忽略身後那個男人。「好吧，艾麗，找人！」

我現在可以跟隨她的氣味了，有點模糊，不過還追蹤得到。氣味一路延伸兩個十字路口，右轉之後變得越來越強。在一個車道上，氣味突然右轉，我穿越一扇敞開的柵門，繼續追蹤，看到

她坐在一座邊鞦韆上，正溫和地前後晃動著。她身上流洩出眞正的快樂，看到我似乎很高興。

「你好啊，狗狗。」她說。

我跑回去找雅各，還沒跑到他的面前，就從他的興奮知道我找對人了，不過他還是等我到了之後才做出反應。「好，帶路！」他敦促著。

我帶他去找坐在鞦韆上的女士。我感覺雅各看到那個女人時心情放鬆。「你是瑪麗蓮嗎？」他溫和地問道。

她把頭歪向一邊，看著他。「你是華納嗎？」她回答。

雅各對著肩膀上的麥克風說話，很快地，其他警察也來了。雅各把我帶到一旁。「乖狗狗，艾麗！」他抽出一個塑膠環，丟出去，讓它在草坪上蹦蹦跳跳，我連忙跳出去，把它叼回來呈給他，讓他能抓住和拖曳。我們玩了大約五分鐘，我的尾巴在空中使力地擺動著。

當雅各把我關回卡車後面的籠子裡時，我感受到他洋溢的自豪。「乖狗狗，艾麗。你眞是隻乖狗狗。」

我思考著，這大概是雅各最接近伊森所給予的那種毫無節制的讚賞。我知道自己今天眞正懂了身爲艾麗的意義：**不只是找人，還要救人**。建築物前那群人散發出的擔憂再明顯不過，我們回去時他們那種鬆了一口氣的感受也是。那個女士曾陷入某種危機之中，而藉由找到她，雅各和我把她從危機中救了出來。那是我們一起完成的事，是我們的工作，也是雅各最在意的事。這和我與伊森玩拯救遊戲是一樣的。

隔天，雅各帶我去一家店，買了一些芬芳的花，我們工作的時候就把花放在卡車裡。（華利躲在一座味道很濃的大垃圾箱上面，但他騙不了我的。）然後，雅各和我搭了很久的車，久到我懶得再把鼻子仰靠在籠子的側邊，趴倒在地板上。

當雅各過來放我出去時，他身上有股沉重感。不論讓他的內在感到受傷的事情是什麼，此刻他的難過似乎到了頂點。我們在一個有很多石頭的大院子裡。我不確定我們到底在做什麼，所以只是默不作聲地待在雅各旁邊。他拿著花走了幾十碼遠，然後蹲跪下來，把花放在一顆石頭的旁邊。他內在扭攪的痛苦是如此深沉，淚水默默地流淌到他的雙頰。我用鼻子輕推他的手，很爲他擔心。

「沒關係的，艾麗。乖狗狗，坐下。」

我坐了。我與雅各同悲。

他清了清喉嚨。「我好想你，親愛的。我只是……有時候我覺得自己沒辦法工作，因爲我知道回家時見不到你。」他輕聲但粗啞地說著。

我聽到「家」這個字就豎起了耳朵。對，我想，**我們回家吧，離開這個悲傷的地方。**

「我現在帶著警犬巡邏搜救。我還在服用抗抑鬱劑，所以他們不要我值正常的巡邏班。我有一隻狗，她的名字叫作艾麗，一隻一歲的德國牧羊犬。」

我搖搖尾巴。

「我們剛領到證照，現在開始會出去值勤。我很高興能離開辦公桌，光坐在那裡就讓我胖了

大約十磅。」雅各哈哈笑著說，那種笑聲好怪異，受到悲傷的扭曲，裡面不帶一絲快樂。

我們待在那裡沒走，幾乎動也不動地過了大約十分鐘。雅各的感受一點一點改變，變得不是那麼生冷的痛楚，而比較像是伊森和漢娜在暑假結束互道再見時，我所感受到的那種近似恐懼的難過。

「我愛你。」雅各輕聲細語道，然後轉身離開。

從那天起，我們有很多時間都離開狗舍到別的地方。有時候我們會搭飛機或是直升機，這兩種東西雖然很吵，震動得卻讓我好想睡覺。「你是隻直升機狗狗，艾麗！」每當我們去搭直升機，雅各都會這麼跟我說。有一天，我們甚至去了我生平所見最大的一座池塘，浩瀚的水裡充滿了奇異的氣息。我在沙灘上追蹤一個小女孩的氣味，一直追到一座滿滿都是小孩的遊戲場。我靠上前去，所有的小孩都在叫我。

我帶雅各去找那個女孩，女孩的父母帶她搭車離開後，雅各問我：「要不要到海裡玩？艾麗？」我們進到池塘裡，我潑濺著水花，在水裡奔跑，但當水花往上噴到我的鼻子時，我發現水好鹹。「這是海，艾麗，大海！」雅各哈哈笑著。我覺得在海裡玩的時候，那個緊抓住雅各的心的東西稍微鬆開了抓握。

在淺水的地方奔跑，讓我想起追逐雪橇上的伊森，因爲必須往前撲才能前進，和我在雪地裡用的走法完全一樣。因此，我忽然發覺，儘管太陽的週期暗示時間已過了兩年，這裡卻從來沒下過雪。但小孩們不在意，他們有在水上搭乘的雪橇。我站在那裡看著他們玩，知道雅各不會准許

我去追他們。有個男孩看起來神似伊森小時候的模樣，我不由得讚歎自己居然還記得男孩小時候和長大成人後的樣貌。驀地，我的心好痛，悲傷的尖銳刺痛在我心裡徘徊不去，直到雅各吹了聲口哨，要我回到他的身邊。

我去狗舍的時候常常碰到凱米，吉普賽則很少出現。有一天，當情況又是如此，我正試著用「球在我這裡」這美好的遊戲吸引凱米的興趣時，雅各出來找我。「艾麗！」他喚道。

我不曾在他的聲音中聽到如此的急迫性。

車子開得極快，雖然警笛聲大作，我仍能聽到轉彎時輪胎發出的刺耳聲響。我趴在籠子地板上，以免自己滑來滑去。

一如往常，到了工作地點時，已經有很多人站在附近。其中一個女人害怕到幾乎站不起來，還要兩個人攙扶著她。雅各從我身邊跑過去和那些人談話時，身上傳出的陣陣強烈焦慮，令我背後的毛髮也豎了起來。

那是一座停車場。建築物的大玻璃門晃盪開來，人們紛紛帶著包包出來。崩潰的女人伸手進入她的包包，抽出了一個玩具。

「我們已經封鎖了商場。」有人說。

雅各來到籠前，打開門，給我玩具，要我聞一聞。「艾麗，沒問題吧？聞好了嗎？我要你去找人，艾麗！」

我跳出卡車，試著在所有的氣味中尋找，找出一個和玩具上的氣味相符的人。我是那麼地專

注，甚至沒注意到自己小跑到一輛移動中的車子前，那輛車的司機猛踩煞車，車身劇烈震動著。

沒問題，我找到了。我發現那股氣味怪異地與另一股氣味混合在一起，一股很濃的男性氣味。我追蹤這兩股氣味，對自己很有把握。

到了一輛車前，氣味消失了。不，應該說氣味在車子的旁邊消失。這告訴我，我們在找的人已經搭乘不同的交通工具離開，而這輛停在這裡的車取代了它的位置。我警示雅各，他的沮喪和失望令我畏縮。

「好吧，乖女孩，艾麗。乖女孩。」他和我玩的時候是那麼敷衍，我覺得自己是隻壞狗狗。

「我們追蹤她到這裡。看來她上了一輛車走了。這座停車場有監視器嗎？」

「我們正在查。但如果是我們想的那個人，那是輛贓車。」一個西裝筆挺的男人告訴雅各。

「他會帶她去哪裡？如果是他，他會去哪裡？」雅各問。

穿著西裝的男人轉過頭來，瞇著眼凝望我們身後的綠色山坡。「我們是在托潘加峽谷上發現後來那兩具屍體的；第一具是在威爾．羅傑斯國家公園。」

「我們往那個方向走，」雅各說，「看能不能發現什麼。」

雅各把我放在卡車的前座，讓我大吃一驚。他以前從來沒有讓我當**前座狗狗**！可是他的心情仍然很緊繃，所以我保持專注，即使經過一些毫不抑制妒意對我尖叫的狗，我也沒有吠叫。雅各駛離停車場，把同樣的玩具拿到我的面前，我盡責地嗅聞著。「好吧，女孩，我知道這聽起來很奇怪，但我要你找人。」

聽到這個指令，我扭過頭去，不解地看著他。找人？在卡車裡？

窗外傳進來的氣味，吸引我的鼻子朝向那個方向。「乖女孩！」雅各讚美道。「找人！找到那個女孩！」

我的鼻子仍然充滿了玩具上的氣味，這也是爲何當一縷微風帶來她的氣味時，我可以警示雅各。她的氣味仍然和男人的氣味纏繞在一塊兒。「乖女孩！」雅各說。他停下車，專注地看著我。我們身後的車子鳴按了喇叭。「懂了嗎？女孩？」

我又失去了她的氣味。「沒關係，沒關係，艾麗。乖女孩。」他說。

我懂了。我們是坐著卡車工作。他開車，我把鼻子探出窗外，盡力排除玩具以外的氣味。

當我們往山坡上走時，我感受到卡車的傾斜，也感受到雅各的失望越來越大。

「我想我們追丟了。」他喃喃說著。「什麼都沒有嗎？艾麗？」

聽到我的名字，我轉過頭，然後又回頭繼續工作。

「呼叫單位8K6，情況如何？」無線電粗聲叫著。

「8K6回答，我們正要上阿瑪菲。」

「運氣怎麼樣？」

「日落時有點線索，之後就沒有了。」

「明白。」

我叫了。

捕捉到氣味時，我通常不會吠吼，但這次的氣味卻是那麼強烈而穩定，隨著氣流充滿了整個駕駛座。「8K6報告，我們在阿瑪菲和梅夫路口找到了些蛛絲馬跡。」卡車減慢速度，我保持不動，仍然聞得到女孩，男人的氣味也比之前更強。雅各緩緩停下車。「好吧，哪個方向？艾麗？」雅各問。

我爬過座位，把我的臉往他的窗外擠。「左轉卡普里！」雅各興奮地大叫。幾分鐘後，卡車開始顛簸。「我們在消防道上！」

「收到，我們過去了。」無線電說。

我很警覺，全神貫注在前方。雅各與卡車角力，試著在狹小的路上前進。突然，我們碰撞到一扇黃色的柵門，停了下來。「注意，我們需要消防隊上來，這裡有一扇柵門。」

「收到。」

我們跳下車。一輛紅色的車停在旁邊，我警覺地筆直朝它跑去。雅各拿出槍來。「我們找到一輛沒有人的紅色豐田佳美。艾麗說車主就是我們要找的人。」雅各領我走到車子後面，專注地看著我。「車子的行李箱似乎沒有人。」雅各評論道。

「明白。」

車子上的氣味不如峽谷往上傳來的氣流所夾帶的氣味濃烈。從一條陡峭的路一直往下走，我都聞得到男人的氣味，但女孩的氣味就比較微妙。他是抱著她走的。

「注意，嫌犯從這條路往下徒步至營區。」

「8K6，暫停，等候支援。」

「艾麗，」雅各對我說，把槍放回到他的腰帶上，「我們去找女孩吧。」

20

往下走去峽谷時，我感受到雅各身上強烈的恐懼，強烈到我不斷跑回他的身邊尋求確認。然後女孩的氣味牽引著我，我朝著幾棟小建築物急速奔馳。

我看到小女孩靜靜地坐在階梯上，階梯上方是一座大門廊，一個男人正用某種工具拉動建築物的前門。女孩原本似乎很悲傷而且害怕，但看到我靠近卻精神一振，對我伸出一隻小小的手。

男人突然迴過身子，扭頭瞪視著我。四目相接時，我頸背上的毛豎了起來。我感受到他身上有和塔德同樣的黑暗病態，甚至更嚴重、更惡毒。他猛地抬起頭來，看著我來的路。

我跑回雅各身邊。轉身離開時，小女孩喚著：「狗狗！」

「你找到她了。」雅各說：「乖女孩，艾麗。帶路！」

我把雅各帶去那棟建築物。小女孩仍坐在門廊上，男人不見蹤影。

「8K6報告，受害者現在很安全，毫髮無傷。嫌犯徒步逃逸。」雅各說。

「陪在受害者身邊，8K6。」

「收到。」

我聽到直升機螺旋槳在遠方撲撲地擊打著氣流，也聽到在我們之後的路上響起了跑步聲。兩位汗流浹背的警察來到彎道。

「你還好嗎？艾蜜莉？你有沒有受傷？」其中一位問道。

「沒有。」小女孩說。她扯著身上洋裝的一朵花。

「我的老天，她還好嗎？你沒事吧？小女孩？」第三個警察跑過來時喘不過氣地問道，雙手放在膝蓋上。他又高又壯，比其他人塊頭都要大。我聞到他的呼吸裡有冰淇淋的味道。

「她叫作艾蜜莉。」

「我可以摸摸狗狗嗎？」小女孩害羞地問道。

「當然可以。然後我們還要回去工作。」雅各友善地說道。

聽到「工作」這兩個字，我豎起了耳朵。

「好吧，我……和你們一起去。」大塊頭警察說。「強納森，你們和女孩一起留在這裡。注意他會不會繞回來。」

「如果他在附近，艾麗會告訴我們。」雅各說。我看著他。我們準備好去工作了嗎？

「找人！」雅各說。

有幾處的樹叢十分濃密，下方的土壤含沙，所以走起來鬆鬆的。我輕而易舉地追蹤到那個男人，他正穩定地下坡。我找到一根布滿他的氣味的鐵棍，於是跑回去找雅各。「帶路！」雅各命

令。

回到那個工具所在的位置時，我們必須等上超過一分鐘，大塊頭警察才跟了上來。「我跌倒了……兩次。」他氣喘吁吁地說。我察覺到他的尷尬。

「艾麗說他本來拿著這根鐵撬。看來他放下武器了。」雅各評論道。

「好吧，現在呢？」那個警察喘著氣說。

「找人！」雅各下令。

男人的氣味覆蓋在樹叢上，也懸浮在空氣中。沒有多久，我已經聽到前方傳來他窸窸窣窣往前疾行的聲音。在一個微風因爲小溪而充滿濕氣，樹木在頭上高舉著樹枝提供庇蔭的地方，我縮短了和他的距離。他一看到我便躲到樹後，與華利的做法如出一轍。我跑回去找雅各。

「帶路！」雅各說。

進入樹林時，我沒有離開雅各身邊。我知道那個男人躲起來了，我可以聞到他的恐懼、仇恨和惡臭。我領著雅各直接到那棵樹去，而當那個男人從樹後站出來時，我聽到雅各大喊：「警察！不要動！」

男人舉起一手，子彈射了出來。只是一把槍。雅各曾讓我確認槍不是問題，但我卻感受到雅各身上突然出現的刺痛。他跌到地上，溫暖的血液往空中噴灑，槍喀噠掉到地上。

這時我明白了。好幾個片段的資訊——外公的槍、伊森的罐子從籬笆上跳下來的方式、塔德的爆竹，還有他把爆竹丟得太靠近我時所引起的刺痛——瞬間連結起來。站在樹旁的男人用他的

槍傷害了雅各。

他仍然站在那裡，用槍指著我們。他的恐懼和憤怒轉變成興高采烈。

火災那晚攻擊塔德時掌控住我的原始衝動又出現了。我沒有怒吼，只是壓低頭，然後攻擊。他又開了兩槍，但接著我就咬住他的手腕。槍掉到地上，他對著我尖叫。我沒有鬆口，反而更暴力地甩動我的頭，感覺自己的牙齒緊緊咬住了他的手臂。他用腳踹我的肋骨。

「放開！」他大叫。

「警察！不要動！」大塊頭警察走上前來，大聲嚷著。

「叫狗走開！」

「艾麗，沒關係。趴下，艾麗，趴下！」警察下令。我放開男人的手臂，他立刻跪倒在地。我聞到他的血的味道。我們四目相接，我對他咆哮。我感受到他的痛楚，也察覺他的狡猾。他認爲自己不會被逮到。

「艾麗，過來。」大塊頭警察說。

「狗咬斷了我的手臂！」男人大叫。他對著後面的某個東西揮揮手，然後到警察的左邊。

「我在這裡！」他喊叫著。

大塊頭警察立刻轉過去看男人對著什麼叫喚，男人乘機撲向前，撈起他的槍。我發出吠吼。他開了槍，大塊頭警察立刻開槍回擊，其中幾顆子彈爲男人的身體深處造成痛楚。他倒臥在塵土中。我感覺到生命嘩地從他身上離開，黑色、憤怒的病態鬆開對他的抓握，他平靜悄然地離去。

「眞不敢相信，我會被那招給拐了。」大塊頭警察嘟囔著。他仍然持槍對著死掉的男人，小心地前進，然後把男人的槍踢走。

「艾麗，你還好嗎？」雅各含糊不清地問道。

「她沒事，雅各。你哪裡中槍？」

「肚子。」

我焦慮地趴在雅各身邊，用鼻子輕推他沒有反應的手。我感覺到他體內的痛楚正蔓延開來，血的味道讓我警覺到他流了多少血。

「警察中槍，嫌犯中槍。我們在……」大塊頭警察仰望天空，「我們在峽谷一些樹木之下。警察需要醫療。嫌犯死亡。」

「確認嫌犯已死。」

大塊頭警察走過去，踢了男人一腳。「噢，他是翹辮子了沒錯。」

「中槍的警官是哪一位？」

「8K6。我們需要有人下來這裡幫忙，要快！」

我不知道該做什麼。雅各似乎不害怕，但我充滿了恐懼，因此喘著氣顫抖著。我想起伊森陷入火海而我不能到他身邊的那一晚，現在我又有同樣的無助感。大塊頭警察過來，蹲跪在雅各身邊。「他們正在趕過來，兄弟，你要撐著點。」

我感覺到大塊頭警察聲音中的關切。當他極爲謹愼地打開雅各的襯衫檢查傷勢時，恐懼的震

顫撼動了他的全身，我開始嗚咽。

很快地，我聽到幾個人朝這裡跑過來的撞擊聲和踉蹌的腳步聲。他們跪在雅各身邊，用肩膀把我推到一旁，對他灌注藥劑，把他包紮起來。

「艾蜜莉還好嗎？」雅各含糊不清地問他們。

「誰？」

「小女孩。」大塊頭警察解釋。「她很好，雅各。什麼事都沒有。你在那傢伙什麼都還不能做之前就找到她了。」

更多人來了，用一張床把雅各帶走。當我們回到停放車子的地方，一架直升機已經在等候起飛。

他們送雅各上直升機時，大塊頭警察抓著我。雅各了無生氣的手臂懸掛在床外。嘈雜的機器升空時，我掙脫出來，跑到它的底下汪汪叫。**我是隻直升機狗狗，爲什麼不讓我去？我需要和雅各在一起！**

當我抬起前腿，無助地繞著圈圈時，人們都在看我。

終於，艾咪走上前來，把我放到另一輛卡車上的籠子裡，裡面都是凱米的味道。她開車載我回狗舍，換成凱米出來。凱米小跑著與我擦身而過，然後跳入卡車，好像我待過那裡冒犯了他。吉普賽不見蹤影。

「會有人來看你，我們也會想想你以後要住在哪裡，艾麗。你是隻乖狗狗，你眞是一隻乖狗

狗。」艾咪說。

我頭暈腦漲地在我狗舍裡的床上趴下。我不覺得自己是隻乖狗狗。我知道咬那個有槍的男人不是找人的一部分。而且，雅各在哪裡？我想起他的血的味道，苦惱地啜泣著。

我實現了我的生命意義，找到了小女孩，她很安全。可是雅各受了傷，人不在這裡，我第一次晚上睡在狗舍，忍不住覺得自己不知爲何受到了懲罰。

接下來的幾天，每個人都很困惑且不安。我住在狗舍裡，一天只被某個笨拙的警察放出去到院子兩次，他散發出的感覺告訴了我，照顧狗是他意外接下的新責任。艾咪會和我說話，也會陪我玩一下子，但她和凱米大多數的時間都不在。

看不到雅各，他的氣味一點一點從周遭散去，即使我全神貫注，卻再也找不到他的行蹤。

有一天，凱米和我一起在院子裡。我給凱米看笨警察給我的一根橡膠骨頭，但他只想睡覺。我不明白凱米的生命意義是什麼，不懂爲何有人要一隻睡覺狗？

艾咪把她的午餐帶到院子的桌上，凱米終於願意爲了午餐醒過來。他走去艾咪坐著的地方，重重地趴在她的腳邊，宛如肩負了太多擔憂，只有咬一口艾咪的火腿三明治才能一解憂愁。一個女人走出來加入艾咪。

「嗨！瑪雅。」艾咪說。

瑪雅有深色的頭髮和瞳孔，體格就女人而言相當高大。她有一雙看來很強壯的手臂，褲子聞起來隱約有貓的味道。她坐下來，打開一個小盒子，開始大聲地咀嚼某種辛辣的東西。「嗨！艾

咪。你好啊，艾麗。」

我沾沾自喜地注意到她沒有和凱米打招呼。我湊過去，她用一隻香噴噴的手摸我。我聞到一縷香皀和香氣撲鼻的番茄味。

「你的文件都交了嗎？」艾咪問道。

「希望會成功。」瑪雅回答。

我趴下來，咬著橡膠骨頭，想讓瑪雅以爲我玩得很開心，只有分我一點她的午餐，才能吸引我的注意。

「可憐的艾麗。她一定很困惑。」艾咪說。

我抬起頭。**午餐嗎？**

「你確定你要做這個嗎？」艾咪問。

瑪雅嘆口氣。「我知道這是很辛苦的工作，但什麼事不辛苦呢？你知道嗎？我剛剛領悟到，每天還不都是同樣的事。我想嘗試新東西，做點不同的事情，試個幾年看看。嘿，你要一片墨西哥玉米捲嗎？我媽做的，眞的很好吃喔。」

「不用了，謝謝。」

我坐了起來。**玉米捲餅？我要一片！**

瑪雅當我不在場似地掃光她的午餐。「你們警犬小組的人身材都好好。要我減重眞是太困難了……你想我應付得來嗎？」

「什麼？別擔心，你沒問題的！你的體能測驗不是過了嗎？」

「是啊。」瑪雅說。

「唔，所以囉。」艾咪說：「我的意思是，如果你要和我一起跑步，我通常下班後會去跑道上跑。不過，我想你一定會表現得很出色。」

我感覺到瑪雅散發出少許的焦慮。「希望是，」她說，「我可不想讓艾麗失望。」

我判斷她們不論說了我的名字多少次，都不會給我東西吃。我嘆了口氣，在日光下伸展四肢，納悶雅各還要多久才會回來。

21

瑪雅開車帶我出去的那天，她很快樂，也很興奮。

「我們要一起工作了。這不是很棒嗎？艾麗？你不會再睡在狗舍裡了。我替你買了一張床，你可以睡在我房間。」

我把她的話區分成：「艾麗」「狗舍」「床」和「房間」。這裡面沒有一項對我有意義，不過我很高興能把鼻子伸出窗外，呼吸凱米和吉普賽以外的其他氣味。

瑪雅把車停在一棟小屋的車道上，我們走過門檻，我立刻知道這裡是她住的地方。到處都是她的氣味，還有清楚且令人失望的貓咪味。我檢查這個住處，發現這裡比雅各的公寓還要小，而且立刻就遇到一隻橘色的貓，她端坐在桌前的椅子上，用冷冷的眼睛注視著我。當我搖著尾巴靠近她時，她張開嘴，幾乎無聲地噓我。

「史黛拉，友善點。那是史黛拉，史黛拉，這是艾麗。她現在要住在這裡了。」

史黛拉打了個哈欠，一副不感興趣的樣子。一道灰白色的光影出現在眼角，吸引了我的注

意。

「妙妙？那是奇妙仙子。她很害羞。」

另一隻貓？我跟著她進入臥室，第三隻黑褐色交雜的大公貓悠閒地走出來，用帶有魚腥味的呼吸嗅聞著我。「還有，那是埃米特。」

史黛拉、奇妙仙子和埃米特。**一個女人到底是為了什麼要養三隻貓**？

奇妙仙子躲在床下，以為這樣我就聞不到她在哪裡。埃米特跟著我進入廚房，好奇地望著瑪雅在碗裡裝滿食物，然後抬起頭走開，好像不在乎我正在吃東西，他卻沒有得吃。史黛拉眼睛眨也不眨地從她坐的那張椅子上注視著我。

吃過飯後，瑪雅讓我出去到她的小院子，那裡還沒有被狗做過記號。我很有尊嚴地做了記號，意識到至少有一、兩隻貓正在看我。「乖女孩，艾麗。」瑪雅熱情地說。顯然她是「很高興看到你在院子裡尿尿」派的。

瑪雅自己料理晚餐，香味四溢，吸引了史黛拉的注意。她跳上桌子，像隻壞貓咪一樣大搖大擺地走來走去！瑪雅沒有對她說什麼，顯然覺得貓咪很沒有價值，是無法接受訓練的動物。

吃過晚餐後，瑪雅替我上了皮帶，帶我出去散步。很多人都出來他們的院子，小孩很多，我因此有些坐立不安。我好幾週沒有做任何工作了，肌肉有種緊繃感。我想跑步，想找人，想救人。

瑪雅像是受到了我的心情感染，開始小跑。「想要跑一下嗎？女孩？」她問。我加快速度，

一如雅各教我的那樣，在她身邊跑著。沒有多久，她就上氣不接下氣，我聞到汗水從她的毛孔滲出來。人行道上的熱度傳進了我的腳掌，經過幾間屋子時，有幾隻狗羨慕地吠叫著。

瑪雅驟然停下腳步。「哇！」她喘著氣說：「好吧，我們肯定需要在跑步機上多花點時間。」

直到那個晚上，我才真的知道發生了什麼事。瑪雅去洗澡並換上不同的衣服時，我趴在地毯上，然後她把我叫入臥室。「好吧，在這裡趴下，艾麗。乖女孩。」她說，輕拍著一張狗床。我很困惑，但順從地在床上蜷起身子。我顯然要在這裡待上一陣子了。*這就是我現在要住的地方嗎？雅各怎麼辦？我的工作怎麼辦？*

隔天早上，瑪雅和我倒真的做了些工作，只是情況有點奇怪。華利來了，像個老朋友一樣和我打招呼，身邊還有一個偶爾會和我們一起玩找人遊戲的女人，名叫貝琳達，她的全身上下老是有華利的氣味，我懷疑我們不在的時候，貝琳達和華利彼此也會玩找人遊戲。

華利和瑪雅待在一起，貝琳達進入樹林。華利和瑪雅說話，示範我們在工作中使用的手勢和指令。然後瑪雅說：「艾麗，找人！」我開始追蹤貝琳達的氣味，華利和瑪雅跟在我的後面。貝琳達坐在一輛車內，一點也唬不了我，我回到瑪雅身邊。

「看到了嗎？看到她的表情了嗎？」華利說：「她找到了貝琳達。你從她的表情上看得出來。」

我不耐煩地等著瑪雅叫我帶路，她卻和華利忙著講話。

「我不確定。她每次回來找我時的表情看來都差不多。」瑪雅說。

「看著她的眼睛，她的嘴巴是緊閉著的，舌頭沒有伸出來。懂了嗎？她很警覺，想要帶路。」

聽到「帶路」，我顫抖著，半撲了出去，可是那不是眞的指令。

「所以，現在我要跟她說『帶路』嗎？」瑪雅問。

不要再尋我開心了！我們到底是不是在工作？

「帶路！」瑪雅終於喊道。

找到貝琳達時，她哈哈笑著從車裡出來。「你眞是隻乖狗狗，艾麗。」她告訴我。

「現在你和艾麗玩。這很重要，這是她努力之後應得到的回饋。」

瑪雅和我玩的方式和雅各不同。瑪雅似乎眞的很喜歡和我玩，而不是我帶路之後她不得不做的事。她拿了狗舍裡的塑膠骨頭，我站穩腳步，用上下顎緊抓著狗骨頭，她則試著搶走。

瑪雅的生活和我遇到過的人都不一樣。她不只養了太多隻貓，大多數的夜晚還會去一個有很多人的大房子，裡面有一個聞起來很棒的女人名叫「媽媽」。媽媽很像外婆，總是在煮飯。每次我們去那裡，還會看到小小孩正在一同玩耍，奔來跑去。小孩會爬到我身上，直到瑪雅要求他們下去。男孩會和我玩球，我很喜歡；女孩會把帽子放在我身上，我包容她們。

瑪雅還有一個名叫艾爾的鄰居，喜歡過來問瑪雅「幫忙」的事。「你需要我幫忙拿那些箱子嗎？瑪雅？」他問。「不用，不用。」瑪雅說。「你需要我幫你修門嗎？」「不用，不用。」

瑪雅說。每當艾爾來的時候，瑪雅總是很焦慮，她的皮膚會發熱，掌心會冒汗。可是她又不怕艾爾，艾爾走開時，還會轉而悲傷起來。

「你新養了一隻狗嗎？」艾爾問道。他伸手下來，搔搔我的耳後，搔的方式讓我立刻愛上他。他聞起來有紙張、墨水和咖啡的味道。

「對。她是警局的搜救警犬。」

我知道他們在談我，所以友善地搖擺著尾巴。

「你需要我幫忙訓練你新養的狗嗎？」艾爾問。

「不用，不用。」瑪雅說：「艾麗已經受過訓練。我們只是需要學習成為一個團隊，一起工作。」

聽到「艾麗」和「工作」這兩個詞彙，我又搖了搖尾巴。

艾爾停止搔我的耳後，站了起來。「瑪雅，你……」他開口說道，心情很緊張。

「我大概該走了。」瑪雅說。

「你今天的頭髮好漂亮。」艾爾脫口而出。

他們凝視著對方，兩個人都好焦慮，感覺上似乎有什麼攻擊逼近，好像我們正處於危險之中。我舉目四望，看不到比透過窗戶注視我們的埃米特更大的威脅。

「謝謝你，艾爾。」瑪雅說：「你想不想……」

「你忙吧。」艾爾說。

「噢。」瑪雅說。

「除非……」艾爾結巴地說。

「除非……？」瑪雅重複他的話。

「你……你需要我幫你做什麼嗎？」

「不用，不用。」瑪雅說。

瑪雅和我幾乎每天都去工作。瑪雅叫我去找人，我們會衝進樹林裡，有時追逐華利，有時追逐貝琳達，有時追逐瑪雅家較大的男孩。

瑪雅比雅各的速度慢很多，而且一開始工作就喘氣、流汗。她常常散發著痛楚，我學會在跑回去找她時不要不耐煩，她有幾分鐘只能把雙手放在膝蓋上。偶爾，她會突然冒出一股無助的沮喪感，然後會掉眼淚，不過總會在我們走去找華利之前把臉清乾淨。

有一個下午，她和華利坐在一張野餐桌前飲用冰涼的飲料，我趴在樹蔭下。瑪雅的憂慮對我來說一清二楚，但我學會隨遇而安，不要讓它干擾到工作。

「我們不夠優秀，沒辦法合格，是吧？」瑪雅說。

「艾麗是我看過最優秀的狗。」華利回答。我察覺到他的聲音中透著警覺和小心，於是好奇地看著他。

「不是，我知道問題在我。我一向都是這麼胖。」

「什麼？不，我的意思是……」華利說，他的警覺心提高了。我坐起來，納悶是否有危險。

「沒關係。事實上，我減掉了大約四磅的體重。」

「眞的？太好了！我的意思是，你其實不胖。」華利結巴地說。我聞到他前額冒出的汗味。

「我不知道，或許去操場上跑跑會有幫助，還是什麼的？」

「我有去跑道上跑！」

「對喔！沒錯！」華利整個人散發著恐懼，我焦慮地打了個呵欠。「唔，好吧，我該走了。」

「我以前不曉得需要跑這麼多。比我想像得要困難許多。或許我該放棄，讓身材比較好的人來做這份工作。」

「嘿！你要不要和貝琳達談談？」華利焦急地說道。

瑪雅嘆了口氣，華利放鬆，站起身來離開。我趴回去。不論原本有什麼潛伏的可怕危險，現在顯然都不再是個威脅。

隔天，瑪雅和我沒有工作。她換上某種柔軟的新鞋子，抓住我的皮帶，帶我到大池塘畔一條很長的路。那裡到處都有狗，我們雖然沒在工作，但我察覺瑪雅心中堅定的決心，所以在沿著路跑呀跑、太陽逐漸往上升的時候，對那些狗視而不見。那是我們一起跑過最長的距離，跑得沒完沒了，直到我感受瑪雅的身體充滿了疼痛和疲累，她才掉頭回去。她停下來好幾次，讓我從臭兮兮的建築物旁卡在水泥裡的水龍頭喝水。回程的時候，她也一樣充滿決心，只是速度慢了點。當我們返抵卡車時，瑪雅已經步履蹣跚。「唉唷喂呀。」瑪雅說。

我們都喘得很厲害。她喝了水，把頭埋在兩腿之間，我悲傷地看著她在停車場裡嘔吐。

「你還好嗎？」一個年輕女子同情地問道。瑪雅沒有抬頭，只是舉起一手揮了揮。

隔天，我們執行尋找貝琳達的任務。瑪雅的步伐是那麼僵硬和痛苦，我特意把速度減半，一離開她的視線就慢下來。我不是很需要回去聽她下指令，但我三不五時就往回跑，只是爲了看她是否安好。當我終於找到坐在一棵樹下的貝琳達，她已經睡著了。

「乖狗狗，你眞是隻乖狗狗，艾麗。」瑪雅輕聲細語對我說道。我們喚醒貝琳達，她看了看她的手腕，發出驚訝之情。

「今天……不太順利。」瑪雅說。貝琳達沒有回答。

那晚，瑪雅在浴缸裡時喚我過去。我好奇地嗅著浴缸裡的泡泡，潑灑了一點水花，納悶爲何有人想在這麼小的範圍內游泳？貓咪當然不感興趣。奇妙仙子一如往常躲避整個世界；史黛拉沒有得到我的許可就在檢視我的床（我從床上的氣味知道，她甚至在那裡睡過覺！）；埃米特則和我一樣在浴室裡，舔著自己的毛，像是在等什麼事情上演，然後就可以擺出傲視一切的姿態。

瑪雅很悲傷。她伸出一隻濕答答的手，撫摸著我的頭。「我很抱歉，艾麗。我不夠優秀。我在戶外跟不上你。你是隻好乖的狗狗，你需要一個可以駕馭你的人。」

我想，如果我進入浴缸和她一起，她會不會開心一點？我把兩隻前掌放在浴缸邊緣，稍微測試一下這個理論。埃米特停止舔自己的毛，不帶敬意地看著我，然後高舉他的尾巴，大步邁出浴室，簡直是在挑戰我去追他，要我減少屋子裡的貓口似的。

「明天，我會給你一個驚喜，艾麗。」瑪雅仍然很難過地說。

唔，好吧，既然都做到這個地步了……我爬進浴缸，沉入虛幻的泡泡之中。

「艾麗！」瑪雅哈哈大笑，她的喜悅讓悲傷像蠟燭一樣熄了火。

22

隔天早上，我對於能搭車出去非常興奮，因爲，唔，這畢竟是出去兜風呀！我從瑪雅身上也感受到一些快樂的期待，所以知道我們不是去工作。最近快樂和工作不是太有關聯。但一直到她停下車子，打開門，我才發現自己到了哪裡。

雅各的公寓。

我跑在瑪雅的前面，跳上樓梯，對著門汪汪叫，這是我和雅各住在一起時從沒有過的舉動。我聞到雅各在裡面，也聽到他朝著門口移動。他開了門，我飛奔到他身上，快樂地跳起來，扭動著身體。

「艾麗！你好嗎？女孩？坐下。」他命令。

我的屁股立刻落到地上，但它並不想待在那裡。

「嗨！雅各。」瑪雅站在門口說道。

「快進來，瑪雅。」雅各說。

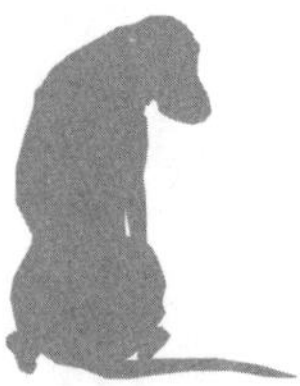

我好高興能見到雅各，當他緩緩坐進椅子裡時，我到他的身邊坐下。如果他是伊森，我會想爬到他的大腿上，但雅各從來不容許這類冒失的行為。

他們兩個說話時，我在公寓裡到處嗅聞著。我注意到我的床不見了，不過臥室裡仍然有我的味道，如果雅各允許的話，我睡在地毯或雅各的床上都沒有問題。

然後，我小跑回到雅各身邊，經過瑪雅伸出要撫摸我背部的友善的手。就是在這個當下，我終於了悟，回到雅各身邊就代表要離開瑪雅。

狗不能選擇自己要住的地方。我的命運是由人類來決定。但在內心深處，我卻覺得左右為難、飽受衝突。

雅各在工作表現上比瑪雅要優秀許多，可是瑪雅不會隨時有個悲傷的內核。在那個有好多小孩可以一起玩的媽媽家時，瑪雅真的很快樂。不過，雅各沒有養貓。

我有一個明確的生命意義——找人、帶路和救人。我是隻乖狗狗。瑪雅和雅各都很專注在工作上，這意味著他們都不可能像伊森那樣用全然的放任來愛我。然而，瑪雅用雅各從未容許自己去感受的、沒有戒心的感情接納我。

我開始焦慮地來回踱步。

「你需要出去嗎？」瑪雅問我。我聽到「出去」，可是她說得不帶熱情，所以我沒有反應。

「不是。她如果需要出去，會坐在門口。」雅各說。

「噢。對喔。我看過她那麼做。」瑪雅說：「我常常把後門打開，所以，你知道的，她可以

自由來去。」

他們安靜了一下。我輕手輕腳地進入廚房，但地板照常是消毒過後的潔淨，沒有可以吃的東西。

「我聽說你要申請失能。」瑪雅說。

「對，唔，五年內中了兩次槍，這對誰來說都夠了。」雅各回答，伴隨著生硬的笑聲。

「我們會想念你的。」瑪雅評論道。

「我不會離開鎮上，我已經在加州大學洛杉磯分校註冊，要當全職學生。我只剩下一年半就能拿到法律學位。」

他們又沉默了一會兒，瑪雅散發出微小的不安訊號。以前，當別人試著和雅各說話，最後卻坐著相對無言時，我就曾注意到這種情況。他身上有種東西讓別人很不自在。

「所以，你什麼時候要做資格審核？」雅各問道。

我在他們之間的地板上挑了一個中立地點，邊嘆氣邊趴下，無法理解現在是什麼情況。

「兩週後，但是……」瑪雅的聲音越來越小。

「但是？」雅各敦促她說下去。

「我考慮要退出這個專案，」瑪雅匆匆地坦白說道，「我跟不上。我以前不知道……唔，大概會有其他人更適合。」

「你不能放棄。」雅各說。我抬起頭，好奇地看他為何生氣。「不能一直換駕馭狗的人。沒

有人見過艾麗這麼優秀的狗，你捨棄她，可能會毀了她。華利說你們兩個相處得很融洽。」

聽到雅各提到我和華利的名字，我用尾巴拍了拍地板，但雅各的聲調仍然嚴厲。

「我的體能不適合，雅各。」瑪雅說，她也冒起火來。「我不是前海軍，我只是一個每年體能都差點不及格的巡警。我試過了，可是這眞的太難。」

「太難。」雅各憤憤地瞪著她，瞪到瑪雅聳聳肩，別開視線。她的怒火轉變成羞愧，我走去她身邊，用鼻子輕推她的手。「那對艾麗又會有多困難呢？這難道不重要嗎？」

「當然重要。」

「可是，你說你不願意做。」

「我說我不適合，雅各！我內在不具備這個才能。」

「才能。內在。」

我察覺到瑪雅正在抵抗一股高漲的情緒，那種情緒有時會導致她的淚水一發不可收拾。我想安慰她，所以又把鼻子推到她的手下。當雅各再度開口時，他沒有看著瑪雅，聲音也沉靜了些。

「我第一次中槍時，肩膀傷得很重，不得不重新學習怎麼去使用。我每天復建，有一個小小的兩磅重滑輪，那個東西讓我很痛……我太太當時正在接受最後一輪的化療。我不只一次想放棄。那眞是太難了。」雅各轉過頭，對著瑪雅眨眼。「但是，蘇珊卻直到最後關頭都沒有放棄過。如果她能撐下去，我知道我也必須做到。因爲這很重要。因爲如果成功只是再努力點就能做到的事，那麼失敗就不是個選項。我知道這很困難，瑪雅。你要更努力。」

舊有的黑暗痛苦宛如風暴般在雅各的內心迴旋，但憤怒卻像被一陣風吹走般離他而去。他深陷椅子中，突然精疲力竭。

不知怎地，那時我心有所感，我不會再和雅各待在一起了。他對找人再也不感興趣了。

瑪雅流瀉出悲傷，可是我也從那之中感受到一股升起的決心，很像是帶我沿著大海跑步的那天，她突然生出的力氣。

「好吧，你說得對。」她告訴雅各。

我們要離開的時候，雅各摸摸我的頭，不帶懊悔地對我說再見。我看到他的最後一眼，是他關上門的身影。他沒有看我。他和瑪雅決定了我的命運，我能做的決定只有要不要乖乖聽他們的話。

稍後，瑪雅和我開車上坡。她一直跑，跑到她累得腳步踉蹌。隔天工作完成之後，我們又去跑步。這實在太好玩了，只是瑪雅在跑了一陣子之後，經常會感到徹底的絕望和痛苦。

幾天之後的晚上，我們在車道上停車時，瑪雅累到下不了車。我們坐在那裡，開著車窗，汗水從她的臉上流下來。「我過不了資格考的，艾麗。我好抱歉。」瑪雅難過地說。

我看到埃米特和史黛拉都從窗戶望出來，不過他們大概連車子是什麼都不曉得。我推測奇妙仙子對我們靠近的聲音已經有所警覺，又躲到某個東西的下面去了。

「你還好嗎？瑪雅？」艾爾溫和地問道。風逆向著吹，所以我沒有聞到他走過來的味道。我把頭伸出窗外，讓他摸摸我。

「噢，嗨，艾爾。」她從車裡站出來。「我還好，只是……在思考。」

「噢，我看到你停車。」

「是啊。」

「所以過來看看你是否需要幫忙。」

「不用，不用。我只是和狗出去跑步。」

我從前座溜下來，蹲在院子裡，毫不避諱地瞪著埃米特和史黛拉，他們厭惡地別開視線。

「好吧。」艾爾深呼吸一口氣。「你瘦了，瑪雅。」

「什麼？」瑪雅盯著他看。

艾爾驚恐地畏縮了一下。「我不是說你以前胖，我只是注意到你穿著短褲，腿看來好瘦。」

他爆發出一股悲慘，而且正往後退。「我該走了。」

「謝謝你，艾爾。你眞是貼心。」瑪雅說。

他停下後退的腳步，挺直身子站著。「在我看來，你不需要再運動了。你現在這個樣子就很完美。」

瑪雅聞言哈哈笑了，艾爾也跟著笑了起來。我搖搖尾巴，讓窗戶前的貓咪知道，我懂瑪雅和艾爾的笑話，他們不懂。

約莫一週後，瑪雅和我做了我們最喜歡的一件事——到有許多狗的公園裡玩玩具。我依據她的指令鑽進狹小的管子裡，爬上一塊容易傾斜的板子上上下下。我緩緩地爬下一個階梯，顯示我

在距離地面兩英尺高的狹窄橫樑上也可以耐心坐著，視其他的狗如無物。

今天的找人工作，是要找出一個跌跌撞撞跑進樹林時掉了幾隻舊襪子的男人。瑪雅好積極，所以我全速前進，連她開始喘氣和流汗時也沒有緩下腳步。我還沒找到那個男人，就知道他躲在樹上，因爲華利以前就用這種方式考驗過我好幾次，每次有人這麼做，人類在空氣中漂浮的氣味便會變得不同。但當我警覺地站在樹下，下方卻空無一人時，瑪雅有一點困惑不解。我坐下來，耐心地注視著樹上露齒微笑的男人，直到瑪雅恍然大悟。

那晚，媽媽家有一場盛大的派對。每個人都摸摸我，說著我的名字。

「既然已經合格了，你需要吃東西。」媽媽告訴瑪雅。

門鈴響了，對於這棟房子還眞是罕見的事，人們通常都直接走進來。我跟著媽媽到了門口，看著她打開門時心情整個飛揚起來。是艾爾來了，他送了些花給媽媽。我還記得伊森送花給漢娜的事，所以我很困惑：我以爲艾爾喜歡瑪雅，不是媽媽。但和這類事情有關的時候，我總是無法理解人類究竟在想什麼。

當艾爾走到後院擺設好的野餐桌前，全家人都安靜下來。瑪雅上前迎接艾爾，他短暫地把嘴壓在她的臉上，兩人都很緊張。然後，瑪雅說了每個人的名字，艾爾與男人們一一握手，大家繼續有說有笑。

接下來的幾天，我們搜救了兩個從家裡跑出去的小孩，又在一條馬匹專用的路上往回追尋，找到一個跌下馬背、傷了腿的女人。我還記得火焰在樹林裡甩掉伊森的情景，因此納悶人類幹嘛

費事去養馬，馬顯然很不可靠。如果養了一、兩隻狗仍然不滿意，他們大可以考慮養一頭像是賈斯柏那樣的驢子，他至少能讓外公笑得很開心。

瑪雅和我也在樹林中找到一個死掉的男人。聞到他躺在塵土中冰冷的軀體時，我很難過，因為我沒有救到人。瑪雅雖然還是誇讚我，我們之後卻都不是很有興趣玩丟棍子的遊戲。

我們到艾爾家，他為瑪雅煮了一頓雞肉晚餐，兩人哈哈笑著，然後吃了一個男孩帶來的披薩。我嗅聞著艾爾放在地板上給我的雞肉，出於禮貌吃了一些。這些雞肉的外表太硬了，嚐起來像油煙。

那晚稍後，我聽得出來瑪雅在跟艾爾談那個死掉的男人，因為同樣悲傷的心情又出現了。雅各和我也找到過幾個死人，但雅各從來不會因此感到悲傷，一如找到人並救了他們也不會真的讓他高興起來。他只是在做他的工作，不太會有各種感受。

想到雅各，我意識到他對找人那種冷淡的專注，對我克服與伊森分離的痛苦很有幫助。有太多工作要做，我沒有時間痛苦。瑪雅比較複雜，她愛我的方式讓我想念起我的男孩。雖然胸口感受到的痛楚已不是那麼尖銳，但晚上趴下來時，我常常會一陣傷感，然後在這樣的悲傷伴隨下進入夢鄉。

有一天，瑪雅和我先搭飛機，然後換直升機，直直地往南飛。我想起雅各被帶走的那一天，很慶幸自己又是隻直升機狗狗了。瑪雅搭乘直升機時既興奮又不安。坦白說，這畢竟不像搭車那麼好玩，太吵了，耳朵會痛。

我們在一個和我所到之處都不一樣的地方降落。那裡有很多狗和警察，空氣中充滿了警笛聲和煙味，四面八方的建築物倒的倒、塌的塌，有些房子的根基橫七八豎地攤在地面上。

瑪雅很震驚。我挨擠著她，焦慮地打著呵欠。一個渾身髒兮兮、戴著一頂塑膠頭盔的男人走向我們。當他的雙手伸向我時，我聞到灰塵、血和黏土的味道。他與瑪雅握手。

「我負責協調美國對這個地帶提供的支援，感謝你到這裡來。」

「我不知道情況這麼糟。」瑪雅說。

「噢，這還只是冰山一角，薩爾瓦多政府完全承受不起。超過四千人受傷、數百人死亡，還不斷發現有人受困。從一月十三日以來，已經發生六起以上的餘震，有幾起相當嚴重。進入這些地方時，你要小心爲上。」

瑪雅用皮帶繫住我，引導我在碎石的迷宮中穿梭。我們來到一棟房子前，幾個跟在我們身後的男人進入檢視，然後瑪雅有時會放開皮帶，讓我進入屋內，有時又把皮帶繫在我身上，只沿著房子外面找人。

「這棟不安全，艾麗。我得用皮帶牽著你，以免你跑進去。」瑪雅告訴我。

其中有個男人叫作維弗，聞起來有山羊的味道，讓我想起和伊森與外公的鎮上之行。難得在工作時會想起伊森。找人時我必須把所有的思念放在一邊，專注在工作上。

在接下的幾個小時，瑪雅和我找到四個人，但他們全都死了。找到第二個死人之後，我對找人的興奮變成了苦悶。找到第四個死人——一個躺在磚頭堆下的年輕女子時，我幾乎沒有警示

瑪雅。她察覺到我的心情，於是試著安撫我，摸摸我，並對我揮舞著塑膠骨頭，但我就是不感興趣。

「維弗，你能幫我一個忙，去某個地方躲起來好嗎？」她問。我疲倦地趴在她的腳邊。

「躲起來？」他不確定地問。

「她需要找到一個還活著的人。你能不能去躲起來？像是躲到那棟我們剛剛才搜索過的屋子裡。當她找到你時，你要表現得很興奮。」

「嗯，好，沒問題。」

我冷淡地注意到維弗離開。「好吧，艾麗，準備好了嗎？準備好要找人了嗎？」

我疲倦地站起來。「走吧，艾麗！」瑪雅說。她的興奮假假的，不過我還是小跑到我們剛剛已經找過的屋子。「找人！」瑪雅下令。

進入屋內，我困惑地停下腳步。雖然我們已經進來過，我卻覺得維弗的氣味不知爲何變得更強了。我好奇地躡手躡腳地走到屋後。沒錯！角落裡有一堆毯子，那裡散發出維弗充滿了汗水、熱度和山羊的濃烈氣味。我跑回去找瑪雅。「帶路！」她敦促道。

她跟在我的後面跑，而當她拉開毯子時，維弗哈哈笑著跳出來。

「你找到我了！乖狗狗，艾麗！」他大叫，和我一起在毯子上打滾。我跳到他身上，舔他的臉，我們玩了一會兒橡膠骨頭。

瑪雅和我工作了一整晚，找到了更多人，包括維弗在內。他越來越會躲，但我曾和華利一起

工作，所以沒有人唬得了我多久。除了維弗以外，瑪雅和我找到的都是死人。

當我們來到一棟仍冒著刺鼻濃煙的建築物時，旭日已經準備東升。我又被繫上皮帶，倒塌的水泥建築物冒出濃烈的化學氣味，刺激得我淚眼汪汪。

我在一塊扁平的牆下找到一個被壓死的男人，警示了瑪雅。

「我們知道，」有人告訴瑪雅，「可是還沒辦法把他拉出來。那些桶子裡不曉得裝了什麼，但一定有毒。我們需要找清理小組過來。」

有幾個金屬桶不斷滲漏出液體，讓我的鼻子裡充滿了燒灼的氣味。我凝神屏除那些味道，試著找人。

「好吧，乖狗狗，我們去別的地方，艾麗。」

那裡！我又聞到一個人，心頭一凜，身子一僵。那是個女人，氣味很淡，躲在滯塞於空氣中的化學氣味之後。

「沒關係，艾麗，我們要離開這裡了。來吧。」瑪雅說，溫和地拉了拉皮帶。「走吧，艾麗。」

我再度提高警覺，而且感到焦慮。我們不能離開。

這個人還活著！

23

「已經看到受害者了，艾麗。我們要讓他留在這裡。走吧。」瑪雅說。

我了解她想離開，納悶她是否以為我警示她的是那個死人。

「她需要再找我一次嗎？」維弗說。

我仰望瑪雅，希望她懂。

瑪雅環顧四周。「這裡？所有的東西都倒塌了，太危險。不過我跟你說，讓她追你一下對她來說會有點樂趣。你上街站遠一點，然後叫她，我會放開她的皮帶。」

維弗小跑離開時，我沒去留意。我全神貫注在那個藏在碎石之下的人。雖然化學物的刺激氣味就像臭鼬噴出的氣體一樣，緊抓著我的鼻子不放，但我聞得到恐懼。瑪雅解開我的皮帶。「艾麗？維弗在做什麼？他去哪裡了？」

「嘿！艾麗！看我！」維弗喊叫著，開始緩緩跑上街道。我的視線追逐著他，一時很想追上去和他玩，可是我有工作要做。我轉回到倒塌的建築物。

「艾麗！不可以！」瑪雅呼喊著。

若是雅各說「不可以」，我會完全停下腳步。但瑪雅不是用雅各那種嚴厲的聲調對我下指令。我魯莽地衝進死人身旁狹小的空間，往前探尋。雙腳踩到濕濕的濺灑物，開始感到刺痛。化學氣味好濃，蓋住其他的味道。我想起了和伊森玩的拯救遊戲，想起自己是怎麼在水中單憑他淡淡的氣味，在水底深處找到他。

我一邊咳嗽，一邊往前鑽，臉上接觸到比較涼爽的空氣。我蠕動著進入一個洞裡，掉到一個狹小的通風井內。一股上升氣流讓較為乾淨的空氣進入這個區域，但我因為口鼻部位被灼熱濕濕的酸性物質濺到，鼻孔像是著火一般。

過了一會兒，我看到一名女子蜷縮在通風井的角落，用一塊布蓋住自己的臉。看到我，她雙眼大睜。

我無法回到瑪雅身邊帶她過來，只好用叫的。

「艾麗！」瑪雅邊咳邊呼喚著我。

「後退，瑪雅。」維弗警告。

我繼續吠叫。「艾麗！」瑪雅再度高喊，聲音聽來近了些。這次，女子也聽到了瑪雅的聲音，開始發出尖叫，恐懼從她身上潑灑而出。

「這裡有人，有人還活著！」瑪雅大喊。

我耐著性子坐在女子身邊。當一個戴著頭盔和面具的男人用手電筒探進通風井，對我們揮舞

著光線時，我感覺她的恐懼轉變成了希望。我流著眼淚和鼻水，整張臉仍因爲我濺到自己身上的鬼東西而刺痛著。很快地，挖掘和敲擊的聲音在這個空間內迴響著，然後有一小塊日光由上投射到通風井，一個男人靠著繩索降下來。

當消防隊員把女子綁起來並高舉上天時，她驚恐萬分，顯然沒有練習過怎麼用繩索上去。但我經歷過這種演習好幾次，因此輪到我時，我毫不遲疑地踏進繩圈。當他們把我拉出在牆上新挖的洞時，瑪雅正在上頭等候。她原本鬆了口氣，看到我卻又警覺心大作。

「噢，天哪，艾麗，你的鼻子！」

我們朝著一輛消防車跑去，瑪雅叫一位消防隊員給我洗澡，令我討厭極了。不過，唔，那其實比較像是淋浴。冷水流下我的臉，緩解了鼻子上的燒灼感。

瑪雅那天和我又搭了一次直升機，接著改搭飛機，然後去找在涼爽房間裡的獸醫。他仔細地檢查過我的鼻子，在上面抹了些聞起來糟糕透頂、感覺卻很美好的乳霜。

「沾到什麼了？某種酸性物質嗎？」獸醫問瑪雅。

「我不知道。她不會有事吧？」我感受到瑪雅的愛和關心，於是在她撫摸我的脖子時，閉上雙眼。我希望有什麼方式可以告訴她，我沒有那麼痛。

「觀察有沒有感染的跡象，不過我認爲她沒有理由恢復不了。」他告訴瑪雅。

接下來的兩週左右，瑪雅都會溫和地在我的鼻子上塗抹乳膏。埃米特和史黛拉似乎覺得有趣，所以坐在角落觀看。但奇妙仙子愛死了。她從躲藏的地方走出來，嗅聞乳膏的味道，然後用

她的頭對著我的頭摩擦，一邊發出咕嚕咕嚕的聲音。我趴下來的時候，奇妙仙子會坐下來聞我，上上下下晃動她的迷你小鼻子，甚至開始挨著我，蜷曲著身子睡覺。

眞是快要超過我的容忍限度。

能離開那些貓出去工作，讓我鬆了一口氣。當瑪雅和我到了公園，我跳著跑向華利和貝琳達。見到我，他們也很高興的樣子。

「我聽說你成了英雄，艾麗！乖狗狗！」

我搖搖尾巴，很高興能當隻乖狗狗。接著，華利跑開，貝琳達和瑪雅在一張野餐桌前坐下。

「你和華利怎麼樣？」瑪雅說。我不耐地坐著。現在去追華利，立刻就能找到他啦！

「國慶日時，他要帶我去見他爸媽，所以……」貝琳達回答。

「眞好。」

這些對話令我嘆息。人類能做那麼多神奇的事，卻常常只是坐著說話，不去做事。「趴下，艾麗。」瑪雅說。我遲疑地趴下，明確地看著華利離開的方向。

在過了像是幾世紀那麼久之後，瑪雅和我終於可以去找人。我開心地出發，不用減速，因爲瑪雅已經跟得上我。

華利掩飾了自己的氣味，而且做得很出色。我仰著鼻子，尋找他的蹤影。今天空氣中沒有多少氣味令我分神，但我找不到華利。我走來走去，回到瑪雅身邊尋求指令。她小心地在這個區域尋找，當我聞不到華利的氣味時，她帶我到一個新的地方，讓我在那裡試試看。

「怎麼了？女孩？你還好嗎？艾麗？」

奇怪的是，風雖然是從華利的身後吹過來，我卻是先聽到他的聲音，才聞到他的味道。他筆直地走向我們。我迅速往前移動，直到我的鼻子告訴我，那個人是他沒錯，然後才回到瑪雅身邊，不過她已經開始和華利說話，聲音則是激動的呼喊。

「今天很不順！」她說。

「我想也是。我從來沒看過她失敗。嘿，艾麗，你還好嗎？」華利對我說。我們玩了丟棍子遊戲一會兒。

「我跟你說，瑪雅，你把她的注意力從我身上轉移開來。我過去那邊的山脊，然後從原路走回來一點點。給我十分鐘左右。」華利說。

「你確定嗎？」

「她已經兩週沒有工作。我們給她一次簡單的任務。」

即使瑪雅給我塑膠骨頭，並試著從我嘴裡搶走，我還是知道華利離開了。我聽到他的聲音，知道他又去躲起來，因此覺得很開心。瑪雅終於喊道：「找人！」我很積極地出發，朝向我聽到他離開的方向前進。

我跑上一座小山坡，然後停下腳步，不是很有把握。我不知道他是怎麼做的，他沒有讓氣味散發到空氣中。我跑回去找瑪雅，請她給我指令，她讓我往右邊去。我來回曲折前行，持續尋找。

找不到華利。

她下令要我往左，可是我依然找不到華利的蹤跡。這次，她讓我回到左邊，和我一起走，帶我在山坡底下繞圈子。我幾乎是碰撞到華利才發現他。他移動了，我立刻警示瑪雅，不過因爲她就站在附近，所以我沒必要往回跑。

「情況不妙，是嗎？」瑪雅問。「獸醫說她應該已經完全復原了才對。」

「唔……我們再等一週，看她會不會好些。」華利說。他爲了某個原因心情低落，所以我用鼻子推了推他的手。

瑪雅和我在接下來的兩週沒有做多少工作，但去工作的時候，華利再度成功掩飾他的氣味，讓我上當，只有當他站在我的面前時，我才聞得到他。

「艾麗失去資格是什麼意思？這代表你會失去你的工作嗎？」艾爾有一晚問道。我不是很愛人類的腳，不過我容許艾爾脫掉鞋子，用他的腳趾揉揉我的肚子，它們不像平常聞起來那麼糟。

「不會，我會被派去執行別的任務。我過去幾週都在坐辦公桌，可是我不是很適合做這種工作。我大概會申請回去巡邏。」瑪雅回答。

艾爾偷偷掉了一塊肉到我面前的地毯上。這是晚餐的時候我爲何喜歡趴在他腳邊的主要原因。我靜靜地舔起那塊肉，史黛拉從沙發上用討厭的眼神看我。

「想到你要去巡邏，我不是很喜歡。那很危險。」

「艾爾伯特。」瑪雅嘆息著說。

「艾麗怎麼辦？」

聽到我的名字，我抬起頭來，但艾爾沒有再拿肉給我。

「我不知道。她不能再工作了。嗅覺損傷太嚴重。她會退役，和我一起住。對吧，艾麗？」

我搖搖尾巴，很喜歡她說到我的名字時那麼充滿感情。

晚餐過後，我們搭車去海邊。夕陽正緩緩落下，瑪雅和艾爾在兩棵樹之間鋪了一床毯子，一邊隨著浪潮湧來，一邊交談。

「眞美。」瑪雅說。

我猜他們大概想要玩丟棍棒、球還是別的什麼，但他們用皮帶扣住我，我不能離開找那些東西過來。什麼都不做，眞是掃興。

突然，艾爾恐懼起來，吸引了我的注意。他的心開始劇烈跳動，連我都聽得到聲音。當他把雙手在褲子上一遍又一遍地擦拭時，我也感受到他的緊張。

「瑪雅，你搬來這裡時……這麼多個月以來，我一直想和你說話。你好美。」

瑪雅哈哈笑著。「噢，艾爾，我才不美。少來了。」

下方，在瀕臨海水之處，有些男孩在我們面前跑著，互擲一個淺碟。我警覺地注視著，想到伊森和那個愚蠢的翻板。我納悶伊森是否去過海邊？如果有的話，會不會帶那個翻板，對著海浪丟出去？我希望翻板沉入海裡，永遠找不回來。

伊森。我還記得他做什麼事都會帶我同行，除了上學以外。我愛我從工作上得到的那種很有

目標的感覺，但有些日子，好比今天，我會想到伊森。曾是隻蠢狗的歲月，反而讓我最爲懷念。

艾爾仍然很害怕，所以我好奇地瞥向他，因爲他持續散發出的驚慌而收回對海邊男孩的注視。**有什麼危險嗎**？我看不出來。公園這裡就只有我們兩人一狗。

「你是世界上最美的女人。」他說：「我……我愛你，瑪雅。」

瑪雅也開始害怕。**發生什麼事了**？我坐起來。

「我也愛你，艾爾。」

「我知道我不是有錢人，我知道我不帥……」艾爾說。

「噢，天哪。」瑪雅吸了一口氣。她的心也跟著跳得很快。

「可是如果你容許的話，我會愛你一輩子。」艾爾在毯子上轉身，起身用雙膝跪著。

「噢，天哪。噢，天哪。」瑪雅說。

「你願意嫁給我嗎？瑪雅？」艾爾問道。

24

有一天，瑪雅和媽媽、兄弟姊妹，以及其他的家庭成員，全體來到一棟大建築物內，安靜地坐下。我展示給大家看我新學會的把戲，就是在兩排木頭板凳中間狹窄的走道上，用很慢很慢的速度走，然後登上幾階鋪了地毯的樓梯，耐心地站著等艾爾從我背著的小包包裡拿出東西。當瑪雅和艾爾對話時，每個人都坐著讚賞我。瑪雅穿著一件大而鬆軟的服裝，所以我知道我們之後一定不會去公園玩，不過沒關係，因爲每個人似乎都對我的表現優異而高興。媽媽甚至喜極而泣！

之後，我們去媽媽家，小孩們跑來跑去，餵我吃蛋糕。

幾個月後，我們搬進一棟後院更棒的新房子。那裡也有個車庫，但謝天謝地，沒有人暗示我該去睡那裡。艾爾和瑪雅睡在一起，他們不介意我跳上去一起睡，可是床上空間太小，我睡不安穩，而且那些貓也不斷爬上床去，所以我終於學會趴在瑪雅旁邊的地板上，這樣半夜她如果醒來要去哪裡的話，我就可以站起來跟著她走。

慢慢地，我了解我們不會再去工作了。我只能認定我們已經找到所有需要被找到的人，華利

和貝琳達對這整個程序也已失去興趣。但瑪雅仍會去跑步，艾爾有時也會加入我們，只是他總跟不太上。

所以，當瑪雅興奮地用卡車載我時，我很驚訝。感覺上，我們又要去工作了，差別在於瑪雅的心情並不相同，事態沒有那麼緊急。

她帶我到一棟大建築物裡，告訴我那是一間「學校」。這讓我很困惑，畢竟我以為學校代表某件讓伊森會離開的事情，不是一個地方；那是男孩不在身邊的狀態。我待在瑪雅身邊，一起進入一間吵鬧的大房間，裡面滿滿都是小孩，各個都在興奮歡笑。我坐在瑪雅身邊，看著盡力坐好不要亂動的孩子們，想起了伊森和雀兒喜，還有社區中的小孩，每一個都是那麼精力旺盛。

一道強光射入眼中。一個女人在說話，所有的女孩和男孩都鼓起掌來，嚇了我一跳。我搖搖尾巴，感覺到一股喜悅從孩子們的身上如浪潮般集體湧出。

瑪雅帶我走向前，當她說話時，聲音很大聲，而且似乎不只是從我旁邊的位置發聲，好像也同時從房間的後面傳來。

「這是艾麗，她是隻退役的搜救犬。作為我們外展計畫的一部分，我過來和你們談談艾麗是如何幫忙尋找走失的小孩，還有你們如果哪天迷路了，該怎麼辦才好。」瑪雅說。我打呵欠，納悶這究竟是在幹嘛？

站著閒閒無事大約半小時後，瑪雅引導我下台，小孩排起隊來，一次一小組的人過來摸摸我。有些人用毫不羞赧的感情擁抱我，有些人保持距離、有一點害怕。我搖搖尾巴想讓他們安

心。一個女孩伸出一隻膽怯的手，我舔了它，她立刻尖叫著把手抽回，但不再感到恐懼。

雖然瑪雅和我不工作了，我們倒是常去學校。有時候小孩們的年紀很小；有時候沒有小孩，而是老得像外公外婆那樣的人；還有的時候，瑪雅和我會去充滿了化學氣味、痛苦、哀傷和生病臥床的人的地方，我們會和這些人待在一起，直到一些悲傷淡去。

我都知道什麼時候要去學校，因爲那天早上瑪雅會花額外的時間裝扮自己。我們不去學校的日子，她換衣服的動作很快，有時候甚至是用跑的出門，艾爾會低聲輕笑。然後艾爾也會出門，留我和那些蠢貓一起困在家中。

雖然我的鼻子已經不必擦藥膏了，奇妙仙子仍然堅持待在我的附近，還會趁我小睡的時候蜷縮著身子挨在旁邊。我很慶幸艾爾不在場，不會看到這個景象。艾爾對我懷抱著很多的感情，但對貓就沒那麼愛。奇妙仙子會躲著艾爾，史黛拉只有艾爾拿著食物時才會靠近他，至於埃米特就偶爾會趾高氣昂地走向艾爾，高傲地摩擦著他，好像把一些貓毛黏到他的褲子上是對他施了什麼恩惠。

去了學校幾年之後，瑪雅打破了這個模式。我們在一個叫作「教室」的地方，那裡比我曾去過的同類型房間要小，而且充滿了年紀似乎都一樣的小孩。這些孩子很小，坐在地板的毯子上，令我有一點羨慕。在家時，我大多數的時間都在睡覺，而且好像失去了以前的體力，所以如果小孩要我和他們一起趴在地毯上，我會很樂意地照做。

瑪雅叫一個小孩上前，孩子害羞地靠近。她的名字是愛莉莎，她給了我一個擁抱。當我舔她

的臉時，孩子們都笑了。可是，瑪雅和我以前從來不曾讓小孩單獨上前，所以我不確定這是在做什麼。

坐在大桌子後面的女人——也就是「老師」說：「愛莉莎從來沒有見過艾麗，可是如果不是艾麗，愛莉莎永遠也不會誕生。」

很快地，所有的小孩都在摸我，終於比較像是典型的學校了。有時候，小孩會有一點粗手粗腳，在這所學校裡，有個男孩就用力拉了我的耳朵，但我沒有抗議。

學校結束時，小孩們跑向門口，只有那個叫作愛莉莎的女孩留了下來，還有老師。瑪雅似乎為了某件事興奮莫名，所以我也期待地等候著。一個男人和一個女人進入教室，愛莉莎朝他們跑了過去。

那個男人是雅各。

我跳向他。他彎下腰，搔搔我的耳後。「你好嗎？艾麗？你看你變得多麼灰白啊。」

那個女人抱起愛莉莎。「爸爸以前和艾麗一起工作過，你知道嗎？」

「知道。」愛莉莎說。

瑪雅擁抱雅各和那個女人，女人放下愛莉莎，好讓她能再多摸摸我。

我坐下來看著雅各。他和我最後一次看到他時大不相同，冷漠似乎全不見了。我意識到愛莉莎是他的小孩，女人是女孩的母親。雅各成家了，他很快樂。

這就是不同之處。在我認識他的所有時光中，雅各從來沒有一次是快樂的。

「我好高興你到這個社區做外展計畫。」雅各告訴瑪雅：「艾麗這樣的狗需要工作。」

我聽到自己的名字，還有「工作」這個詞彙，但室內沒有必須緊急去找人的感覺。雅各總是會談到工作，他就是這樣。

能見到雅各，感受到他看著家人時湧出的愛，眞是太愉快了。我放鬆地趴在地板上，快樂到我想自己可能會睡著。

「我們得帶你回家了。」女人對愛莉莎說。

「艾麗可以來我們家嗎？」愛莉莎問。每個人都笑了。

「艾麗。」雅各說。我坐起來。他再度彎下腰，用雙手捧著我的臉。「你眞是隻乖狗狗，艾麗。乖狗狗。」

他粗糙的手碰觸著我的毛髮的感覺，讓我想起自己還是隻幼犬，第一次學習工作的情況。我搖搖尾巴，滿心都是對這個男人的愛。不過，我和瑪雅在一起無疑是很幸福的，所以當我們在走廊上分道揚鑣時，我毫不遲疑地跟著瑪雅走，我的指甲在地上發出喀噠聲。

「乖狗狗，艾麗。」瑪雅喃喃說道：「見到雅各是不是很有趣？」

「拜！艾麗！」小愛莉莎高喊，她小小的聲音在安靜的走廊上迴響著。瑪雅停下來，轉過身，所以我也這麼做，而我看到雅各的最後一眼，是他抱起女兒，對我露齒一笑。

那一年，埃米特和史黛拉死了。瑪雅非常傷心地哭了，艾爾也有一點難過。屋子裡少了他們似乎變得空盪盪的，奇妙仙子現在成爲唯一的一隻貓，因此需要我不斷地給予安撫。一天中有好

幾次，我從小睡中醒來時會發現她挨擠著我，或甚至更尷尬地站著凝視我。我不了解她對我的依附，也知道我的生命意義不在於當一隻貓的替代母親，但我不怎麼介意，甚至容許她偶爾舔我的臉，因爲這似乎能讓她快樂。

最好的日子是罕見的下雨天，各種氣味似乎都從地面升起，像我還是幼犬時那樣。我通常可以察覺到變厚的雲層代表了濕氣，也記得很久以前住在農場時，下雨的日子比現在要多。

我發現自己更頻繁地想到農場。我想到農場，也想到伊森。雖然我和阿飛還有小妹在一起的歲月，還有在院子裡與可可共度的日子，都褪色成遙遠的記憶，不過有時我會猛然驚醒，抬起頭，以爲自己剛剛聽到了伊森的車門砰地關上的聲音，感覺他很快會走進來，呼喚著我的名字。

有一天，天似乎就要下雨時，瑪雅和我在學校，到了一個小孩們都坐在椅子上而非地毯上的班級。天空突然劃過一道閃電，所有的小孩歡笑著跳起來，轉身去看一大片暴風雨雲遮蔽得整個天際都暗了下來，接著便用轟然作響的雨水重擊校舍。我深呼吸一口氣，希望他們會開窗，讓香氣進來。

「同學們安靜。」老師說。

教室的門突然打開，一男一女進來，兩人都濕答答的。「我們找不到傑佛瑞·希克斯。」男人說。我從他的聲音中察覺到他的緊張，於是警覺地看著他們兩個。這兩人身上散發出的驚慌很熟悉，那是我在工作時多次感覺到的情緒。「他是一年級生。」男人告訴瑪雅。

小孩子鼓譟了起來。「安靜！」老師厲聲說道。

「大家在玩躲迷藏，然後下雨了。」女人說：「沒頭沒腦地下起暴風雨，前一分鐘還很晴朗，下一分鐘卻……」她用雙手覆蓋住突然充滿淚水的眼睛。「我叫每個人進來，卻沒有看到傑佛瑞。那時輪到他當鬼。」

「那隻狗能不能……」男人問道。

瑪雅看著我，我挺直身子坐起來。「你們最好打電話報警。」她說：「艾麗已經七、八年沒有做過搜救工作了。」

「雨水不會沖刷掉氣味嗎？外頭的雨眞的下得好大。」女人說。「我很擔心另一隻狗來的時候——」

瑪雅咬著下唇。「我們當然會幫忙找人，不過你們還是要報警。你們認為他可能會去哪裡？」

「遊戲場後面有些樹林，那裡有一道籬笆，但小孩抬得起來。」男人說。

「這是他的背包。幫得上忙嗎？」女人問，拿出一個帆布包。

當我們沿著走廊跑的時候，我感受到瑪雅緊張的興奮感。然而，在一扇門前停下腳步時，她卻湧起一股挫敗感。「看看這個雨勢！」她嘟囔著說。「沒問題嗎？艾麗？」她低下身子，臉正對著我。「艾麗，你準備好了嗎？女孩？吶，聞聞這個。」

我對帆布包深吸了一口氣，聞到花生醬、巧克力、蠟筆和一個人的味道。「傑佛瑞，傑佛瑞。」瑪雅說：「好了嗎？」她打開門，雨水打進走廊。「找人！」

我跳到雨中。面前是一道寬廣、潮濕、鋪了石板的地面，我在上面來回走動，指甲發出喀噠喀噠的聲響。雨水削弱了氣味，但我仍隱約聞到許多小孩的味道。瑪雅從校舍跑出來。「這裡，艾麗。在這裡找！」

我們沿路追蹤到籬笆邊，可是一無所獲。在濕濕的地面上撲哧撲哧地走著時，瑪雅既沮喪又害怕。我們發現籬笆有一部分是往內彎的，但我找不到可以警示瑪雅的東西。「好吧，如果他在這裡，你會聞到他的，女孩，對吧？傑佛瑞！」她高喊。「傑佛瑞，出來，沒關係的！」

我們挨著籬笆從院子的另一邊走回校舍。一輛警車停下，車頂的燈閃呀閃的。瑪雅慢跑過去和駕駛說話。

我繼續尋找傑佛瑞。雖然聞不到多少氣味，我知道自己只要專心——像我受過的訓練那樣——只要全神貫注，就能把傑佛瑞的氣味與其他味道區分開來。只要我不放棄……

找到了。我找到了什麼，頭左右搖擺著。籬笆有一個小縫，兩根柱子之間的距離很小，成人鑽不過去，但我聞到傑佛瑞的味道，他擠過去了。他離開了遊戲場。

我跑回去找瑪雅，警示她。她正在和警察說話，起先沒有注意到，接著驚訝地轉向我。「艾麗？帶路！」

我們在雨中跑回到那兩根柱子。瑪雅往小縫裡瞧。「來吧！」她大喊，沿著籬笆朝校舍前方跑。「他離開校地了！他在籬笆外頭！」她對那位警察叫喊。他跟在我們後面跑。

在籬笆的另外一邊，我從兩根柱子之間聞到傑佛瑞的氣味，然後繼續追蹤他的方向。沒錯，

他是從這裡走的！

氣味驟然消失。從他走的路線才兩步的距離，我就失去他的氣味，可是前一秒他的氣味明明還那麼強烈！

「怎麼了？」警察問。

「他可能上車了。」瑪雅說。警察發出呻吟。

我垂下鼻子，又聞到了。我往反方向走，味道再度變強。在街上，水在路緣成為一股穩定的水流，汩汩地流入雨水道。我把鼻頭塞進水溝裡，忽略沖刷的雨水帶進水道中的氣味，專注在我的鼻子上。只要我想要，我可以蠕動身子擠進縫隙裡，進入嘈雜潮濕的水溝中，不過沒有這個必要。我現在聞到傑佛瑞了，他就在我面前，雖然我在黑暗中看不到他。

我抬起頭看著瑪雅。

「天啊，他在裡面。他在下水道裡！」瑪雅大喊。

警察打開手電筒，對著雨水道照。同一時間，我們全都看到小男孩那張驚恐萬狀而蒼白的臉。

25

「傑佛瑞！沒事的，我們要帶你出來了！」瑪雅對著他喊。她不理會水流，直接跪在街上，伸長了身子要拉男孩。水把男孩推離小小的開口，他抓著對面的牆，散發出的恐懼強烈到會刺我的眼。傑佛瑞的正後方有一個發出轟隆聲響、吸收雨水進去的黑色通道。瑪雅一邊咕噥著，一邊盡可能往前，但她碰不到男孩。

「他怎麼會進去裡面的？」警察大喊著說。

「硬擠的。他一定是下雨之前就擠進去了。天啊，雨下得好大！」瑪雅的聲音充滿了沮喪。

傑佛瑞的頭上有一塊圓形的鐵板，卡在水泥之中。警察用手指撬它，一面唸唸有詞。「我需要找根拆輪胎的鐵撬來！」他怒吼著說。他把手電筒交給瑪雅，跑著離開，雙腳在水中撲哧撲哧地前進。

傑佛瑞冷得發抖，望著瑪雅的探照光的雙眼顯得陰暗。他把他單薄的黃色雨衣帽拉起來蓋在頭上，在寒冷中給自己一丁點的保護。「撐著，好嗎？傑佛瑞？你要撐住。我們會把你救出來

的，好嗎？」

傑佛瑞沒有回應。

巡邏車的警笛聲越來越近，不到一分鐘就匆匆在角落轉彎，在我們旁邊停下時略微打滑。那位警察跳下車，跑向他的後車廂。

「火警救援隊上路了！」他叫喊道。

「來不及！」瑪雅喊回去。「他要掉到水裡去了！」

警察繞過後車廂，拿著一塊彎彎的鐵過來。「傑佛瑞，撐住。不要放手！」瑪雅大喊。警察對著圓形的鐵板使用他的工具。瑪雅跳起來看，我和她一起行動，正好看到鐵板被撬開來時，泥巴濺灑到傑佛瑞的臉上。他抬起一隻手擦拭泥巴，就在那時一個沒抓緊，人掉落水中！有那麼短暫的一秒，他抬起頭看著我們，接著就被沖入通道裡。

「傑佛瑞！」瑪雅尖叫。

我仍然在找人的狀態下，所以毫不遲疑地一頭撲進去追他。碰到水的那一剎那，水的原力立即把我帶入通道，我循著水流的方向游泳。

通道裡很暗，我在水流中載浮載沉，頭不斷撞擊到上方的水泥。我不予理會，專注在傑佛瑞的身上，他在我前方的黑暗中，無聲地掙扎著求生。他的氣味很模糊，可是明確地存在著，在致命的水中忽而消失、忽而出現。

下面的地板毫無預警地陷落，我在伸手不見五指的黑暗中翻滾反彈。狹小的管道連結到一

個大得多的通道，那裡的水更深，聲音更吵。我瞄準傑佛瑞的氣味，強而有力地游泳。我看不到他，但他只在我前面數碼。

在他落水前一秒，我就知道會發生什麼事。伊森對我玩了多少次這種危險遊戲啊？他總是等我靠近，然後才掉進池塘。我總是知道在黑暗的深水中要去哪裡找伊森，所以現在我也很清楚傑佛瑞就在前面翻滾著。我往下潛，使勁地游，張開嘴。水流的衝擊讓我什麼東西都看不到。但接著，我咬到他的雨衣帽子。我們一起衝出水面。

除了被水往前推，我們沒有別的方向可走。我專注地保持傑佛瑞的頭在水面上，拉著他的雨衣帽子。他還活著，不過停止踢水了。

上方一些微弱的光線在水泥牆上閃爍，我們所處的通道方方正正，有六英尺寬，沒有出口。我到底要怎麼救傑佛瑞呢？

光線越來越強，耳裡充滿了嘈雜的喧囂聲，不斷朝著我們迴響。水流似乎正往上升。我叼著傑佛瑞的帽子不放，察覺到有事將要發生。

我們衝入日光之下，從一個水泥斜槽裡往下翻滾，濺起水花，落入快速奔流的河水中。我承受著浪潮的衝擊，掙扎著保持我和傑佛瑞在翻騰的水面上。河岸兩旁都是水泥，但當我把傑佛瑞推向最靠近的水泥牆時，水流攻擊我，意圖把我們吸回去。我精疲力竭，上下顎和脖子都因爲出力而痠痛，卻還是拖著傑佛瑞，使盡全力往河岸游去。

閃光射入我的眼中，我看到下游有個穿著雨衣的男人正朝著河岸跑。河水將我們沖刷而下，

我們會流經他們的身邊，然後傑佛瑞就安全了。

兩個男人跳入水中。他們用繩子綁在一起，繩子一路延伸向其他男人，每個人都繃緊了全身肌肉。下水的男人彎腰站著，伸長了手臂要抓我們，我全力朝他們的手臂游去。

「抓住你們了！」當傑佛瑞和我重重撞上他們時，一個男人大喊。他抓住我的項圈，另一個男人把傑佛瑞抱出水中。繩子拉緊了，我們全都在水中吃力地扭動身子，走到安全地方。

我一上岸，男人就放開我，跪在傑佛瑞旁邊。他們擠壓著他小小的身體，他噴吐出褐色的水，邊咳嗽邊哭泣。我蹣跚地走去傑佛瑞身邊，他的懼怕連同我的恐懼一起奔流而去。他不會有事了。

那些男人撕開傑佛瑞的衣服，用毯子包住他。「你不會有事的，男孩。你會好好的。這是你的狗嗎？她救了你的命。」傑佛瑞沒有回答，但有一剎那望進我的雙眼。

「我們走！」其中一個男人大喊。他們跑著帶傑佛瑞上坡，進入一輛卡車，它發出嗚嗚的警笛聲駛離。

我趴在泥巴中，四肢猛烈抖動。一陣尖銳的刺痛切割著我的身軀，我也吐了。我是那麼地虛弱，視線都變得模糊不清。冷雨傾洩在身上，我趴在那裡無力動彈。

一輛警車停下來，關掉警笛。我聽到車門打開的聲音。「艾麗！」瑪雅的尖叫聲從馬路傳來。我抬起頭，累到沒有搖尾巴的力氣。她一邊狂亂地跑下河岸，一邊拭去她的淚水。她全身濕透，但把我抱向她的胸懷時，我卻能感受到她的溫暖和愛。「你是隻乖狗狗，艾麗。你救了傑佛

瑞。你眞是隻乖狗狗。噢，天啊，我以為我失去你了，艾麗。」

那晚，我待在獸醫那裡，接下來的幾天渾身僵硬，幾乎無法移動。然後瑪雅和我又去學校，只是這次都是和她年紀差不多的成人。我們坐下來，燈光照著我們的眼睛，一個男人用很大的聲音說話，走上前來把一個愚蠢的項圈放在我的脖子上，更刺眼的光線像是無聲的閃電般閃爍，在我們的周圍此起彼落，和我與老媽在伊森傷了腿的火災之後如出一轍。那個男人也在瑪雅的制服上別了某個東西，所有的人開始鼓掌。我感受到瑪雅散發出的自豪和愛，而當她對我輕聲細語，說我是隻乖狗狗時，我也無比地自豪。

不久之後，一股新的情緒席捲家中。瑪雅和艾爾既興奮又緊張，花了很多時間坐在桌前對話。

「如果是男孩，為何不能叫艾爾伯特？」艾爾問道：「這是個好名字。」

「是個很棒的名字，寶貝，可是我們該怎麼叫他？你是我的艾爾伯特，我的艾爾。」

「我們可以叫他伯特。」

「噢，寶貝。」

「唔，那麼我們要叫他什麼？你家有那麼多人，什麼名字都有人用。我們總不能叫他卡洛斯、迪亞哥、法蘭西斯哥、理查多——」

「安琪兒如何？」

「安琪兒？你要把我的兒子取名為安琪兒？我想，替小孩命名的工作，或許不該交給一個會

把貓取名為奇妙仙子的女人。」

那隻貓正睡在我旁邊，聽到她的名字連抬個頭都懶。貓就是這樣。除非他們要理你，否則你無法吸引他們的注意。

瑪雅哈哈笑著。「查爾斯如何？」

「查理？不要，我的第一個老闆就叫查理。」艾爾反對。

「安東尼？」

「你不是有個堂弟叫安東尼？」

「他的名字是安東尼奧。」瑪雅糾正他。

「唔，我不喜歡他。他的八字鬍看來好呆。」

瑪雅聞言咯咯笑個不停。我發現他們如此歡鬧，於是也跟著用尾巴拍拍地板。「喬治？」

「不要。」

「勞爾？」

「不要。」

「傑瑞米？」

「當然不要。」

「伊森？」

我跳起來，艾爾和瑪雅驚訝地看著我。「我想艾麗喜歡這個名字。」艾爾說。

我不確定地歪著頭看他們。奇妙仙子脾氣乖戾地看了我一眼。我小跑到門口，高抬著鼻子。

「怎麼了？艾麗？」瑪雅問道。

沒有男孩的蹤影，我不確定我是不是聽錯了。外面有一些小孩騎著腳踏車經過，可是沒有一個是伊森。我在想什麼？以爲伊森會像雅各那樣又突然出現在我的生命中？我本能地知道這樣的事情永遠不會發生在狗的身上。然而，瑪雅確實說了男孩的名字，不是嗎？爲什麼她會這麼說呢？

我走向瑪雅，尋求確認，然後嘆了口氣、趴下來。奇妙仙子碎步走來，挨擠著我，我別開視線，不想看到艾爾會意的眼神，自覺有一點尷尬。

沒有多久，屋內出現一個新的人：小蓋比瑞拉。她聞起來有酸牛奶的味道，而且比貓還不中用的樣子。瑪雅第一次帶那個孩子回家時，曾小心地抱著蓋比瑞拉給我聞，不過我對她的印象並不怎麼樣。從那刻起，瑪雅晚上常常起來，我會跟著她一起走，等她把蓋比瑞拉抱在胸前，就在她的腳邊趴下。瑪雅在那些時刻流洩出的無條件的愛，總是輕推著我進入深沉平穩的睡眠之中。

骨頭開始出現熟悉的疼痛。當我還是貝利，多數時間在幫外公處理雜務時，也曾有過同樣的痛感。我的視線和聽覺變得黯淡不清，不過這也一樣不陌生。

我納悶瑪雅是否知道，我不能與他們同在的日子很快就會來臨。唯一合理的解釋是**我要死了**，就像埃米特和史黛拉一樣的死法，畢竟這也不是第一次了。在我還是托比的時候，在我還是貝利的時候，同樣的事情都發生過。

我趴在一小塊陽光下，沉思著死亡，意識到自己此生都是隻乖狗狗。從第一個母親學到的事情引導我遇到伊森；而我從伊森身上學到的事情，又讓我潛入黝黑的水中找到傑佛瑞；雅各教會我找人和帶路，所以我救了許多人。

這一定是我離開伊森後會重生為艾麗的原因。我做的每件事、我學過的一切，都讓我成為一隻會救人的乖狗狗。當隻蠢狗沒有那麼好玩，但我現在知道，為何我從見到人類這些生物的第一眼起就深深為他們著迷。我的命運與他們的命運密不可分。特別是伊森，他是我一生的羈絆。

既然已實現了我的存在意義，我很確定自己的生命走到了盡頭。在這之後，我肯定不會再重生，而對於這一點，我很心平氣和地接受。雖然身為一隻幼犬是那麼地美好，我卻只想和伊森共度。瑪雅和艾爾有了小蓋比瑞拉來分散他們的注意，我因此成為家中某種事後才會想到的存在，除了，當然，對奇妙仙子來說，我算是她的家人。

我納悶了一下，貓是否也會輪迴？但接著就屏棄了這個想法，因為就我所能分辨的情況來看，貓沒有任何存在意義。

很尷尬的是，我開始無法及時到戶外去上廁所，越來越常把屋子裡弄得亂七八糟。更糟的是，蓋比瑞拉也有同樣的問題，所以垃圾桶內常常都是我們倆的糞便。

有好幾次，艾爾開車的時候讓我坐在前座，帶我去看獸醫。獸醫撫摸我的全身，我愉悅地發出呻吟。「你是隻乖狗狗，只是年紀大了。」艾爾說。我聽到乖狗狗就搖搖尾巴。瑪雅忙著照顧蓋比瑞拉，所以我和艾爾越來越常共處，不過我可以接受這一點。每次他幫助我上車，好讓我們

能一起搭車出去，我都感受得到他的柔情。

有一天，艾爾不得不帶我到院子裡讓我處理大小解的問題，而當他理解這意味著什麼時，我感受到他身上忽然猛烈衝出的悲傷。我安撫地舔了舔他的臉，並當他坐在地上流淚時，把頭放在他的大腿上。

瑪雅回家時，帶著寶寶到外面來，我們一起坐著。「你是隻非常乖的狗狗，艾麗。」瑪雅一遍又一遍地說。「你是隻英雄狗，你救了很多人命，還救了那個小男孩傑佛瑞。」

鄰居一位女士過來接走蓋比瑞拉。瑪雅俯身靠向她的小孩，洋溢著對她的愛，在她的耳邊輕聲細語。「拜拜，艾麗。」蓋比瑞拉伸出一手說，女士彎下腰來，好讓我能舔到蓋比瑞拉的手。

「說『拜拜』。」女士說。

「拜拜。」蓋比瑞拉又說了一次，然後女士帶她進入屋內。

「這好難喔，艾爾。」瑪雅嘆息。

「我知道。如果你要我幫忙的話，我去做就好，瑪雅。」艾爾說。

「不，不用。我需要陪著艾麗。」

艾爾小心翼翼地抱起我，送我進入車內。瑪雅到後座和我一起坐。

我知道我們要搭車去哪裡。我因爲渾身疼痛而發出呻吟，癱倒在椅子上，頭擱在瑪雅的腿上。我知道我們要去哪裡，也期待去了那裡之後會得到的平靜。瑪雅撫摸著我的頭，我閉上眼睛。我納悶，還有什麼事情是我想要再做一次的？找人嗎？在海裡游泳？把我的頭伸出窗外？這

些都很美好，但我都做過了，所以，夠了。

當他們把我放在那熟悉的鋼桌上時，我搖了搖尾巴。瑪雅哭著耳語：「你是隻乖狗狗。」說了一遍又一遍。感受到脖子上那小小的戳刺感時，我帶著她的話和對她的愛，一起被美好溫暖的海水沖刷而去。

26

新母親有一張大而黑的臉，還有一條溫暖的粉紅色舌頭。第一次意識到自己又輪迴轉世時，我呆滯地往上凝視著她。在我已經當過艾麗之後，這也太扯了吧？

我有八個兄弟姊妹，他們全是黑色的，每一隻都很健康又很愛玩。但我大多數的時間偏好自己隨便走走，沉思著我又成爲一隻幼犬究竟有何意義。

這沒有道理。我了解身爲托比時，我若是沒有學會開柵門，沒有從涵洞的歲月學到籬笆外沒有什麼好懼怕，那麼我不會和伊森在一起。從伊森那裡，我學到愛和陪伴，也感覺到單是每天陪著他去冒險，就眞正實現了我的生命意義。此外，伊森也教會我如何從池塘裡救人，所以當我身爲艾麗的時候，我學習找人和帶路，最後才能把那個小男孩從地下水道中救出來。如果不是當過伊森的狗，我在工作上的表現不會這麼優秀，雅各的冷淡距離感，對我而言會是無法理解且痛苦的事。

但現在呢？還有什麼事會發生，讓我應該重生爲一隻幼犬？

我們在一個有著水泥地板的狗舍裡，周遭的環境相當整潔。有個男人一天會進來兩次，除了打掃，也帶我們到院子裡，任我們在草地上嬉鬧。別的男男女女會和我們相處，舉起我們，看著我們的腳掌。儘管我感受到他們身上傳出的喜悅，但沒有人散發出我和伊森或是我和瑪雅、艾爾在一起時那種特殊的愛。

「恭喜，你得到了一窩很不錯的小狗，上校。」其中一個人說道，邊說邊把我舉到半空中。「可以賣很高的價錢。」

「不過，我擔心你手上這一隻。」另一個男人回答。他聞起來有菸的味道，當他進狗舍時，我從新母親對他回應的方式得知，他是她的主人。「好像沒什麼活力。」

「你找獸醫來看過他了嗎？」抓著我的男人把我翻過身，用兩隻拇指壓在我的唇下，讓我露出牙齒。我被動地隨他碰我，一心希望不被打擾。

「他似乎沒有什麼不對勁，只是獨來獨往，還有睡覺。」那個叫作「上校」的人回答。

「唔，他們不可能都是冠軍。」第一個男人說道，放我下去。

上校看著我小跑離開，我感受到他的悶悶不樂。我不知道我做錯了什麼，不過我想自己反正也不會在這裡待上多久。如果以前的經驗教會我什麼，那就是養了一窩小狗的人雖然喜歡狗，但沒有喜歡到會一直養下去。

我錯了。幾週後，我的兄弟姊妹大多被人帶走，只剩下我和其他兩隻。我感受到新母親逆來順受的悲傷，她已經停餵母奶，不過當我們哪一個靠向她、舔她的臉時，她仍然會充滿感情地低

下鼻子來。她顯然以前就經歷過這些事。

在接下來的幾天，有些人來看我們，和我們玩遊戲，好比把我們放在枕頭堆中、在我們面前晃動著鑰匙，或是把球從我們的鼻子前丟出去，看我們會怎麼反應。這些在我眼中都不是對待幼犬合理的行徑，可是他們對這些事似乎都很認眞看待。

「這麼小的狗，這個價錢很貴。」一個男人對上校評論道。

「公狗是兩屆全國野外狩獵冠軍，母狗連續六年生產，贏了兩次。我想你的投資會有報酬的。」上校說。

他們握手，然後就剩下母親和被我取名爲「撲撲」的妹妹，她總是以爲我不會注意到一樣猛撲到我身上。在其他兄弟都離開的情況下，撲撲不斷地騷擾我，我出於自衛，不得不與她角力。上校注意到我和妹子比較有活力的關係後，散發出某種像是鬆了口氣的感覺。

然後，有個聞起來有馬味的女人帶走了撲撲，剩下我一個。我必須承認，我更喜歡這樣。

「我想，不得不降價了。」幾天後，上校評論道。「眞可惜。」他顯然對我很失望，但我甚至沒有抬起頭，沒有跑向他，試圖說服他不要這樣想。

事實上，我覺得很苦惱。我就是不能了解發生在我身上的事情究竟是怎麼回事，不懂爲何我又生爲一隻幼犬。想到要再受訓練，和瑪雅、雅各之外的人一起學習找人，再過一輩子的生活，我就覺得被打敗了。我覺得自己像隻壞狗狗。

有人來看我的時候，我不會跑去籬笆邊看他們，即使他們有小孩也一樣。我也不想再經歷這

些事。伊森是我唯一感興趣的小孩。

「他是哪裡不對勁？生病了嗎？」有一天，我聽到一個男人問道。

「沒有。他只是比較喜歡獨處。」上校回答。

那個男人走進狗舍，抱起我來。他用一雙淡藍色的眼睛，仁慈地看著我。「你是個安祥自在的傢伙，是嗎？」他問我。我察覺到他內在的渴望。不知怎地，我知道這天我會和他一起離開狗舍。我漫步走向母親，在她的臉上舔了舔，向她告別。她似乎也明瞭，所以用鼻子輕輕地回推我。

「我出兩百五。」藍眼睛的男人說。我感覺到上校十分驚訝。

「什麼？先生，那隻狗的爸爸是——」

「對，我看過廣告了。聽我說，我是買給我女友的。她不會帶他去打獵，她只是想要一隻狗。你說你會打個折扣。現在，我不得不這麼想，如果你有一隻三個月大的小狗，培育狗是你的工作，那麼別人不要這隻狗是有理由的。我也不認爲你想保留這一隻。我可以上網，免費收養一隻拉不拉多。但這隻既然有所有的文件和血統，我想就出個兩百五好了。有人在排隊等著買這隻狗嗎？我可不這麼認爲。」

過了一會兒，那個男人把我放進他的車子前座。他與上校握握手，上校象徵性地在我的頭上告別地一拍，就讓我走了。那個男人遞給上校一小張紙。「如果你想用好價錢買到高級車，打電話給我。」男人開心地說。

我打量著我的新主人。我喜歡他讓我當隻前座狗狗，但當他注視著我時，我卻不覺得有什麼感情，相反地，他散發出的是無動於衷。

我很快發現這是爲什麼。我不會和這個叫作德瑞克的男人同住。我的新家是和一個名叫溫蒂的女人在一起，當德瑞克帶我進入屋內時，她尖叫著跳上跳下，兩個人立刻開始角力，所以我獨自探索我現在要住的公寓。鞋子和衣服散落四處，沙發前的矮桌底下露出塞進一半的乾燥食物盒。我把它們一一舔乾淨。

德瑞克離開前擁抱溫蒂，但對她也沒有散發出特別的感情。以前，艾爾每次要出門的時候，他對瑪雅的愛會一下子湧上來，我總是會因此搖搖尾巴。這個男人一點也不像那樣。

溫蒂對我的愛是瞬間產生的，可是那是亂糟糟一團我無法理解的情緒，所以我很困惑。在接下來的幾天，她接連替我取名爲維尼熊、Google、史努比狗狗、雷諾和開心果。然後，我又變回維尼熊。她很快就確定我的名字是「熊」和其他變形，好比巴里布、熊熊、哈尼沃尼熊、抱抱熊和神奇熊。她會抱緊我，吻遍我的全身，壓擠著我，宛如她怎麼抱我都嫌不夠，可是電話一響起，她就會把我丟到地上去接電話。

每天早上，溫蒂都會陷入焦急的驚慌，亂翻亂找她的東西，唸唸有詞地說著：「我要遲到了！我要遲到了！」然後砰地跑出門外，留我一整天獨處，無聊至極。

她在地板上鋪紙，不過我不記得我究竟該不該它們上面小便，所以我兩種都做了。我的牙齒是那麼地癢，嘴在淌著口水，忍不住咬了幾隻鞋子，溫蒂發現的時候發出好長一串尖叫。偶爾，

她會忘記餵我，我沒有選擇，只能埋頭到垃圾桶裡找東西，於是再度引發她的尖叫。

就我所能看到的，和溫蒂一起生活沒有任何意義。我們不受訓，甚至不太一起去散步。她晚上會開門，讓我在院子裡跑一跑，白天則幾乎不曾這麼做。每次到院子裡時，我都有一種偷偷摸摸的怪異恐懼，好像在做什麼見不得人的事。我好沮喪，充滿了被抑制住的能量，忍不住想要吠叫，所以有時會一連叫了好幾個小時，聲音傳到牆壁又向我反彈回來。

有一天，門上傳來很大的敲擊聲。「熊！過來這裡！」溫蒂用噓聲對我說話，把我鎖在浴室裡，但我很容易就能聽到一個男人對她說話。他聽起來火冒三丈。

「不准養狗！你的租約中有寫！」我聽到「狗」這個字，頭歪向一邊，納悶我是不是那個男人生氣的原因。就我所知，我沒有做錯任何事，不過在這個瘋狂的地方，所有的規則都不一樣，所以誰有把握呢？

下一次溫蒂再去上班時，她打破了原有的模式，把我叫過去，要我坐下。我沒學過就會聽指令坐下，她卻不覺得有什麼了不起的。「聽我說，熊，我出門的時候你不能叫，好嗎？我會惹毛鄰居。不能叫，好嗎？」

我在她的感受邊緣察覺到悲傷，因此好奇這是怎麼回事。或許她一整天過得也很無聊吧？為什麼她不帶我出門呢？我喜歡搭車！整個下午，我吠吼出自己無處宣洩的能量，但沒有咬鞋子。

過了一天左右，溫蒂一手開門，另一手抽下門外的紙。我衝向門口。膀胱要爆炸了。但她不讓我出去。相反地，她看著那些紙張，開始生氣地大叫。我沒有選擇，只能到廚房的地板蹲下，

她用手掌打我的屁股，然後開門。

「吶，你出去算了。反正每個人都知道你在這裡。」她嘟囔著說。我在院子裡尿尿。把廚房搞髒了，我很抱歉，但我沒有別的選擇。

隔天，溫蒂很晚才起床，然後我們上車，兜了很久的風。前座堆放了好多東西，所以我是隻後座狗狗，不過她降低了窗戶，所以我至少還能把鼻子探出去。我們在一棟小屋子前的車道上停車，它的院子裡有好幾輛交通工具，但我一聞就知道，它們已經很久沒有發動過了。我對著其中一輛抬起腿來灑尿。

一個年紀比較大的女人來應門。

「嗨！老媽。」溫蒂說。

「就是牠嗎？好大。你還說是小狗。」

「唔，我把他取名為熊。你想呢？」

「這樣行不通。」

「老媽！我沒有辦法！我收到了搬遷通知！」溫蒂火大地吼叫著。

「唔，你的腦子到底在想什麼？」

「他是德瑞克送我的禮物！我能怎麼辦？送回去嗎？」

「你的公寓又不能養狗，他送你狗幹嘛？」

「因為我說了我想養狗，好嗎？老媽？你滿意了嗎？我說了我想養一隻狗。天哪！」

這兩個女人對彼此的感覺是那麼地複雜，我理不出一個頭緒。那晚，溫蒂和我待在這棟迷你小屋裡，她有一點害怕，我也是。天黑後，有個名叫維克托的男人回到家，他怒火賁張，整個局面變得危險又瘋狂。當溫蒂和我睡在後面一個擁擠房間裡的狹小床上時，維克托在房子的另一頭怒吼。

「我不要這裡多隻狗！」

「唔，這是我家，我可以做我想做的事！」

「我們養狗要幹嘛？」

「什麼蠢問題，養狗的人都在幹嘛？」

「閉嘴，麗莎。你給我閉嘴。」

「不會有事的，巴里布。我不會讓你發生不好的事。」溫蒂對我耳語。她好悲傷，所以我安撫地舔舔她的手，結果卻讓她哭了出來。

隔天早上，兩個女人在外面，站在車子旁邊說話。我沿著門邊嗅聞，等著進入車內。溫蒂和我越快離開這個地方越好。

「天哪，老媽，你怎麼能忍受得了他？」溫蒂說。

「他沒有那麼壞。他比你爸要好。」

「噢，你又來了。」

她們沉默地站立一分鐘。我嗅聞了一下空氣，它帶有屋旁垃圾堆的酸腐氣味，坦白說，聞起

來眞是令我雀躍不已。我不介意哪天在這裡到處探索一下。

「唔，回到家後打通電話給我。」年紀較大的女人終於說道。

「我會的，媽。好好照顧熊。」

「好啦。」女人放了一根菸到嘴上，點燃它，猛烈地噴出煙來。

溫蒂在我身旁彎下膝蓋，她的難過是那麼強烈和熟悉，所以我知道要發生什麼事了。她摸摸我的臉，說我是隻乖狗狗，然後打開門，匆匆坐上車，不讓我進去。我看著車子開走，絲毫不覺得詫異。但我不是很確定自己做了什麼。**如果我是隻乖狗狗，爲什麼會被主人遺棄？**

「現在咧？」女人站在我身旁嘀咕，嘴裡噴著煙。

27

接下來的幾週，我學會對維克托退避三舍。大多數的時間這麼做並不難，因爲他們用鏈子把我綁在後院的一根柱子上，維克托又從不靠近。但我倒是常看到他坐在廚房旁的窗子前，邊抽菸邊喝酒。晚上他偶爾會到後院來小便，那大概是他唯一和我說話的時候。「你在看啥？小狗？」他會對我大吼。他的笑聲中從來不帶一絲一毫的快樂。

日子變得溫暖，我在下傾的後院籬笆和一台放在日光下的機器之間挖了一些土。

「那隻狗把我的雪車弄得到處是泥巴！」維克托看到我做的事時大叫。

「那輛車兩年都沒跑過！」那個女人——也就是麗莎——尖叫回去。他們不時對彼此大吼大叫。多少讓我想起老媽和老爸以前生氣時對吼的往事，只是在這間房子，我有時會聽到砰的一聲，接著傳來痛苦的喊叫聲，通常還會伴隨著瓶子互相撞擊、掉落在地板上的聲音。

有個友善的老女士住在爛木頭籬笆的後面，她開始過來透過木板上的裂口和洞對我說話。

「眞是隻好狗狗，你今天有水喝嗎？」第一個眞的很熱的早晨，她對我耳語。她轉身離開，很快

拿著一只帶柄陶罐回來，把冷水倒入我骯髒的碗裡。我感激地跳過去，舔著她從籬笆洞裡伸過來的瘦弱而抖動的手。

在我的糞便附近嗡嗡叫的蒼蠅，飛到了嘴唇和眼睛上，讓我有一點受不了。但只要可以遠離維克托，大多數的時間我不介意在後院趴著。維克托讓我害怕，他身上流洩而出的狠毒傳達出眞正的危險，讓我想起塔德，還有開槍傷了雅各的男人。那兩個男人都被我咬了，這意味著有一天我也會咬維克托嗎？

我不能相信我這輩子的存在意義是**攻擊人類**。這完全超乎我能接受的範圍，光想就覺得噁心。

維克托不在家時，我吠叫幾聲，麗莎會出來餵我吃飯，然後解開我的鎖鏈一下子。維克托在家時，我一次也沒叫過。

籬笆另外一邊的女士替我帶了一點肉，從洞裡塞過來。當肉從天而降，我跳起來抓住時，她由衷地、開懷地笑了，好像我表演了某種令人驚喜的把戲。讓這個連臉都看不清楚的神秘女士得到一點點的喜悅，似乎是我唯一眞正的生命意義。

「可恥，這眞是令人厭惡。他們不能這樣對待動物。我要去通報。」她說。我感受到她的關心，但奇怪的是，她從來不進院子裡和我玩。

有一天，一輛卡車駛入車道，一個女人下車，她穿得就像以前的瑪雅，所以我知道她是個女警。有一瞬間，我覺得她好像是要帶我去找人，因爲她站在後院的柵門前凝視著我，手上一邊寫

著什麼。但這不合乎情理。麗莎把雙手放在臀部上走出來，我趴下，看著警察遞給麗莎一張紙。

「那隻狗好得很！」麗莎怒氣沖沖地對女警大吼。我察覺到那個老女人就站在我的身後，在籬笆的另外一邊。麗莎發脾氣的時候，她大氣也不吭一聲。

那天晚上，維克托比平常更為了我的事大吼大叫，每隔幾秒，「狗」這個字眼就會冒出來。

「我們幹嘛不開槍斃了這隻該死的狗算了？」他大喊：「五十美元？為了什麼？我們又沒做錯事！」屋子裡有東西掉到地上砸破了，暴力的聲響令我膽怯。

「我們必須要找一條更長的鏈子，清理院子裡所有的狗屎。你自己看罰單！」麗莎回吼。

「我不必看罰單！他們才不能強迫我們做什麼！這是我們的地產！」

那晚，維克托出來到院子裡小便時，伸出一手扶著房子牆壁，卻沒有穩住身子，一個踉蹌跌到了地上。「你在看什麼？蠢狗。」他對著我口齒不清地說。「明天再來理你。我才不會付什麼五十塊！」

我躲躲閃閃地放低身子、靠著籬笆，甚至不敢回看他。

隔天，我的注意力被一隻在我臉前飛來飛去的蝴蝶所吸引，因此當維克托突然出現時，我大吃一驚。

「要不要去兜兜風啊？」維克托對著我低聲輕唱著。聽到這些話，我沒有搖尾巴。不知為何，他的語氣像是個威脅，而不是款待。**不要，我想，我才不要和你一起去兜風。**

「會很好玩的。看看這個世界。」他說。他的笑聲轉變成咳嗽，因此轉過身在地上吐痰。他

把我的鏈子從柱上解開，引導我去他的車。我在車門前停下，但他猛拉著要我繞去車後。他插入鑰匙，卡車砰地打開。

「你進去。」他說，我察覺到他的期待，於是等待一個我聽得懂的指令。「好吧。」他說。他往下伸手抓住我脖子後鬆弛的皮膚和尾巴的上方，把我舉起來，那瞬間我覺得很痛，但接著我就進入卡車，在一些油膩膩的紙上滑動著。他解開我的皮帶，讓它在我前方的地板上縮成一團。車廂蓋子用力放下，我置身於近乎全然的黑暗中。

趴在某塊又臭又油的破布上，那個味道讓我聯想起火災發生那一晚，伊森傷到腿的時候。這裡也有一些冷冷的金屬工具，所以我很難感到舒適。其中有個工具我一下子就認出是槍，那股刺激性的氣味再清楚也不過。我轉身遠離，試著忽略它刺鼻的氣味。

我半蹲半趴著，伸出趾甲，試圖在車子彈跳和搖擺時穩住自己，不想在狹小的卡車內滑過來又滑過去，但卻徒勞無功。

這是我的搭車經驗中最怪的一次，也是記憶中唯一一次一點都不好玩的兜風。搭車總是會帶我到新的地方，而新的地方總是會有探索的樂趣。或許到了目的地後，會見到其他的狗吧？也或者我會回去和溫蒂一起住。

這個擁擠、黑暗的空間很快就變得相當溫暖，讓我想起我和史派克待過的房間，也就是我的名字還是托比、有人把我從太太身邊帶走的時候。我很久沒憶起那恐怖的一刻了。從那之後，發生了好多事。我現在已經是一隻完全不同的狗，一隻救過人的乖狗狗。

在卡車裡待了一段又長又悲慘的時間後，車子開始震動，發出乒乓聲響，灰塵升到空中，形成濃密窒息的塵霧。我打了噴嚏，甩甩頭。然後車子突如其來地煞止，害我撞到卡車的內部。不過引擎沒有熄火，只是停下來約一分鐘。

奇怪的是，才一停車，我就察覺到在卡車內部另一邊的維克托，感覺到他的存在。我有一種他正試著下定決心的獨特感受。他爲了某事在猶疑不定。然後，他很尖銳地說了什麼，但話聲悶悶的，聽不清楚。然後，我聽到開門的聲音。他的雙腳踩在碎石上，發出碎裂的聲響，繞過來到我畏縮身子趴著之處。早在卡車門砰地打開、冷空氣颼地進來包圍我之前，我就已經聞到他的味道。

他往下凝視著我。我眨眨眼，仰望著他，然後別開視線，以免他認爲我在挑釁。

「好啦。」他的手往下一探，扭著我的項圈。我以爲他會把皮帶繫在我身上，所以當項圈落下，徒留一種奇怪的感受，好像我仍戴著項圈、只是它輕如空氣的時候，我驚訝萬分。「現在下來到外頭。」

我站起來，腿開始抽筋，但我認得他的手勢，於是跳出車外，笨拙地落地。我們在一條塵土小路上，兩邊高高的綠草在日光下搖擺。路上的砂粒跑進鼻腔，覆蓋在舌頭上。我抬起一腿，看著維克托。*現在要怎樣？*

維克托回到車裡，引擎發出很大的聲響。我困惑地注視著，看到輪胎擊打著路，噴出石頭來。他把車迴轉，對著相反的方向，然後降下車窗。

「我幫你一個忙。你現在自由了。去抓兔子或是什麼東西吧！」他對我露齒一笑，接著便駕車駛離，車後揚起了漫天沙塵。

我丈二金剛摸不著頭腦，只能看著車子離去。這是什麼遊戲？我遲疑地跟上去，俐落地追逐飄升到空氣中的灰塵。

多年找人的經驗告訴我，車子的氣味散得很快，表示維克托一定是開快車。我勇敢地加速，不再跟隨飛舞的灰塵，而是專注在他車後那標誌性的氣味。我畢竟才在那裡待上很久的時間。

追著追著，我轉到了一條柏油路上，但當另一個彎把帶我到公路上時，車輛以令我驚訝的速度一閃而過，我知道我已經追丟他了。那麼多輛車呼嘯而去，每輛聞起來都很像（但也不完全像）維克托的車子。要像找人時那樣挑出單一的氣味是不可能的。

公路令我膽怯。我轉身離開，朝來時的方向走去。我沒有別的事可做，只能沿著同樣的氣味痕跡走回頭路，但那股氣味在傍晚的微風中也變得隱約。回到塵土小路時，我只經過而沒有駐足，繼續漫無目標地走上人行道。

我想起自己第二次轉生為幼犬時，曾用第一個母親教我的技巧逃離狗舍。我記得自己那時覺得跑到敞開的地方是種大探險，有一種自由和充滿了生命力的感受。有個男人發現我，幫我取名為「小伙子」，接著老媽就帶我去伊森的身邊。

這次的情況完全不同。我不覺得自由，更不覺得充滿了生命力。我有罪惡感，也很悲傷。我沒有目的，沒有方向。從這裡我是回不了家的。這就像是德瑞克帶我去和溫蒂住的那天，上校背

對著我的時候，雖然上校沒有散發出任何感受，但卻是個貨眞價實的道別。維克托剛剛也做了同樣的事，只是他沒有把我交給任何人。

灰塵和熱度讓我喘氣，我嘴裡渴得發癢，所以一旦捕捉到水的朦朧氣息，離開這條路、轉向水的方向，穿越在微風中前後搖擺的高大草叢，就成了世上最自然的事。

水的氣味越來越強，越來越撩人，吸引我穿越一座樹叢，走下河岸的陡坡，到一條河去。我涉水到胸口的高度，拍打著水，在水中跳躍，感覺美妙極了。

當迫切的口渴不再令我擔憂之後，我對周遭的環境開放自己的感官。這條河讓我的鼻腔裡充滿了美好的潮濕氣味，而除了潺潺水流發出的汩汩聲響，我隱約聽到一隻鴨子像是受到激怒而發出的呱呱叫聲。我沿著河岸走，雙腳陷入柔軟的土壤中。

然後我猛然覺醒，驚訝地抬起頭來，雙眼大睜。

我知道自己身在何處。

28

很久很久以前，我曾站在這條河岸上。或許就在這個點上。那時，伊森和我被火焰那匹蠢馬拋下，走了很長的路。這個氣味是不會錯的。多年的找人經驗教會我區分不同的氣味，我學會先分類，然後把它們儲存在記憶裡，所以立刻就能想起這個地方。時序正值盛夏也很有幫助，因爲是一年中同樣的季節，我又年輕，鼻子還很敏銳。

我完全不懂維克托怎麼會知道這些，也不了解他釋放我、讓我找到這個地方究竟有何意義。我不知道他要我做什麼。我沒有更好的點子，只有轉往下游，開始小跑，回溯許多年前伊森和我走過的路線。

到了這一天的盡頭，我已經餓到記憶中不曾有過的程度，胃都絞痛了。我渴望地懷想著老婦人用她那穿透籬笆的蒼白的手，丟下小塊的肉，讓我跳到半空中捕捉。這個回憶讓我口水直流。河岸上長滿了植物，阻礙我快速前進，而我越餓，越不確定自己該採取什麼行動。跟著這條河走，眞的是我該做的事嗎？爲什麼？

我是隻學會與人類同住的狗，替人類服務是我生命的唯一意義。然而，現在我脫離了人類，獨自在外漂泊。我沒有生命意義，沒有天命，沒有希望。不論是誰此時看到我在河岸邊躲躲閃閃地走，可能都會以爲我是我的第一個母親——膽小而形跡鬼祟。維克托拋棄我，也等於把我拋回到遙遠的從前。

一棵冬天時斷裂的巨大樹木倒在河畔，在岸上形成一個天然的洞穴。當太陽從天空隱去，我鑽進這個黑暗的地方，渾身痠痛，精疲力竭，並且因爲生命的轉折而如墜五里雲霧之中。

隔天早上，我餓到醒來，但對著空中仰起鼻子時，除了河水和周遭森林的氣味外，卻什麼也沒有聞到。由於我也沒有更好的事情要做，便跟著河水的流動往下游走，只不過速度比前一天慢，肚子裡的空虛疼痛令我步履蹣跚。我想起有時會被沖刷到池塘邊的死魚。爲何那時我只是把他們推進水裡呢？我爲什麼不趁有機會時吃了他們？現在給我一條死魚會美如登天，但河水卻沒有給我帶來任何可以果腹的東西。

我是那麼地悲慘，差點忽略起伏不平的河岸變成了一條令我聯想到人類氣息的人行道。我死氣沉沉地沿著小道徐徐前進，只有當路陡直地往上延伸、並與一條馬路交會時才停下腳步。

馬路通往河上的一道橋。我抬起頭，心上的一片霧也隨之散去。我興奮地嗅聞著，意識到自己曾來過這裡。伊森和我就是在這裡被警察接走的，他用車送我們回去農場！

顯然，許多年過去了，有些我記得在橋尾做過記號的小樹已經長得如高塔般巨大，所以我再度在它們身上留下記號。橋上腐爛的木板也更換過了。但除此之外，氣味和我記憶中的一模一

樣。

站在橋上時，一輛汽車喀噠喀噠地經過，對我鳴喇叭。我縮著身子遠離。但過了一分鐘，我遲疑地跟著它走，放棄河流，選擇前頭的馬路。

我不知道現在要去哪裡，可是有預感告訴我，如果我從這個方向走，最後一定會走到鎮上。有鎮的地方就有人，有人的地方就有食物。

當馬路與另外一條匯集，同樣的內在方向感叫我右轉，於是我就這麼做了。不過，一察覺到有車要來，我就心虛地縮起身子，溜進高高的草叢中。我覺得自己是隻壞狗狗，飢餓更強化了這個信念。

我經過許多房舍，它們大多遠離馬路，而且常常有狗對我吠叫，因爲我的擅自闖入而老大不高興。夜晚降臨，我偷偷摸摸地經過一棟有狗味的屋子。側門突然打開，一個男人走了出來。「晚餐，雷歐？要吃晚餐嗎？」他問，聲音中帶著刻意的興奮，是人類要讓狗知道好事即將降臨的聲調。一個金屬碗匡啷一聲放到一組矮階梯的最上面。

「晚餐」這兩個字讓我停下腳步。一隻有著巨大雙顎和厚重身軀的矮胖狗兒緩緩走下階梯，往院子裡走了幾英尺，然後便溺。我一動也不動。他移動的方式暗示他是隻老狗，而且沒有聞到我的氣味。他往回走，鼻子放在碗裡動來動去，但才一下子就挺直身子，刮著門。一分鐘後，門往內打開了。

「你確定嗎？雷歐？你確定你什麼都吃不下嗎？」男人問道。他語帶悲切，讓我想起艾爾在

院子裡掉淚的情況，那是我和他以及瑪雅共度的最後一天。「好吧。進來，雷歐。」

那隻狗呻吟著，似乎無法把後腿抬高跨到階梯上。男人輕柔地彎下腰，抱起那隻狗，帶他入內。

我強烈地受到那個男人吸引，突然意識到這裡可能會是我的家。男人愛他的狗雷歐，所以必定也會愛我。他會餵我吃東西，當我年老體虛時，也會抱我進入他家。即使我沒有去找人，沒有去學校、沒有做任何工作，即使我只是把自己奉獻給這棟屋子裡的這個男人，我都會有一個可以容身的地方。我身為「熊」的瘋狂且沒有意義的生活，將就此告終。

我靠近那棟房子，做了最合理不過的事——吃掉雷歐的晚餐。在麗莎和維克托家吃了幾週沒有滋味、如沙礫一般的狗食之後，雷歐碗內汁多味美又多肉的晚餐，對我來說眞是生平最美好的一餐。吃光所有的食物後，我舔著碗，碗碰撞到房屋側面，發出的聲響警醒了屋內的狗。他警告地對我吠吼。我聽到他邊發出喘嗚聲邊從屋內走向門口，因為越來越確定我的存在而吼得更加大聲。

聽起來，雷歐不是很樂於接受我在他家住下的想法。

我跑離階梯。當燈光打開、照亮院子的時候，我已經返回樹林。雷歐充滿敵意的怒吼清楚傳達了一個訊息：**我必須找到自己的家**。無所謂，飢餓消失後，想住在那裡的渴望也隨之煙消雲散。

我在高聳的草叢中睡覺，疲累至極，但因為有個飽滿的胃，總算是心滿意足得多。

走到鎮上時，我又餓了。不過我知道自己走對了地方。這條路途經許多房舍，街道上因爲有許多汽車和小孩而熱鬧非凡。然而，回憶卻告訴我，那裡應該是一片田野才對。我好困惑。接著，我來到外公以前會與朋友一起坐下來，從嘴裡吐出糟糕汁液的地方。這裡的氣味還是老樣子，只是窗上覆蓋了老木板，旁邊的建築物也已消失不見，取而代之的是一個未經處理的泥濘空洞，洞底有一台機器正一面移動、一面推動大堆的泥土。

人類做得到這一點。他們拆毀老舊的建築物，再建新的，就像外公搭蓋新的穀倉一樣。他們改變環境，以符合他們的需求。但狗能做的就只有陪伴人類，幸運的話，還能搭車兜風。吵雜聲的音量和那些新的氣味告訴我，這裡的人類正忙著改變自己的城鎮。

在街上小跑時，好幾個人盯著我瞧，每次我都覺得自己是隻壞狗狗。到了這裡之後，我又失去了目的地。一袋垃圾從一個大金屬桶上掉了下來，我懷著巨大的罪惡感撕開袋子，扯出一塊覆蓋著某種甜甜黏黏醬汁的肉。我沒有當場吃掉這塊肉；我照第一個母親教的，跑到金屬桶的後面，避開人類。

四處遊蕩之下，我終於來到狗狗公園。我坐在周邊幾棵樹下，羨慕地看著人類拋擲高飛的圓盤，讓他們的狗跳到半空中接住。因爲沒戴項圈，我覺得自己是赤裸裸的，也意識到自己應該畏縮不前。然而，大院子的中央有狗正在角力，他們像是磁鐵般吸引著我，我忍不住出去和他們一起翻滾、奔跑，因爲當隻玩耍中的狗的喜悅而渾然忘我。

有些狗沒有出來角力，他們和主人待在一起，不然就是沿著公園周邊嗅聞著，假裝不在乎

我們玩得有多麼開心。有些狗被丟出去的球或是高飛的圓盤所吸引，但最後全都被主人叫回去搭車。只有我例外，不過似乎沒人注意到，也沒人在乎我沒有主人。

白日將盡，一個女人帶了一隻黃色的大母狗到公園來，然後放開她的皮帶。我玩累了，所以只是趴在園裡喘氣，看著另外兩隻狗角力。黃狗很興奮地加入他們，打斷他們的玩耍，開始嗅聞和搖尾巴。我猛地站起身來，和這隻新來的狗打招呼，卻在嗅聞到她的毛髮時震驚不已。

漢娜！是那個女孩！

黃狗對我狂熱地檢驗她的味道十分不耐，因此猛掉回頭，急著要玩，但我對她點頭邀請我的動作置之不理。我興奮地橫越公園，跑去找她的主人。

坐在板凳上的女人不是漢娜，卻一樣帶有漢娜的氣味。「嗨，狗狗，你好嗎？」靠近時，她向我打招呼，我搖搖尾巴。她的坐姿讓我想起蓋比瑞拉誕生前不久的瑪雅。疲倦、興奮、不耐和不舒適的感覺全都混在一起，而且注意力都放在雙手之下的肚子。我把鼻子推向她，浸淫在漢娜的氣味中，將這個女人、那隻快樂的黃狗，還有數十種懸附在人身上、對一隻沒有受過找人訓練的狗來說會是一大團的模糊氣味區分開來。她最近才剛和漢娜相處過一段時間。我很確定。

黃狗走了過來，態度友善，只是有點嫉妒。我終於准許自己被引開來，和她扭打一番。

那一晚，我在陰影中蜷縮著黑色身軀，警覺地看著最後一輛車子離開停車場，狗狗公園變得一片寧靜。偷偷摸摸的行徑對我來說是如此自然，彷彿我從來沒有被帶離涵洞，彷彿我仍和小妹、阿飛和飯桶在一起，跟著我們的母親學習。覓食很容易，垃圾桶盛滿了裝有美味剩飯的容

器。我也以覓食時的謹慎避開車燈和行人，藏匿在黑暗中，再次成為一隻野狗。

不過，現在我的生命有了一個意義，一個甚至比一開始帶我到鎮上來更強而有力的生命方向。

儘管過了這麼長的時間，有了這麼多的變化，如果女孩漢娜仍在這裡，那麼男孩或許也在。

如果伊森仍在這裡，我會追蹤到他。**我會找到伊森。**

29

一個多星期後，我仍然住在狗狗公園裡。

大多數的日子，有漢娜氣味的女人都會帶她快樂的黃狗「卡莉」到公園來。女孩的氣味讓我安心，而且不知怎地，我覺得伊森就在附近，儘管卡莉的毛髮上從來沒有男孩的氣味，一次也沒有。每次看到那個女人和卡莉，我都會快樂地從樹叢裡跑出來，這是我一天中最開心的時候。

除此之外，我是隻壞狗狗。常到公園來的人對我的反應開始充滿懷疑，他們會盯著我瞧，指著我和別人說話的時候，還會散發出提防的意味。我不再爲了玩耍而靠近他們的狗。

「嘿！你好啊，小伙子。你的項圈呢？你和誰一起來這裡？」一個男人問我，伸出溫和的雙手。我跳動著身軀遠離他，察覺到他要抓我的意圖，對於「小伙子」這個名字更是充滿了不信賴。就在這個時候，我察覺到他深深地起疑了。我意識到第一個母親一直都是對的——**爲了保持自由，狗必須遠離人類。**

我的想法是照我找到鎮上來的方式找到農場，然而，事情比我推測得更加困難。以前，每當

我和伊森或是外公一起搭車進城時，我總是會利用山羊牧場的氣味當作參考點，它是我鼻子的燈塔。然而，現在空氣中所有山羊的痕跡卻神秘地消失無蹤。一併消失的還有搭車進城兜風的中間點——那道喀啦作響的橋樑。我完全找不到那個地方，不論是靠氣味還是仰賴其他的感官。在天色暗下之後，沿著安靜的街道躡手躡腳地行走時，我會先對自己的方向感很有自信，接著卻被一棟巨大的建築物擋住去路，也攔阻了我鼻腔中數百人和數十輛汽車的氣味。建築物的前面有一座噴水池，使得空氣中的味道更加混淆，水氣中有一股隱約的化學氣味，很像是瑪雅洗衣服時的味道。我對著它抬起腿來灑尿，但也不過帶給自己片刻的慰藉罷了。

晚上，我黑色的毛似乎能保護我不被人發現。我與陰影融爲一體，躲避車輛，附近沒有人時才會現身。我永遠都在找人，永遠都專注在我對農場殘餘的記憶。我一邊呼吸著夜晚的空氣，一邊專注去想農場的味道。但令我挫敗的是，什麼也追蹤不到。

我的食物全來自於垃圾桶，偶爾還有路邊死掉的動物，最好的是兔子，最差的是烏鴉。不過我也不是沒有競爭對手，那是一種大小類似小型狗的動物，體味很重，有著厚厚、濃密的尾巴和陰暗的黑色眼睛。他們在垃圾桶的附近神出鬼沒，機敏地爬上桶子的側邊。不論遇到哪一隻都會對我齜牙低吼，我退避三舍，在對方的爪牙之間，除了痛苦的邀請之外看不到任何善意。不論這是什麼動物，顯然都蠢到不了解我比他們大得多，他們應該要畏懼我才是。

公園裡的松鼠也很笨，他們從樹上下來，在草地上到處跳來跳去，宛如整個區域都沒有狗在守衛似的！我曾經差點抓到一隻，但他們總是匆匆跑回樹上，然後坐在樹枝碎碎唸。黃狗卡莉常

常和我一起追，不過即使我們聯手出擊，到目前為止仍然一無所獲。我知道如果我們不斷嘗試，總有一天一定會抓到，不過我也不確定抓到之後要對松鼠做什麼。

「怎麼了？寶貝？你怎麼這麼瘦？你沒有家嗎？」卡莉的主人問我。我從她的聲調中聽出她的關懷，因此搖了搖尾巴，希望她能開車載我一程，讓我在農場下車。當她從板凳上掙扎著站起身來，我察覺到她的躊躇，好似要邀請我和她們同行。卡莉跑進狗狗公園時，總是會特別尋找我的身影，所以我知道和她一起生活不會有問題。但我遠離那個女人磁鐵般的關注，表現得好像附近有個愛我且正在呼喚我的人。我小跑了幾碼遠，停下來，往身後看去。她還在看我，一手放在臀部上，另一手擱置在胃上。

那個下午，一輛帶有強烈狗狗氣味的卡車駛進停車場。我趴在公園邊緣的草地上，立刻聞到那個氣味。一位警察下車來，和幾位狗主人說了幾句話，他們指著公園裡各個不同位置。警察抽出一根長竿子，底端有個套索，我全身起了一陣寒顫。我太清楚那根竿子是做什麼用的。

警察在公園的邊緣走著，小心翼翼地窺視著樹叢，然而，當他靠近我的藏身處時，我已經走了，往公園後面的樹林深處不斷前進。

在驚慌的驅使下，我不斷奔跑。樹木逐漸減少，我跑到一個充滿狗和小孩的社區，不過我避開與人類的接觸，盡可能待在樹葉之中。當同盟好友——黑暗——從天而降，我終於得以折返時，我已經在離鎮上很遠的地方。

數十隻狗的氣味飄來，我好奇地轉向那個方向。一棟大建築物後面接連傳來狗吠聲，幾隻關

在籠裡的狗對著彼此嗥叫。風向改變後，他們轉而對我吠叫，音質也跟著起了變化。

我來過這裡。還是貝利的時候，那個和藹可親的男獸醫就是在這個地方照顧我的。這裡事實上是我和伊森最後見面的地方。我決定避開，於是拔腿疾奔到建築物的前面，卻在穿越車道時，突然停下腳步，開始顫抖。

還是貝利的時候，有一天一頭名叫賈斯柏的新生驢子寶寶進入院子，和年邁不可靠的火焰待在一起。賈斯柏後來長大了，雖然比馬的個頭要小得多，不過體格很類似，還會逗得外公哈哈大笑，外婆則會搖搖頭。我曾和賈斯柏鼻子碰鼻子，外公替他刷毛時，我也曾仔細地嗅聞他，使盡全力和他玩。賈斯柏的味道對我來說就和農場一樣熟悉，而現在，就在這條車道上，我無疑聞到了他的氣味。我一路追蹤他的氣味回到了建築物，在停車場找到氣味最強烈且新鮮的區域，那裡甚至還有充滿賈斯柏氣味的稻草粉塵，濃密地覆蓋在沙礫上。

那些狗仍在對我吠吼，因爲我是自由之身，他們卻被關起來而滿腔憤懣。我對這番喧鬧置之不理，浸淫在塵土中這股豐富而混雜的氣味，一路追蹤到了車道之外，上了馬路。

第一次有車從身後衝來，鳴按喇叭，並對著黑暗投射出光束時，嚇了我一大跳。我太專注地跟蹤賈斯柏的氣味了。當我跳下路邊的溝渠，與車子擦身而過時，那指控性的呼嘯聲令我畏縮。

之後，我變得比較謹慎。雖然仍專注在賈斯柏的氣味上，雙耳卻也意識得到汽車的聲音，車燈還沒照射到我，我已閃躲開來。

這條路很長，不過比找到華利簡單。我沿著一條筆直的路線追蹤，走了超過一個小時後，左

轉一次，接著又一次。我走得越遠，賈斯柏的氣味越淡，這意味著我追逐的是他來的方向，而我有可能會完全失去他的氣味。不過，在一次右轉之後，我不再需要氣味的指引。我知道我在哪裡了。這裡是火車與馬路的交會處，就是這裡的火車在伊森去上大學的第一天讓他的車子停下來。我加緊腳步。賈斯柏的氣味證實我直覺性的右轉是對的。沒有多久，我經過漢娜家。那棟屋子很奇怪地一點也沒有女孩的氣味，樹木和路邊青苔滿布的磚牆倒與往常無異。

走到農場的車道上是如此自然而然的舉動，感覺上我好像昨天才在這裡。

賈斯柏的氣味一路延伸到一輛白色大拖車，底下有一堆沙子和乾草。到處都覆蓋著他的氣味。當我沿著籬笆嗅聞時，一匹從沒見過的馬帶著困倦的懷疑注視著我，但我對馬已經不感興趣。*伊森！我聞到伊森的味道了，到處都有！男孩一定還住在農場上！*

我的整個生命從未感受到如現在這般貫穿全身的喜悅，我興奮到頭暈目眩！

屋子裡的燈是亮著的，我沿著屋子邊緣走，在小小的草坡上駐足，透過窗戶看進客廳。一個和外公同樣年紀的男人坐在椅子上，正在看電視，不過他看來不像外公。伊森不在屋內，除了那個老男人之外，屋內沒有別人。

外面的金屬門上仍有一扇狗門，裡面的大木門卻關得死緊。我沮喪地搔刮著金屬門，開始吠叫。

屋內傳來一陣騷動聲，有人過來了。我的尾巴搖擺得那麼厲害，幾乎坐不下去，整個身體不斷後退、前進、後退、前進。燈光在頭上閃爍著，木門發出熟悉的刮擦聲，緩緩打開。那個我看

到坐在椅上的老男人站在門檻，透過玻璃對著我皺眉頭。

我再次抓了抓金屬門，要他讓我進去。我要跑進去，和男孩在一起。

「嘿！」他說，他的聲音因爲隔著一扇門而聽起來悶悶的。「別抓了。」聽到他的指責，我試著順從地坐下，但屁股立刻又彈起來。

「你要什麼？」他終於問道。我聽到他聲音中的疑問，不由得納悶他希望知道什麼。然後，我意識到我不用等他下決心，既然裡面的門已經打開，狗門就可以隨我自由出入。我垂下頭，推開塑膠簾，衝入屋內。

「嘿！」老男人驚訝地大喊。

我也心頭一顫。進入屋內的瞬間，我清楚地聞到擋住我的人的氣味。**我知道他是誰！走到哪裡都認得這個氣味！**

那是伊森的氣味。無庸置疑。

我找到男孩了。

30

雖然伊森是站著的，但我試圖跳到他的大腿上。我撲上前，挺直身子想要舔他，用鼻子輕推他，爬到他的身上。我無法停止喉頭傳出的啜泣聲，也無法克制尾巴不要飛舞。

「嘿！」他說著，往後退，眨了眨眼，試圖用枴杖穩住自己，卻沉沉地跌坐在地板上。我跳上他，舔他的臉。他把我的嘴推開。「好吧，好吧。」他嘟囔著。「停下來。好吧。」

他的雙手碰觸到我的臉了，生命中沒有比這更美好的感受。因爲太享受，我半閉上眼。「現在後退，後退。」他說。

男孩費力地站起來。我把臉擠壓到他的掌心，他撫摸了我一下。「好吧。天啊。你是誰？」他啪地打開另一盞燈，端詳著我。「哇啊，你好瘦。沒有人餵你吃飯嗎？啊？你是走失了還是怎樣？」

我可以整晚坐在那裡，只是聽他的聲音，感受他在投注我身上的視線，然而事情卻沒有這麼美好。「唔，聽我說，你不能進來。」他打開外面的門，撐著不讓門關起來。「現在出去，到外

面去。」

我聽得懂這個指令，所以遲疑地走出去了。他站著，透過玻璃看著我。我期待地坐下來。

「你得回家，狗狗。」他說。我搖搖尾巴。我知道我「回家了」，我終於、終於「回家了」，回到我的歸屬，回到這個農場上，和伊森在一起，這裡就是我的歸屬。

他關上門。

我順從地等著，直到我受不了，只好充滿不耐和沮喪地叫了一聲。當我得不到回應時，我又吠吼了一次，還在金屬門上大力一抓。

門打開時，我已經數不清楚自己到底叫了多少次。伊森手持一個金屬鍋，美味多汁的氣味從其中飄散出來。「喏。」他嘀咕地說：「老弟，你餓了嗎？」

他一把鍋子放下來，我立刻埋首在晚餐中，狼吞虎嚥。

「大部分是義大利千層麵。我這裡沒有多少狗吃的東西，不過你看來並不挑剔。」

我搖搖尾巴。

「可是，你不能住在這裡。我不能養狗，我沒有這個時間。你得回家才行。」

我搖搖尾巴。

「老天啊，你上次吃飯是什麼時候？不要吃那麼快，你會生病的。」

我搖搖尾巴。

當我吃完時，伊森緩緩彎下身子，撿起鍋子。我舔了舔他的臉。「噁心，你的嘴好臭。你知

道嗎？」他用袖子擦擦臉，站起來。我看著他，準備做任何他要我做的事。去散步嗎？去兜風？玩那個愚蠢的翻板？「好啦。你回家去。像你這樣的狗顯然不是雜種狗。一定有人在找你。好吧？晚安。」

伊森關上門。

我在那裡坐了幾分鐘。當我吠叫時，頭上的燈喀啦一聲熄滅了。

我轉個彎，走到屋旁小小的草坡，看著客廳裡面。伊森倚著枴杖，緩緩地在地板上走著，關掉一盞又一盞的燈。

我的男孩變得好老，我都認不出他的臉了。但我知道是他沒錯。那個腳步很眼熟，只是比較僵硬，還有他在熄掉最後一盞燈前，轉頭看了一下外頭的夜色，那種豎起耳朵好像在聽什麼的樣子，是十足十的伊森。

當隻屋外狗狗讓我一頭霧水，不過肚子裡的食物和四肢的疲累很快發揮作用，我當場蜷起身子，即使這晚的天氣很溫暖，還是把鼻子塞在靠近尾巴的地方。我回到家了。

隔天早上伊森出來時，我抖抖身子，跑向他，克制自己不要對他展現太多情感。他盯著我瞧。「你怎麼還在這裡？啊？男孩？你在這裡幹嘛？」

我跟著他進入穀倉，他把一匹我從未見過的馬放入院子。那頭愚蠢的動物看到我時很自然地一點反應也沒有，只是像火焰以前那樣注視著我，看不出來有任何領會。我是隻狗，你這個白痴！伊森給馬一些燕麥時，我在院子裡做記號。「你今天好嗎？特洛伊？你想念賈斯柏，對吧？

你想念你的朋友賈斯柏。」

伊森在和馬說話，不過我可以告訴他，那完全是在浪費時間。他摸摸馬的鼻子，叫他特洛伊，還提到賈斯柏的名字不只一次，可是當我進入穀倉時，那頭驢子並不在這裡，有的只是他的氣味。賈斯柏的氣味在拖車上特別濃郁。

「那天眞令人難過，我不得不帶賈斯柏去。但他活了很長的歲數。對一頭小驢子來說，四十四歲很老了。」

我感覺到伊森的哀傷，因此用鼻子輕推他的手。他心不在焉地注視著我，心思跑到別的地方。他再輕拍了特洛伊一下，然後回到屋內。

幾個小時後，我在院子裡一邊到處嗅聞，一邊等伊森出來玩耍時，一輛卡車轉上車道。它一停下來，我就認出那是在狗狗公園停車場看過的卡車，從前座下車的人，也是我聞過氣味、拿著竿子和鎖套探入樹叢的同一位警察，他現在正從卡車後面拿出那些東西。

「你用不到那個！」伊森喚道，走出屋外。我轉離那個男人，搖著尾巴走向我的男孩。「他眞的很合作。」

「昨晚才晃過來的嗎？」警察問。

「是啊。看看這隻可憐動物的肋骨。你可以看得出來他是純種狗，但一定是遭人虐待了。」

「我們接到好幾次通報，說有一隻看來很不錯的拉不拉多沒有主人牽著，在城市公園裡亂跑。我懷疑是同一隻。」警察說。

「我不知道。距離很遠。」伊森懷疑地回答。

那個男人打開卡車後面的籠子。「你想他會自己進去嗎?我可沒有心情追他。」

「嘿,狗狗。上來這裡。好嗎?上來這裡。」伊森拍拍敞開的籠子。我好奇地看著他一會兒,然後小小地一躍,輕輕地進入籠內。**如果這是男孩要我做的事,我就會去做。我會為了我的男孩做任何事。**

「感激不盡。」警察說。他把籠門甩上,關起來。

「接下來會怎麼樣?」伊森問。

「噢,我想,這種狗很容易找到收養人。」

「唔……他們會打電話給我,告訴我嗎?他真的很友善。我想知道他一切都好的。」

「我不知道。你得打電話給庇護所,請他們告知你。我的工作只是來帶他們走。」

「那好,我會這麼做。」

警察和男孩握手。伊森在警察鑽上卡車前座時走到籠子前。我把鼻子抵住鐵條,想要碰觸到男孩,吸入他的氣味。「你照顧好自己,好吧,老弟?」伊森溫和地說。「你需要一個美好的家,和小孩一起玩。我只是個老頭。」

當卡車駛離,伊森仍站在原地目送我們離開時,我大驚失色。克制不了,我開始吠吼,不斷地吠吼,一直叫到下了車道,上了馬路,經過漢娜家,到了更遠的地方。

這個新的發展令我大惑不解,並且為之心碎。**為什麼我會被帶離伊森?是他送我走的嗎?我**

什麼時候還會再見到他？我要和我的男孩在一起！

我被帶到一棟都是狗的建築物，許多狗因爲恐懼成天叫個沒完沒了。我被關在自己單獨一間籠子裡，當天就戴上了一個愚蠢的塑膠項圈，腹股溝感到熟悉的痛楚。這是我爲何會在這裡的緣故嗎？伊森什麼時候會來帶我上車回家？

每次有人經過我的籠子，我就會跳起來，期待是男孩來了。然而，隨著日子一天天過去，我有時也會因爲沮喪而發出聲音，加入那些在牆壁之間迴響不停的吠吼合聲。**伊森在哪裡？我的男孩在哪裡？**

餵我吃飯和照顧我的人很溫和又仁慈，我必須承認我太渴望人類的接觸，所以不論是誰打開我的籠子，我都會走向他們，伸出頭給他們摸。當一個有三名小女孩的家庭到小房間裡來看我時，我爬到她們的大腿上，翻出我的肚子。我對人類的手在我身上的撫觸，就是這麼、這麼地渴望。

「把拔，我們能不能養他？」其中一個女孩問道。三小孩湧出來的情感讓我忍不住動來動去。

「他黑得像是煤炭一樣。」這個家庭的母親說。

「黑壓壓的。」她們的父親說。他抓住我的頭，看著我的牙齒，然後輪流拉起我的兩隻前掌。我知道這代表什麼，我以前就受過這種檢驗，胃裡升起一股冷冷的恐懼。**不。我不能和這些人回家。我的主人是男孩。**

「黑壓壓！黑壓壓！」女孩們吟唱著。我麻木地注視她們，不再歡迎她們的讚賞。

「我們去吃午餐。」男人說。

「把拔！」

「吃完飯後再來帶黑壓壓去兜風。」他最後說。

「萬歲！」

我清楚地聽到「兜風」這個字眼，但當女孩們給了我許多擁抱，全家人離開以後，我鬆了口氣。我又被關回籠子裡去，蜷縮著身子小睡，只不過有一點困惑。我記得瑪雅和我去學校的事情，我的工作是坐著讓小孩摸我。或許這次也是同樣的事吧，只是現在變成小孩過來找我。

我不在意。重要的是，我錯了，這個家庭來這裡不是要帶我一起走。我會等我的男孩。人類的動機對狗來說是不可理解的，所以我不確定爲何我和男孩要分離，不過我知道當時機來臨時，伊森會來找我。

「好消息，男孩，你有新家了。」餵我的女人把一碗乾淨的水遞進籠子時說。「他們很快會回來，我們會讓你永遠離開這個地方。我就知道你不會在這裡待上多久。」我搖搖尾巴，讓她搔搔我的耳後，舔舔她的手，分享她快樂的情緒。對，我回應著她的好心情，一邊暗想著，我還在這裡。

「我要打電話給送你過來的男人。聽到我們替你找到一個好家庭，他一定會很高興。」

她離開以後，我繞了圈子走了幾次，然後安定下來打盹，耐心地等待男孩。

半小時後，我從睡夢中清醒，坐直身子。一個男人憤怒的聲音傳到耳際。

伊森。

我叫了起來。

「我的狗……我的所有物……我改變主意了！」他大叫著說。我停止吠叫，完全靜止下來，察覺到他就在牆壁的另外一邊。我死盯著門，希望它能打開，好讓我聞到他的氣味。一分鐘後，門眞的打開了，給我水的女人帶著男孩從走廊走來。我把雙掌高放到籠子上，搖著尾巴。

女人很惱火，我感受得到。「那些孩子會很失望的。」她說。她打開我的籠子，我撲出去，跌撞到男孩身上，搖著尾巴，舔著他，嗚咽著。女人看著看著，怒火漸漸退去。「那麼好吧。」她說：「我的天啊。」

伊森站在櫃檯幾分鐘，寫一些字，我耐心地坐在他的腳邊，試著不要對他動手動腳。然後，我們走出門外，坐上前座，兜風去！

雖然我已經很久沒有感受過把鼻子伸出車窗外搭車的美好興奮，但我最渴望的莫過於把頭放在伊森的大腿上，感受他的手在我身上的撫觸，所以我就這麼做了。「你眞的原諒我了，不是嗎？老弟？」

我警覺地看著他。

「我把你關進監牢裡，你卻一點也不在意。」我們在自在的安靜中開了一會兒車。我納悶我們是否要回到農場。「你是隻乖狗狗。」男孩終於說道。我開心地搖搖尾巴。「好吧，唔，我們

停下來買點你的狗食。」

最後，我們眞的回到農場上。這次，當伊森打開屋子的前門時，他撐著門，讓我可以小跑進去。

晚上，用過晚餐之後，我趴在他的腳邊，不記得自己有沒有這麼心滿意足過。

「山姆。」他對我說。我期待地抬起頭。「馬克思。不要。溫斯頓？墨非？」

我好想取悅他，可是我不知道他在問我什麼。我發現自己很希望他能下命令叫我去找人。想到能展現自己的能力，我就開心得不得了。

「班迪？塔克？」

「楚柏？小子？老弟？」

喔，我知道這是在幹嘛。我期待地注視著他，等他下定決心。

對了！我知道這個詞彙。我叫了一聲，他很驚訝。「哇，那是你的名字嗎？他們以前叫你老弟嗎？」

我搖搖尾巴。

「唔，好吧，老弟，老弟，你的名字是老弟。」

到了隔天，我已經很自在地回應「老弟」這個名字。這是我的新名字。「這裡，老弟，」他喚道。「坐下，老弟！唔，嘿，看來有人把你訓練得很好喔。眞好奇你怎麼會到這裡來的？你是被丟出來的嗎？」

第一天大多數的時間，我很怕離開伊森身邊。當他去外公外婆的房間睡覺時，我很驚訝，不過他一拍拍床墊，我立刻毫不遲疑地跳上那張柔軟的床，發出享受得不得了的呻吟，伸展著四肢。

那晚，伊森好幾次下床去上廁所，每次我都忠實地跟著他走，在他小解時站在門口。「你不用每次都跟著我，你知道的。」他告訴我。他也不像以前睡得那麼晚，而是天一亮就起床，幫我們兩個做早餐。

「唔，老弟，我現在是半退休狀態。」伊森說。「還是有幾個客戶會找我諮商，今早就預定要和其中一位通電話，但在那之後，我們整天都沒事。我在想我們兩個今天應該去花園裡工作。你覺得好嗎？」

我搖搖尾巴，認定自己喜歡「老弟」這個名字。

吃完早餐（我吃了吐司！）之後，男孩講電話，所以我在屋內探索。樓上感覺很少使用，房間裡有霉味，幾乎沒有伊森住在這裡的痕跡。他的房間還是老樣子，但老媽的房間沒有家具，反倒充滿了箱子。

樓下的一個櫃子關得緊緊的。當我沿著底層的架子嗅聞時，一個熟悉的氣味飄散出來。

翻板！

31

男孩身上有股哀傷，一股以前沒有的深刻傷痛，比起一直存在他腿中的痛楚還要強烈。

「我一個人住在這裡。我不知道你在找誰。」當我檢驗屋內每個角落時，伊森告訴我。「我一向都有結婚的打算，事實上有兩次差點就結成了，可是到頭來還是行不通。在芝加哥時，還和一個女人同居了幾年。」男孩站起來，視而不見地凝視窗外，內心的哀傷更加濃得化不開。「約翰·藍儂說，當你在計畫未來時，人生也正分秒地過去。我想這大概總結了一切。」我走向他，坐下來，舉起一隻前掌放在他的大腿上。他往下看著我，我搖搖尾巴。「唔，嘿，老弟，我們去給你找個項圈吧。」

我們上樓到他的臥室，他從架上抽出一個盒子。「我們來看看。好，在這裡。」

伊森從盒子裡拿出一個項圈，搖晃它，發出金屬的撞擊聲。那個聲音是如此熟悉，我忍不住開始顫抖。我還是貝利的時候，去哪裡都會發出同樣的叮噹聲。「這是很久很久以前，我另外一隻狗貝利的項圈。」

我聽到這個名字就搖搖尾巴。他拿給我，我嗅了嗅，聞到另外一隻狗十分模糊的氣味。我發現自己在聞「我」的味道，這種感覺眞是太怪異了。

他搖了搖幾次項圈。「那隻貝利啊，是隻乖狗狗。」他說。他坐著片刻，迷失在思緒中，然後看著我。當他說話時聲音很沙啞，我感受到他突然湧起的強烈情感，那是悲傷和愛，還有後悔與哀悼。「我想或許會給你一個你自己的項圈，老弟。要你像那隻狗是不對的。貝利……貝利是隻很特殊的狗。」

隔天搭車進城裡去時，我很緊張。我不要再回到那個有好多狗在吠叫的地方，不想再回到籠子裡去。但原來我們只是去拿幾袋食物，還有放在我脖子上的僵硬項圈。回到家後，伊森在項圈上裝了幾個會發出叮噹聲響的標牌。

「上面寫著：『我的名字是老弟。我的主人是伊森．蒙特哥馬利。』」手裡拿著其中一個標牌，他這麼對我說。我搖搖尾巴。

像這樣去過鎭上幾次之後，我學會放鬆警戒，不再覺得伊森要拋棄我。我停止在他的身邊徘徊不去，自己到處閒晃，把我的領域擴大到整座農場，特別注意信箱和路邊幾個有其他公狗來過的地方。

池塘還在，也還有一群笨鴨子住在旁邊。對我來說，他們還是以前那群鴨子，不過這不重要。他們看到我時的反應依然如故，總是警覺地跳入水中，然後游回來看著我。我知道追他們沒有意義，但還是這麼做了，單純爲了追鴨子的樂趣。

伊森一整天大多數的時間都跪在屋後一塊大而潮濕的土地上，我學會他不希望我在那塊地區抬腿做記號。他一邊玩土，一邊和我說話，我聆聽著，聽到自己的名字就搖搖尾巴。

「我們很快會上週日農夫市集，那可好玩了。我的番茄可以賣出很好的價錢。」他說。

有一天下午，我對於挖土遊戲感到很無聊，於是閒晃到了穀倉。神秘的黑貓早就不見了，這裡已經不再有她的氣味，不知怎地，我覺得有點失望。她是我遇到的貓中，最高興能認識的一隻。

不，不盡然。雖然我多半覺得厭煩，但奇妙仙子對我毫不克制的感情還是令我很滿足。

在穀倉的最裡面，我找到一疊發霉腐爛的舊毯子。當我把鼻子伸進去，深吸一口氣時，我極其模糊地捕捉到一股熟悉且令我安心的氣味。**外公**。這是我們以前一起來做雜務的地方。

「出門散步對我是件好事。」伊森告訴我。「我不知道爲何我之前都沒想過要養狗？我需要這樣的運動。」有些晚上，我們會繞著農場，走在一條磨損得很厲害的小道上，一路上都聞得到特洛伊的味道。其餘的夜晚，我們不一定朝什麼方向走，只是在路上漫步。經過漢娜家時，我總是感覺男孩散發出某種情緒，但他從不逗留，也不進那棟屋子去看她。我納悶爲何我不再聞到她的味道，也想起在狗狗公園裡的卡莉，她身上有很明確的漢娜氣息。

在這樣的一個夜晚裡，當我們又經過漢娜家時，我很驚訝地想到一件之前一直沒有意識到的事：我發現深埋在男孩心中的痛苦，和很久以前的雅各懷抱的痛苦很像！他們都有寂寞的哀痛，一種對某個人事物訣別的感受。

但是，偶爾那種感受也會完全消失。伊森喜歡拿他的枴杖，捶打院子裡的一顆球，讓它往下飛到車道上，由我去追，再把球叼回來。我們常玩這個遊戲，而我寧可磨損腳底的肉墊，只求能讓他如此快樂。當球彈得很高，我像是肉從籬笆上掉下來時那樣跳到半空中接住，伊森總是會開懷暢笑。

然而，其他時候，他卻會在黑暗的悲傷漩渦中沒頂。「我從來沒想過人生會變成這個樣子。」他有一天下午跟我說。「一個人孤零零的，沒有一起生活的伴。我賺了很多錢，可是過了一段時日，工作卻沒有給我帶來多少快樂，所以我或多或少不幹了，只不過這樣我還是沒有變得比較快樂。」我跑去叼球，吐在他的腿上。他別開臉，不予理會。他的痛苦是如此強烈，我很想喊叫。「噢，老弟，計畫總是趕不上變化。」他嘆氣。我把鼻子放在球後面，在他的兩腳之間往上推，最後終於哄他軟軟地把球往外一丟，我立刻撲過去。他的心思不在這上面。「乖狗狗，老弟。」他心不在焉地說。「我想，我現在不是很想玩。」

我很沮喪。我曾經是隻乖狗狗，負責搜救人，現在又回到男孩身邊。可是他不快樂，不像搜救行動後，雅各、瑪雅或其他人拿毯子和食物給那些被救起來的人，幫助他們與家人重聚時，大多數人會有的快樂。

於是，我忽然領悟，我在這個世上的意義從來就不只是尋找，而是**拯救**。追蹤到男孩只是這個公式中的一部分。

和雅各同住時，他的內心懷有與伊森同樣黑暗的感受。但當我稍後再看到他時，也就是瑪雅

和我去學校的那次，他成家了，還有個小孩和伴侶。他很快樂，一如伊森過去和漢娜一同坐在前廊上彼此咯咯發笑的時候。

伊森需要一個家庭才能得到救贖。他需要一個女人，和她生一個寶寶，然後就會很幸福。

隔天早上，伊森在土裡工作時，我沿著車道小跑到馬路上。雖然山羊牧場不見了，我在搭車時卻學到了新的氣味標誌，所以要找進城的路跟在農場後方幾畝地上行走一樣簡單。入城後，我很快就找到狗狗公園，卻遍尋不著卡莉，不禁大失所望。我與院子裡一些狗角力，再也不怕被人看到。我現在是伊森的狗，是隻乖狗狗，而且有項圈，名字叫作老弟。

那天傍晚，卡莉撲向我，很高興看到我又回到公園。當我們一起玩時，我盡情享受漢娜的氣味，卡莉的毛髮上上下下都是漢娜既新鮮又濃密的味道。

「唔，你好啊，狗狗。我有一陣子沒看到你了。你看起來很帥。」坐在板凳上的女人說。「很高興他們開始餵你吃飯了！」她很累，半小時後她站起來，用雙手撐著背後。「哇。我真的快生了。」她吸了一口氣，開始緩緩在人行道上走著，卡莉在她前面繞來繞去。我跟在卡莉身邊，我們兩個讓幾隻松鼠害怕地四處逃散。

走過兩個十字路口後，那個女人走上一條人行道，然後打開一棟房子的門。我沒有不懂事到會跟著卡莉進去。女人關上門後，我在門廊上坐定，很滿足地等待著。我以前就玩過這樣的遊戲。

幾個小時後，一輛車轉進車道，一位白髮蒼蒼的女人從前座下來。我從台階上小跑下來迎接

她。「唔，你好啊，狗狗。你來這裡和卡莉玩嗎？」她和我打招呼，伸出一隻友善的手。

還沒嗅到她的氣味，我已認出她的聲音：漢娜。我搖了搖尾巴，在她的腳邊翻滾著身子，懇求她的手能觸摸我，也眞的如願以償。房子的門開了。

「嗨！媽，他跟著我從狗狗公園回來。」女人站在門口說。卡莉跳出來，撲向我。我用肩膀推開她，我現在需要得到女孩的注意。

「唔，你住在哪裡啊？狗狗？」漢娜的手摸索著我的項圈，所以我乖乖坐下。卡莉擋路地推擠著她的臉。「小心，卡莉。」漢娜說，把卡莉的頭推到一旁。「『我的名字是老弟。』」漢娜慢慢地說，抓著我的標牌。

我搖搖尾巴。

「『我的主人是』——噢，天哪。」

「怎麼了？媽？」

「伊森．蒙特哥馬利。」

「誰？」

漢娜站起來。「伊森．蒙特哥馬利。他是……他是我以前認識的人，很久以前，我還是小女孩的時候。」

「前男友之類的嗎？」

「對，唔，是那樣，沒錯。」漢娜輕柔地笑了起來。「我的……呃，初戀男友。」

「初戀男友？噢，真的啊。這是他的狗？」

「他的名字叫老弟。」我搖搖尾巴，卡莉咬咬我的臉。

「唔，我們該怎麼辦？」女人在門口問道。

「怎麼辦？噢，我想我們應該打電話給他。他住在我們老家附近，就在這條路一直走下去的地方。你離家還眞遠呢，老弟。」

我受夠卡莉了，她似乎沒有覺察這裡的狀況，正忙著爬到我身上。我對她低吼一聲，她坐下來，雙耳往後翻，但接著又跳到我身上。有些狗也實在太自得其樂了。

我相信漢娜會帶我回到男孩身邊，對於這一點我是完全不疑有他。我也相信伊森看到女孩後，兩人會破鏡重圓。這很複雜，不過我是在做某種搜尋和帶路的工作，只是必須靠他們兩個把事情統整在一起。

他們做到了。約莫一個小時後，伊森的車駛入車道。我原本正把卡莉釘死在草地上，趕忙跳了起來跑向他。漢娜坐在門廊上，伊森下車後，她不是很確定地站起身來。「老弟，你到底跑來這裡幹嘛？」他問。「上車。」

我跳入前座。卡莉把她的兩隻前掌放在車門上，挺直身子要透過車窗嗅聞我，宛如我們過去四個小時沒有面對面過似的。

「卡莉，下來！」漢娜厲聲說道。卡莉的身子落回地面。

「噢，沒關係的。你好，漢娜。」

「嗨，伊森。」他們凝視彼此一分鐘，然後漢娜哈哈笑了起來，兩人彆扭地相擁，彼此的臉頰短暫碰觸。

「我不知道怎麼會發生這種事。」男孩說。

「唔，你的狗本來在公園裡。我女兒瑞秋每天下午都會去那裡。她過了預產期一個星期還沒生，醫生要她每天花點時間散步。有用的話，要她開合跳她都願意。」我覺得漢娜很緊張，不過和伊森的情況比起來卻是小巫見大巫。他的心跳得好厲害，我在他的一呼一吸之間都能聽到心跳聲。他散發出的情緒是既強烈又混淆不清。

「那就是我不懂的地方，我沒有來過鎮上。老弟一定是自己走很遠的路過來。我真不曉得他怎麼會做這種事。」

「嗯。」漢娜說。

他們站著，彼此相望。「你要不要進來坐坐？」她終於問道。

「噢，不用，不用。我得回去才行。」

「好吧。」

他們又站了一會兒。卡莉打個呵欠，坐下來搔搔自己，絲毫不察兩人之間的緊張氣氛。

「我本來要打電話給你的，我聽說了……馬修的事。很遺憾你先生過世了。」伊森說。

「謝謝你。」漢娜說：「那是十五年前的事了，伊森。很久了。」

「我沒有意識到已經過了這麼久。」

「是啊。」

「所以，你來這裡，準備要看寶寶嗎？」

「噢，不是。我現在住在這裡。」

「眞的？」伊森似乎爲了某事大吃一驚，我舉目四望，看不到有什麼好驚訝的，只除了隔著幾間房子的地方，有一隻松鼠從樹上下來，正在草地上挖掘著。我注意到卡莉往錯誤的方向看，不由得對她感到厭惡。

「到下個月，我搬回來就滿兩年了。瑞秋正和她老公在家裡增設一間寶寶房，完工以前都會和我住在一起。」

「噢。」

「他們動作最好要快點了。」漢娜呵呵笑著說：「她現在……非常碩大。」

兩人都笑了。這次當笑聲停止時，漢娜散發出某種像是悲傷的感覺，伊森的恐懼流瀉而出，似乎也陷入怪異的憂愁之中。

「唔，很高興見到你，伊森。」

「能見到你我也非常開心，漢娜。」

「嗯。拜。」

她轉身要回屋內。伊森繞到車子前方。他的心情是既憤怒又害怕，既悲傷又矛盾。卡莉還是沒看到那隻松鼠。女孩站在台階的最上面。伊森打開車門。「漢娜！」他朗聲喚道。

她轉過身來。伊森戰慄地深吸了一口氣。「我在想，不曉得你願不願意偶爾過來一起吃晚餐？對你來說或許會很有趣，你已經很久沒去農場了。我，呃，整理了一座果園。番茄……」他的聲音逐漸消失。

「你現在會煮飯了？」

「這個嘛，我很會加熱食物。」

他們又哈哈大笑起來。悲傷從他們的身上飄散而去，宛如不曾存在。

32

那天之後，我三不五時會見到漢娜和卡莉。她們越來越常到農場上玩，不過這點對我來說不成問題。卡莉了解農場是我的地盤，我在這裡的每棵樹上都做過記號，她不可能沒有這個認知。我是頭兒，她不會試圖挑釁我，但討厭的是，她竟然不覺自然排序對我們這個小群體的好處。多數時候，她表現得好像我們是玩伴，別無其他。

我判斷她不是非常聰明。卡莉似乎認爲自己只要慢慢地、躡手躡腳地走過去，就能抓到鴨子。這種行徑實在太愚蠢了。我帶著滿心的嫌惡看著她在草叢中偷偷摸摸，腹部貼地，一次往前移動幾英寸，同時母鴨的眼睛卻眨也不眨地盯著她瞧。然後，卡莉會快速地往前一撲，拍打出很大的水花，逼得鴨子飛高幾英尺，在卡莉前頭的池塘裡落下。她會游個十五分鐘左右，游得好賣力，身體幾乎都要離開水面了。每當她自覺快要咬到鴨子，他們卻振翅跳越前方幾英尺的空中，她都會沮喪地大叫。好不容易放棄了，鴨子反倒會毅然決然地跟在她身後，邊游水邊呱呱叫著。偶爾，卡莉也會轉身往回游，以爲她終於唬過鴨子。我對這些事情眞是一點耐性也沒有啊。

伊森和我偶爾也會去卡莉家，不過因爲只能在院子裡玩，所以少了那麼點樂趣。

隔年夏天，有幾十個人聚集在農場上，坐在摺疊椅上，看我表演我從瑪雅和艾爾那裡學來的把戲，用很慢又很有尊嚴的速度，在椅子中間走動。這次，我走到伊森搭蓋好的一些木頭階梯，站得高高的，好讓每個人都能看到我。他解開我背上的某樣東西，和漢娜交談、親吻，每個人都笑了，然後爲我鼓掌。

之後，漢娜和我們一起住在農場上。這個地方經過改裝，看來幾乎像是瑪雅媽媽的家，隨時有人來訪。伊森又帶了兩匹較小的馬回來，陪特洛伊一起待在院子裡。儘管在我的觀點中，馬是一看到蛇就把會把你丟在森林裡、害你變得無依無靠的生物，不值得信賴，但來訪的小孩倒是都很喜歡騎在他們身上。

卡莉的主人瑞秋很快就帶著一個名叫切斯的小寶寶出現，這個小男孩喜歡爬到我身上，一邊抓我的毛，一邊咯咯發笑。碰到這種情況，我都像是瑪雅和我去學校的時候一樣靜靜趴著。每個人都說我是隻乖狗狗。

漢娜有三個女兒，每個人都有小孩，所以我隨時有數不清的玩伴。

在沒有訪客、空氣轉涼的夜晚，伊森和漢娜常常握著彼此的手，坐在前廊上。我趴在他們的腳邊，心滿意足地嘆息著。我的男孩內在的痛苦消失了，取而代之的是寧靜和令人振奮的幸福。來家裡坐坐的孩子們稱呼他爲「爺爺」，而每當有人這麼叫他時，他的心情都會爲之飛揚。漢娜叫他「我的愛」「親愛的」，或是很簡單的「伊森」。

新的安排中唯一不是那麼完美之處，在於漢娜和伊森睡在一起後，我立刻從床上被趕了下來。起先，我以爲這是個錯誤，畢竟他們之間有充分的空間可以給我睡，我也比較喜歡睡在那個位置。伊森命令我下床到地板上，可是樓上的床又沒有問題，女孩睡在那裡並沒有什麼困難。事實上，我在院子裡替所有人表演過那個把戲之後，伊森就在樓上各個房間裡放床，連外婆的縫紉室裡都有，但顯然沒有一張是漢娜滿意的。

不過呢，我每晚還是會把兩隻前掌放在床上，像卡莉在雜草中一點一點靠向鴨子般緩緩抬高身子，試探一下。每晚伊森和漢娜都會笑出聲。

「不可以，老弟，你下去。」伊森會說。

「你不能怪他想要上來。」漢娜常常這樣回答。

下雪時，漢娜和伊森會在身上裹著一床毯子，坐在爐火前交談。感恩節或聖誕節來臨的時候，屋子內會人滿爲患，我不時會有被踩到的危機感，但孩子們都很高興我和他們一起睡，我也很開心能選我喜歡的床。我最喜歡的小孩是瑞秋的兒子切斯，他擁抱我和愛我的方式讓我想起伊森小的時候。切斯停止像狗一樣用四肢移動、開始用兩條腿跑步之後，喜歡和我一同探索農場，卡莉則繼續徒勞無功地狩獵鴨子。

我是隻乖狗狗。我實現了我的存在意義。身爲野狗時學到的事情教會我在必要的時候逃脫，也教會我如何躲開人類，還有從垃圾桶裡覓食。和伊森在一起教會我愛，也讓我學到我最重要的意義——照顧我的男孩。雅各和瑪雅教會我找人、帶路，以及最重要的「拯救人類」。而所有這

些我身為一隻狗所學到的事情，帶領我找到伊森和漢娜，讓他們破鏡重圓。我現在終於了解，為何我會轉世這麼多次。我必須學習很多重要的技巧和教訓，以便在時機來臨時拯救伊森，不過不是從池塘裡救他出來，而是讓他脫離自己沉淪的絕望生活。

男孩和我晚上仍會繞著農場散步，通常漢娜也會隨行，只是不是每晚都來。我渴望和伊森獨處的時光，因為他會和我說話。走在不平的小道上，他的步伐緩慢而謹慎。「我們大家過了多麼美好的一週啊。你玩得開心嗎？老弟？」有時，他會用枴杖把球打到車道上，我會開心地在後面飛奔，先咬一咬球，再放在伊森的腳邊，等他再度擊球。

「你眞是隻乖狗狗，老弟。我不知道沒有你我該怎麼辦。」在這樣的一個夜晚，伊森說道。他深呼吸一口氣，轉身掃視農場，對著一張坐滿了小孩的野餐桌揮手，小孩們也舉起手來揮一揮。

「嗨！爺爺！」他們大喊。

他的整顆心充滿了喜悅，我感受到他對生命的熱愛，於是開心地汪汪叫。他轉回來我這邊，哈哈笑著。

「準備好要再來一次嗎？老弟？」他問我，舉起他的枴杖，再度擊球。

切斯不是最後一個加入這個家庭的孩子，孩子們一個接一個出生。當切斯長到和我第一次見到伊森時差不多的年紀，瑞秋又帶回一個小女孩。他們以各種不同的方式稱呼她，一下子是「驚喜」，一下子是「肯定是最後一個」，一下子又是「姬爾絲坦」。一如往常，他們把寶寶放下來

給我嗅聞，也一如往常，我試著欣賞——我從來不知道在這種情境下，他們到底期望我做什麼。

「我們去玩球，老弟！」切斯提議。這個，才是我能回應的事！

一個美麗的春天，我和伊森單獨在家，我昏昏欲睡地打著盹，伊森在落地窗投射進來的溫暖日光下閱讀。漢娜剛剛搭車出門，我們的家在這個當下很不尋常地沒有任何親戚來訪。突然間，我的雙眼啪地睜開。我轉過頭去看著伊森，他好奇地迎上我的視線。「你聽到了什麼嗎？老弟？」他問我。「有車來了嗎？」

男孩有什麼不對勁。我感覺到了。我輕輕地發出嗚咽，站起來，焦慮在全身泛開。他又繼續閱讀，但當我把前掌放在沙發上，像是要爬到他身上的時候，他驚訝地笑出聲來。「哇，老弟，你在幹嘛？」

災難逼近的感覺越來越強烈。我無助地吠吼著。

「你還好嗎？你需要出去嗎？」他朝著狗門比個手勢，然後拿下眼鏡，揉揉眼睛。「唷，頭有點暈。」

我坐下來。他眨眨眼，看著遠方。「跟你說喔，老男孩，你和我回去睡個午覺吧。」他站起來，身子不穩地搖晃著。我緊張地喘氣，跟著他回到臥室。他坐在床上，呻吟著。「噢。」他說。

他的腦中有什麼正在撕扯著，我感覺得到。他沉沉地躺下去，深呼吸一口氣。我跳到床上，但他沒有說什麼，只是凝視著我，目光呆滯。

沒有任何事我可以做，我用鼻子輕推他了無生氣的手，意識到奇怪的力量正在他的體內擴散，因此深深恐懼著。他的呼吸很淺，身子顫抖。

過了一個小時，他動了動身子。依然有什麼非常不對勁，不過我感受到他振作起來，試圖掙脫攫住他的東西，與我在暴風雨的溝渠叼著小男孩傑佛瑞，掙扎著要浮現水面的時候如出一轍。

「噢。」伊森喘氣。「噢，漢娜。」

又過了一段時間。我輕輕地啜泣著，感受到他內在持續的掙扎。然後他睜開了眼睛。起先，他的眼神是渙散的、困惑的，然後他望向我，睜大了雙眼。

「哎呀，嗨，貝利。」他說，我心頭一震。「你好嗎？我好想你，狗狗。」他的手摸索著我的毛髮。「乖狗狗，貝利。」他說。

那不是口誤。不知怎地，他知道了。這些了不起的生物，心靈是那麼地複雜，能力又比狗強得多。他現在散發出的確信，讓我知道他已經理出頭緒了。他看著我，但看到的是貝利。

「玩小型賽車的日子怎麼樣啊？貝利？我們那天眞的讓大家刮目相看。我們辦到了。」

我想讓他知道，**對，我是貝利，我是他唯一的狗**，還有我了解，不論他的內在正在發生什麼事，那個變化讓他看到眞正的我。我突然頓悟自己怎樣能做到這一點，於是衝下床，在走廊上狂奔。我挺直身子，咬住櫥櫃的門把，就像第一位母親教我的那樣，古老的機制在我嘴裡輕而易舉地轉動，門啪地打開了。我用鼻子把門推開，鑽入底層一堆有霉味的東西，把靴子、雨傘甩到一旁，直到我把那個東西——翻板——叼在嘴裡。

當我跳回到床上，把翻板丟到伊森的手裡時，他一副好像剛剛被我喚醒的樣子。「哇！貝利！你找到翻板了。你從哪裡找來的？男孩？」

我舔舔他的臉。

「啊。讓我們來看看。」

接下來，他做的其實是我最不希望的事。他把自己拖向早已敞開、讓新鮮空氣進來的窗子前面，因為出力而渾身顫抖。「好吧，貝利。拿翻板來！」他喚道，動作很笨拙，胡亂地想把翻板放到窗框上，然後推它出去。

我不想離開他的身邊，一秒都不想，但當他重複他的指令，我不能違背他的要求。我的趾甲刮著地毯，跳著跑出客廳，從狗門出去，轉到房子的側面。翻板掉落在樹叢裡，我叼起翻板，轉身疾速奔回屋內，厭惡這愚蠢的翻板讓我遠離男孩的每一秒。

回到臥室時，我看到情況變得更糟了。伊森坐在他原本站立的地板上，雙眼失焦，呼吸變得很吃力。我吐出我帶來給他的東西，玩遊戲的時間已經過了。我不想傷到他，所以小心翼翼地往前爬，把頭放在他的大腿上。

他很快就離開我。我從他緩慢而沙啞刺耳的呼吸聽得出來。我的男孩要死了。

我無法加入他的旅程，也不知道他此後會往哪裡去。人類比狗複雜得太多，生命也有更重要的意義。一隻乖狗狗的工作終究只是陪伴人類，不論他們的生命會走哪條路，都要待在他們身邊，自始至終。我現在能做的是給他慰藉，向他保證，離開這一世的時候他並不孤單，有愛他勝

過全世界的狗在悉心照料著。

他虛弱顫抖的手碰觸著我脖子上的毛髮。「我會想你的，傻狗。」伊森對我說。

我和他臉貼著臉，感覺到他的呼吸，同時溫和地舔舔他的臉。他掙扎著想要把我看清楚。最後，他放棄了，他的視線漸漸黯淡無光。我不知道他現在看到的我是貝利還是老弟，但這不重要。**我是他的狗，他是我的男孩。**

隨著光線在日落之後漸從天際隱去，我感覺到男孩的意識也如潮水般消退。沒有痛苦，沒有恐懼，我知道我的勇敢男孩將去某個他註定要去的地方。在這整個過程中，我感受到他一直都曉得我趴在他的腿上，直到他吐出最後一口戰慄的呼吸，終於什麼也意識不到。

在那個春天午後的靜止中，我在安靜且空蕩蕩的房子內靜靜趴著，陪著我的男孩。很快地，女孩會回到家。想到每個人對貝利、艾麗還有那些貓道別的時候，心情是多麼地難過，我知道她會需要我的幫助，才能面對沒有男孩的生活。

至於我，我忠心耿耿地待在原地，回憶第一次看到男孩的情景，想著剛才那段最後的時光，以及這中間所有的漫長歲月。我知道，我很快就會感受到深刻且痛心的哀傷，但在這一瞬間，我最大的感受是平靜，因爲我確知自己有過的所有生命，盡皆歸結到這一刻。

我實現了我的意義。

The Eurasian Publishing Group
圓神出版事業機構
用心與你對話．視野無限寬廣
圓神出版社
Eurasian Press

http://www.booklife.com.tw reader@mail.eurasian.com.tw

當代文學 104

爲了與你相遇

作　　者／布魯斯．卡麥隆
譯　　者／林雨蒨
發 行 人／簡志忠
出 版 者／圓神出版社有限公司
地　　址／台北市南京東路四段50號6樓之1
電　　話／（02）2579-6600．2579-8800．2570-3939
傳　　真／（02）2579-0338．2577-3220．2570-3636
郵撥帳號／18598712　圓神出版社有限公司
總 編 輯／陳秋月
資深主編／沈蕙婷
責任編輯／林平惠
美術編輯／金益健
行銷企畫／吳幸芳．簡琳
印務統籌／林永潔
監　　印／高榮祥
校　　對／莊淑涵．林平惠
排　　版／陳采淇
經 銷 商／叩應股份有限公司
法律顧問／圓神出版事業機構法律顧問　蕭雄淋律師
印　　刷／祥峰印刷廠
2012年2月　初版
2017年3月　21刷

定價 280 元　ISBN 978-986-133-399-1

每一本書，都是有靈魂的。

這個靈魂，不但是作者的靈魂，

也是曾經讀過這本書，與它一起生活、一起夢想的人留下來的靈魂。

——《風之影》

國家圖書館出版品預行編目資料

爲了與你相遇／布魯斯．卡麥隆（W. Bruce Cameron）著；林雨蒨譯.
-- 初版. -- 臺北市：圓神，2012.02
304面；14.8×20.8公分. --（當代文學；104）
譯自：A dog's purpose
ISBN 978-986-133-399-1（平裝）

874.57　　100026539